U0598519

神仙公子

SHENXIAN GONGZI

【I】

掬少白 著

江湖风云，瞬息万变，
冷视天下，只为守着那份温柔；
漂浮尘世，独领鳌首，
历尽劫难，只为护着那抹微笑。

重庆出版集团
重庆出版社

图书在版编目（CIP）数据

神仙公子.【I】/柳少白著.—重庆：重庆出版社，2008.6

ISBN 978-7-5366-9665-5

I.神… II.柳… III.侠义小说—中国—当代
IV.I247.5

中国版本图书馆CIP数据核字（2008）第060617号

神仙公子【I】

SHENXIAN GONGZI

柳少白 著

出 版 人：罗小卫
策　　划：光　南　庄少兰
责任编辑：温远才　庄少兰
责任校对：潘小蔚
装帧设计：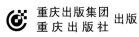

重庆出版集团　出版
重庆出版社

重庆长江二路205号　邮政编码：400016　http://www.cqph.com

深圳大公印刷有限公司制版印刷
重庆出版集团图书发行有限公司发行
E-MAIL:fxchu@cqph.com　邮购电话：023-68809452
全国新华书店经销

开本：787×1092　1/16　印张：16.75　字数：242千字　插页：2
2008年6月第1版　2008年6月第1次印刷
定价：25.00元

如有印装质量问题，请向本集团图书发行有限公司调换：023-68706683

第一章　天地四绝

二十年前，玄心大师夜观天象，东方有紫薇星降临人世，断定必有旷世之奇才出世。大师父曾经为他卜过命卦，说他生就不可能平凡，日后也不一定能长久待在这个人世；还不止一次说他若非尘缘牵扯实在太深，合该是个参禅的大好料子，有望超脱孽障，脱胎成仙。

黄山风景秀丽，美冠天下，自古以来便是出神仙的仙地之一。

黄山北面有两座高耸的山峰，峰尖直插云霄，陡峭至极。这里住了四位神仙级的人物，说起这四个人物，可都是赫赫有名，有着如雷贯耳的传奇。他们合称天地四绝，即东天绝玄心大师，西地绝不老神仙水千月，南地绝袖里乾坤火乾坤，北地绝天南一笑楚天南。

这天地四绝中武功属东天绝玄心大师最为厉害，但是他的心也最仁慈，是天地四绝中唯一一个出家高僧；西地绝和南地绝却是应了他们的姓氏水火不相容，一天到晚吵架；而北地绝是有名的好好先生，每次西南两位地绝吵架，他总是做和事佬。

你看这两位水火不容的又在吵了："火老鬼，你有什么了不起，就只会两手暗算人的破烂玩意儿，也不知道你那一堆破铜烂铁有什么用，还被封为南地绝和我齐名，真是贬低了我的能耐。"一个长相俊美的中年书生道。看他那身打扮应该是个斯文俊雅的人物，偏偏说出来的话一点也不斯文。他是四人中最年轻的一个，看着不过四十出头，不愧叫不老神仙。其实四人的平均年龄都有百岁了，四绝的年龄加起来恐怕得超过五百岁，却还像小孩子一样吵。

只见一个面色通红一袭红色长衫的老者眼珠瞪得比铜铃还大，一

1

脸怒容看着水千月道，"水老鬼，你说我只会暗算人？那你又有什么了不起？不过仗着一身轻身功夫，打不过就跑，才是丢了我们天地四绝的脸呢！"

水千月正是以一身绝俗天下的轻功以及出神入化的易容之术闻名天下，而火乾坤则是以袖中的十二枚乾坤金剑名震天下，这两人一贯看对方不顺眼，吵了百年还吵不够。

"你……"水千月也火了，他的轻功是不错，不过他的其他武功也不差。

"我怎么样？"火乾坤得意扬扬道。

两人大有一言不和就动手的架势。

"好了，好了，你们都不小了，怎么还像个孩子似的没完没了？"楚天南笑容满面地走了过来。见到楚天南的笑容，水千月和火乾坤心里都警铃大作，彼此互视一眼之后，均露出同样僵硬的笑容，"哪里，我们闹着玩呢！"

别看楚天南是个好好先生，但却一向严肃沉稳，轻易不露笑容。如果有什么事让他笑了，就注定有人要倒霉，而且还不是一般的倒霉，否则江湖中怎么会有"天南一笑天下啸"之说呢。也怪不得水千月和火乾坤要熄火做出和好的模样来。楚天南收起了笑容，本在打坐的玄心大师睁开了眼睛，低念了一声佛号："阿弥陀佛！我们四人在此隐居也有一个半甲子，这九十年间，你们可还记得共吵了多少次？老衲和天南给你们算过，你们共吵了三万二千五百次之多。若你们还打算如此继续下去的话，那么老衲和天南商量过了，就把你们驱逐出四绝的行列。"

这个惩罚也太严重了些。水千月和火乾坤都有些错愕，除了狠狠地瞪视对方外倒是不敢有一丝反驳。名声之于他们倒不是最重要的，最重要的是他们四人结拜已经这么多年了，虽明里吵，但暗里感情还是很好的，真要因为这种小事被逐出四绝的行列，才真是得不偿失了。

这时一个年约十三四岁的孩童从远处走来，他穿着一袭银白长衫，头发梳成髻，手里捧着一只银白色的像兔子一样的动物，而肩上

神仙掌子【I】

东方另类武侠经典·

同样站了一只银白色的像老鼠又不全像的小动物。

只见他唇红齿白，模样俊俏可爱，黠慧的大眼睛在长长的眼睫毛下闪闪发光，那流转在眼里的神采无不带着活泼和不安分的因子。他慢慢地走到四绝面前，跪下道："瀚儿叩见四位师父，愿师父们长寿！"

"好瀚儿快起来！"水千月连忙扶起他来，慈爱道，"瀚儿，功夫练好了么？"

"是的，二师父！"被叫做瀚儿的孩童连忙点头道。

"瀚儿，你也不小了，今年也该有十九岁了，为什么还是喜欢小孩子的模样呢？"楚天南难得露出真心的笑容。他看着眼前的孩子，眼里还是流露出了些许不解，瀚儿的缩骨功已经练得极为不错了，不需要再练了啊。

这个孩子名叫林岳瀚，今年已经十九岁了。二十年前，玄心大师夜观天象，东方有紫薇星降临人世，断定必有旷世之奇才出世。果然隔了不到一年，林家堡堡主林客羽新得一个麟儿。四绝一致觉得不该白白辜负上天赐下的奇才，于是在岳瀚满月的那天把他带到了黄山，转眼他已在山上待了十九个寒暑。四绝悉心合力教授他一个人，他的武功早就出神入化，加之他天资聪颖，根骨极佳，百年难遇，又肯认真学习，十九年下来，武功早就在四绝之上。然而正是应了那句"金无足赤，人无完人"，这么一个旷世人儿，偏偏得了最要命的心疾。奇就奇在这心疾平时怎么也无事，一旦恢复到成年人的躯体，不动武功也就罢了，一旦动武功就容易出现心脉脆弱，供血不足的状况，轻则散功气急，重则可能晕厥过去。对于这一点，岳瀚自然是极为厌恶的。为了他的病，起初玄心大师每年都要花很多的时间把其他几位师父从四海搜寻回来的草药炼成各种灵丹妙药给他服用，护心丸更是常年不断，就怕他那脆弱的心脉会抵抗不住而崩断了。直到他十三岁时身体才养到了最佳的状态。加之从水千月处学得的独门缩骨化形大法，可以任意把自己化成任何年纪时的状态，于是就一直苦学不辍，年岁逐年长大，体型却依旧维持在十三四岁的年纪。

此刻被楚天南一问，林岳瀚故作无奈地叹了很大的一口气："四师父，这哪能怪瀚儿嘛。二师父和三师父一天到晚吵架，大师父又是一天到晚打坐参禅，四师父您又一天到晚练剑，谁也不帮我下山买衣服，我这身衣服还是十三岁时买的，不用缩骨化形大法把自己保持在十三岁的模样，那瀚儿岂不是要光着身子？"

　　听到他的回答，四绝一时哭笑不得，原来是这么一回事啊。玄心大师有些惭愧地道："瀚儿，是师父们疏忽了。不过瀚儿，小孩子也很好啊，可以免去许多麻烦。"

东方另类武侠经典·

神仙堂子〔1〕

　　"是的，大师父！"岳瀚乖巧地道。但他这般神态反倒让他们四人感到不安起来。岳瀚是个武学奇才没错，可是同时他的好动症也不是一点半点。这十九年来，四绝的日子几乎没有消停过，他像这般安静乖巧的模样还真的让人感觉有点毛毛的，肯定不是闯了大祸就是打算闯祸。

　　"瀚儿，你今天除了练功，没做什么奇怪的研究吧？"火乾坤小心地问，谨慎地看看身前身后。不是他大惊小怪，而是若有人见识了小瀚儿的捣蛋本事后，还能不小心翼翼的话，他就不姓火。

　　"没有啊，练完功就来找几位师父了！"岳瀚眨着纯真的大眼睛，无辜的模样任谁见了都喜爱得不得了。

　　"瀚儿有什么事吗？"水千月平时和他最亲，由他来问是最妥当不过了。

　　"瀚儿想下山了。师父们当年答应过瀚儿，瀚儿满十八岁就可以下山，如今瀚儿已经十九了，想下山看看，所以特来向师父们辞行。"岳瀚笑得一脸开心。四绝你看我，我看你，最后还是火乾坤走到了岳瀚面前，蹲下问："瀚儿，你已经决定要下山了吗？"

　　岳瀚安静地点了点头。

　　虽然不舍得教养了十几年的孩子就这么下山，可是他本就是个不该埋没在深山中的孩子，也到放他去尘世的时候了。火乾坤从衣袖中取出十二枚乾坤金剑，这是他的成名兵器，袖里乾坤也全靠此得名。他把十二枚金剑放进岳瀚的衣袖之中道："瀚儿，三师父也没什么送你，这十二枚小玩意儿是师父早年行走江湖的标志，你把它们收好，

就当师父送你的临别小礼物了。他日若能见到火家的后人，传他四枚便可。"

"谢谢三师父，瀚儿记下了。"岳瀚低头道。

水千月见火乾坤毫不吝啬地把成名兵器都送了出去，又岂肯示弱，连忙递上一个精巧的银白腰囊，轻轻地为岳瀚戴在腰间。这腰囊和腰带同样的颜色，不细看，不容易发现。水千月温和地说："瀚儿，可别小看这小小的百宝囊哦，里面治伤的、解毒的、易容的各种药物都有，另外还有金银双针，夹层内还有三张人皮面具，油纸包裹着的是火药，烟雾弹等小玩意儿在最外面的这层里，路途上可以用来解解闷，给自己找乐子玩一下。"

"谢谢二师父，二师父最了解瀚儿了。呵呵，瀚儿爱死二师父了。"岳瀚冲上去在水千月的脸颊上重重亲了一下，乐得水千月一个劲儿地夸他乖。火乾坤在一边直翻白眼，有这种师父，也怪不得瀚儿的捣蛋功力日见上涨了。

玄心大师早已经是超脱世外的高人了，此刻面对岳瀚也卸下了得道高僧的形象，愉快地朝岳瀚招招手："瀚儿，你过来。"

岳瀚立即走了过去。玄心摸了摸他的头，从手上取下一串古朴至极的菩提珠，套上岳瀚的手，"瀚儿，这串菩提珠是为师的信物，所有少林弟子见它如见为师。若有事，可以执此珠去少林，全少林弟子皆会听你号令。切记妥善保存！"玄心大师这话还是比较保守的说法，实际上凭他在武林的声望，这串菩提珠远不止号令少林，其他各大世家、门派谁敢不卖他三分面子？

"是，大师父！"岳瀚笑得更加开心了。不等楚天南叫他，已经自动走到楚天南面前，拿那双大眼睛活灵活现地看着他，不出声，只轻轻地摸着那银兔子的毛——表明了问他要礼物。

楚天南苦笑了一下，看着他那几个结拜哥哥出手都这么大方，他想要小气也不行了。他从胸前的口袋里取出一块翠绿色的圆形玉佩，中间有一个圆洞，一条银链从中穿过，楚天南把它套在岳瀚的脖子上，衬着他的银衣墨发，更添了几分可爱和富贵。

"执此玉佩可至全国各处银号钱庄支取银两。当年丐帮曾受过我的大恩，故而凭此翠玉佩也可动用丐帮的力量。财不外露，认识这块翠玉佩的人可不少，瀚儿可要当心。”

岳瀚微笑着把翠玉佩收进里衣里贴身佩带着，“谢谢四师父。”

“好了，时间不早了，瀚儿，你可以下山去了。”玄心大师温和地道。

“瀚儿叩别四位师父。瀚儿下山去了，有空一定回来见师父，师父们可不要搬家呢！”岳瀚跪下规规矩矩地叩了三个头后狡黠地一笑道。

“瀚儿，既然你要下山了，师傅们也打算趁此机会出去云游四海，最近三年可能归期不定，你就不要回来了。”四绝见到他的笑容，都感到脊背有些发寒，玄心大师勉强维持着入定的笑容道。

“啊？真是有点可惜！那好吧，师傅们保重，瀚儿下山了。”岳瀚表现出微微的失望后，接着又开心地笑了起来，抱着银兔银雪和银色邪貂一蹦一跳地下山去了。

在他身后，四绝长吁之后又露出伤感和不舍的表情来。

黄山的南面，是九大门派之一的黄山派所在之地，和岳瀚居住的北山也算是邻居，可是岳瀚却从来没有去过。一来他需专心学武，无暇去玩；二来师父们虽然对他捣蛋采取默认态度，但对于下山的态度还是很强硬，不到年限一律不得下山。

且说岳瀚出了北山地界，走了不远便听到南边有人声，他不由远远地跟了过去。极佳的目力让他老远就看清是两个中年人正一边走一边交谈，一个豪迈一个儒雅。儒雅的那个让岳瀚一见便有一种亲切感，他的身后跟了一个二八年华的少女。那豪迈的男子身后也跟着一个英俊潇洒的青年，两人静静地听着各自的父亲在交谈，不时偷偷交换对彼此有好感的眼神。只听那儒雅中年人道：“慕容兄，今日黄山派定是热闹。听说武林一宫清水宫也有人来，清水宫向来神秘莫测，此次居然也有人来祝寿，玉老兄的面子可不小。”

那豪迈中年人也道：“不错，今日到会的恐怕都是平日里难得一见的英豪了。你我不也来了？”

"哈哈，这倒是，寒星今年也该有二十出头了吧！"

"是的，林伯伯，小侄今年二十有四。"慕容寒星连忙上前恭敬道。

这个豪迈的中年人正是姑苏慕容家的现任当家之主慕容英宏，这个青年就是他的独子慕容寒星。而那个儒雅俊朗的中年人便是林家堡堡主林客羽，他身后跟的便是他的掌上明珠林雨秋。

"慕容兄，真是好福气啊，有这么一个一表人才的儿子。"林客羽不无感慨地道。

"林老弟，令爱也不差啊。只是听说林老弟还有一个儿子，怎么一直未曾带出来过？"慕容英宏大笑一声问。

"哎，不瞒慕容兄，小犬满月夜被不知名的高人抱走了，至今音讯全无。留言说是待犬子满二十岁便会回家，如今细算，才不过一十九年。"提起那个和自己缘浅的儿子，林客羽便忍不住唏嘘难过。

"林老弟不必忧心，既然是被高人收为徒弟，前途自然一片光明，你忍忍这短暂的分离之苦吧。好在相聚之时已然不久了。"慕容英宏见他黯然神伤，连忙安慰道。

"也只能如此安慰自己罢了。"林客羽收起了些许伤感，这么多年都熬了过来，还怕再等这最后一年吗？

躲在一边偷听的岳瀚眼睛微红，差点忍不住冲出去相认。这就是他爹吗？看他有些沧桑的脸上泛起的思犊之情，岳瀚心里也一阵心酸与难过。那个少女该是他的妹妹了吧。师父们也说过自己是满月时被他们从林家堡抱出来的，这么多年说不曾思念过亲人肯定是假的，可是如今真正面对自己的血亲，反而生出了怯懦的心情，不敢上前相认。何况大师父曾经为他卜过命卦，说他是紫薇星转世，生就不可能平凡，日后也不一定能长久待在这个人世。大师父的星卦之象向来很准，既然这样，此刻的相认，若在日后再让亲人尝尽失去的痛苦，又何必呢？孤单若是自己今后最有可能面对的结果，那么他也愿意承受，就在一边看着他的亲人过得好，他也就甘心了。在这一方面，他一向看得比大师父还要透彻，大师父不止一次说他若非尘缘牵扯实在太深，合该是个参禅的大好料子，有望超脱孽障，脱胎成仙。许是他尘缘心太重，他还是觉得红尘俗世更精彩些。

用力克制住心情的浮躁，他慢慢地停下了脚步，在原地坐了下来。待他们走出去老远，他的眼圈也忍不住红了，泪就挂在那粉妆玉琢的小脸上，"银雪，刚刚那个是我爹，我竟然不去相认，我是不是太不孝顺了？"

　　怀中的银色小兔子竖直了两只可爱的长耳朵，对着伤心中的岳瀚急切地叫唤着。他耳后的黑发被拨开，邪貂也从他脑后钻了出来，柔滑光亮的皮毛在阳光下散发着耀眼的银光，口中那连续的"吱吱"声持续了好久。岳瀚见他们那样不由破涕为笑了起来："银雪，鬼魅，若没有你们，我该多孤独啊！"

　　鬼魅和银雪见他露出笑容，也抱在一起欢叫，之前的伤感气氛慢慢地被冲淡了。

8

神仙掌子【1】

东方另类武侠经典·

第二章　错遇怜花劫

那俊美超凡的外貌一旦成年，那容颜该是如何地惊世骇俗。看着不远处那个依旧不知人间疾苦的笑容，他心里一动，既然上天让我此刻遇到你，那我就不客气了！

他天生异能，从小就发现自己能听懂动物之间的交谈，后来因缘际会收留了鬼魅和银雪，才知道鬼魅居然是只成活了万年的邪貂，极为稀有。若非恋上银雪这只修炼了才几千年的小银兔，论他的修行，早就该脱胎换骨，修成人形了。兔子和邪貂相恋听起来是多么的不可思议。邪貂一族到了如今也仅剩为数不多的几只，如此下去灭绝已成定局。繁衍后代的任务如此重要，岂能容忍仅剩的这只雄性邪貂恋上一只兔子？邪貂性情阴狠狡诈，睚眦必报，为了不给雪兔族带来危险，鬼魅和银雪这几千年来一直不停地躲藏，以至于修行全部荒废了。而银雪本是雪兔一族的公主，为了爱情，也叛族出逃，承受着族人千年来不停的追捕。直到他们遇到了岳瀚，天生的紫薇天星降临，身上的福泽足够庇佑他们不受伤害，这才过了十几年太平日子。这在他们漫长的生命中不过是弹指一挥间，然而千万年的生命也比不得幸福地相守在一起的这短短的十几年。若非岳瀚，他们还在天上地下、三界夹缝中躲藏度日。这些年相处下来，他们早就建立了深厚的感情，鬼魅和银雪待他似主人又似孩子般，感恩中带着宠溺和心疼，如今眼见他为认父的事情烦恼自责，他们也跟着心疼了起来。

奈何紫薇星本就是帝王星，生来就是以救世为己任的人，人间现在有明君，注定这颗意外降临的星君命不会太长久。早已了解了这一切的岳瀚一直也未曾对此有过什么激动的情绪。就是在听到他大师父为他批的命卦中那句"星陨流火"时，也未曾有过太激动的表情，认命倒未必，乐观倒也不尽然，只是顺应天意。既然上天让他降临，必然有他必须经历的劫，不管是好是坏，他都乐意来走这么一遭，只是这伦理亲情多少让他有些伤感和难受罢了。

好在不管如何，鬼魅和银雪都会陪在他的身边，一直到他离开人世。如此算来，他也算不得孤单，毕竟人世间的事，谁又真的能陪一个人到老到死。师父们为他已定的命运感到伤感，反倒是他自己却不是那么的在意。

正当岳瀚一扫落寞对银雪鬼魅微笑的时候，对面矮丘后也有一双眼睛在含笑注视着他们。岳瀚在第一时间就发现了，只装做不知道而已。鬼魅警觉地躲回岳瀚的长发后面，银雪也安静地待在了岳瀚手里，"吱吱"地出声示警。岳瀚轻笑："我们也去黄山派看热闹，好不好？"

既定，岳瀚也就慢条斯理地转弯往大路上行去，那含笑专注的眼光一直跟着他。岳瀚感觉到他并无敌意，也不去理会。上了官道后，身边不时有几个武林中人从身边掠过，轻功一塌糊涂，却偏偏都喜欢卖弄，经过岳瀚身边时故意表现出自以为优美的身形来。为了不让他们失望，岳瀚也配合地表现出很崇拜的样子，过后再恶心地吐舌头，哈哈大笑。原来做小孩子真的很好玩。

暗中看着他好一会儿的李怜花也不由失笑了起来，这真是个顽皮可爱的孩子。初时他是被他清亮微带落寞感叹的声音吸引了过来，待看到他的人后又被他可爱灿烂的笑颜所吸引。那俊美超凡的外貌一旦成年，那容颜该是如何地惊世骇俗。一身苏州"织锦造"的银白锦缎，把他如雪的细嫩肌肤映衬得更加透明有光泽。虽然款式已不是最新，料子却是极为上等的，看得出定然不是出生在普通人家。只是这么一个贵胄小公子，怎么会独自跑到这里，身边连半个侍从都没有？他自己怕是不知道，就他那身衣料也够普通人家吃喝几年了，亏得如今是大白天又是官道，不至于有人心怀不轨，但也不排除早已经被人盯上了，待到黑天暗夜的再下手。丢失些许钱财还是小事，但依他的相貌

东方另类武侠经典·

神仙公子【一】

珊火◎著

来看，被贩卖到有钱人家做娈童的可能性更大一些。想到这些，李怜花不由皱起了眉头，看着不远处那个依旧不知人间疾苦的笑容，心里一动，既然上天让我此刻遇到你，那我就不客气了！

岳瀚转过一个大弯，只见一个温柔含笑的白色身影站在路口正看着他。月白色的锦衣，年约二十四五的样子，腰配一弯银剑。长相本就属于俊美型的，但这还不是最吸引人的地方，让人移不开眼的却是他全身都带着一股子说不出的魅惑人的气息。尤其是那对狭长的桃花眼，流转之间仿佛都透着无限的情意与温柔，光站在那里就给人以想要亲近的感觉。那温柔的眼神让岳瀚立即认出他便是之前一直在暗中注视他的那双眼睛的主人。

岳瀚慢慢走上前，眨了眨眼睛，故作天真地问："你是在等我吗？"

"是啊，我是在等你！"那清朗带着磁性的声音，性感中带着几分诱惑。即便是岳瀚身为一个男子，也忍不住有些心弦欲动，若是女人，定然十个有十一个会玉面绯红，被挑起满腔情愫。这个男人真是邪门，满身带着诱惑感，却奇怪得不带半点邪气下流的气息。

"你叫什么名字？为什么等我？"岳瀚抱着银雪，慢慢地仰起漂亮的小脸问他。

"我叫李怜花，你呢？"李怜花见他仰头的模样纯真中透着俏皮，更是爱在心头，恨不得立即把他纳进怀里好好亲一顿。他忍不住蹲下身子，更近距离地看着岳瀚俊俏到了极点的小脸，"你为什么一个人出现在这里？不怕坏人把你拐卖了？"

"我才不怕别人拐卖我呢！"岳瀚翻了翻白眼，他还真以为自己是十三四岁的小孩子！

"你要去哪里？与我做伴可好？"李怜花把声音放得更低沉，那狭长的单凤眼更是专注地看着他，温和中带着淡淡的请求。这让岳瀚的心为之一跳，呼吸都为之一促，脸色微红了起来，那充满诱惑的口吻和暗示让他差点冲上去抱他。他连忙敛了敛心神，暗道，"这个男人的眼睛真是勾人魂魄，好险！"

"我要去黄山派看热闹！"好在他现在的模样是个孩子，不然可糟大了。他一边提醒自己不能再看他的眼睛，一边依旧以孩子的口吻回答他的问题。

"我正好也要去那里，和我一起走可好？不然以你这样的速度，走到那里，估计太阳都要下山了哦！"李怜花对他一点未受自己影响的反应有些意外。这么多年来，能若无其事地对着他的眼睛说"不"的人还真的没几个。他倒也没往别的方向想，只以为岳瀚涉世未深，对世事一无所知，所以对情欲诱惑之事还如白纸一张。这样一想，他反倒高兴起来，想拥有岳瀚的心倒也越发坚定起来。

"好啊，你也会像之前那些'大侠'一样飞着去吗？你若是能带我飞着去，我就与你一起走！"岳瀚故作思考地想了半天才回答道。

李怜花一听自然满心欢喜了起来，"那自然是小问题。不过你还没告诉我，你叫什么名字，我该怎么叫你呢！"

"我叫岳瀚，师父们都叫我小瀚儿！"岳瀚爽快地报出名字。

"小瀚儿，好名字！那以后我就叫你小瀚儿可好？"李怜花重复了一遍他的名字，复又问他。那勾人的眼波更显了起来，看得岳瀚又是一阵脸热心跳，连忙低下头假装梳理了一下银雪的毛，平复一下那颤动的心后复才抬起了头，天真快乐地道："好啊，那我就叫你怜花大哥，好吗？"

"好啊，来！小瀚儿，我们走吧！"李怜花运起轻功，顿时一大一小两个身影如翩翩而飞的白蝶腾空而起，以流星追月的速度往前疾驰而去。

岳瀚心里赞道，此人的轻功已臻化境，内息深长悠远。比之前的那些个三脚猫，修为高了何止百倍，怕是在当今的武林也该排前十位了。身边的树影飞快地与他们擦肩而过，岳瀚倒也生出几分兴奋，接连高呼了几声"好玩！"，让李怜花的心情也更愉悦了起来。

"怜花大哥的轻功真是又快又好看啊！"

若在平时，听到这样的评价，李怜花顶多淡然一笑便罢，而此次这话是由岳瀚嘴里说出来的，他竟然感到万分开心。那自傲中带着风

神仙掌【I】
东方另类武侠经典·

流神俊的笑容毫不掩藏地绽放在他本就妖邪俊美的脸上。迎着风，细长的发丝随风飞舞着，含笑的凤眼神光四溢，整个人散发着异常的魅惑，"多谢小瀚儿的夸奖！"

"怜花大哥真是漂亮啊！"赞叹再也掩藏不住，脱口而出。岳瀚也不躲避，光明正大地欣赏着这个美丽妖邪得有些过头的男子。

李怜花一愣后那笑容随即更多情温柔起来，岳瀚终于开始注意到他了吗？他放缓飞掠的脚步，慢慢地落到地上，连尘土都未扬起过半分，"小瀚儿才是可爱漂亮到了极点呢！"

岳瀚并未错过他落地时轻若鸿毛的步伐，再一次肯定身边的这个男人内功修为也已炉火纯青。看来四位师傅隐居这么多年，江湖里已经人才辈出。自己的武功有四绝亲自教授，灵丹妙药自小当零食吃，要做到李怜花这样自然是轻而易举的。难为李怜花年纪如此轻，竟也能达到如此程度。轻功最高的境界便是"踏雪无痕，迎风不飘"。他虽然还未完全达到，但离得并不远了，假以时日，必然能得精髓。

他再一次不着痕迹地打量了身边的李怜花。虽然摸不清他的深浅，但他却能辨别得出这个男人对自己非但没有恶意，反而像是极为喜欢。这搞得岳瀚也有些云里雾里。不过以他现在孩子的身份要闯荡江湖确实容易出麻烦，有个像李怜花这样的武林高手跟在身边，自然要方便安全得多。这么想来，他也不再费神猜测李怜花对他过分喜爱的原因了。

"怜花大哥，你是江湖上最厉害的大侠吗？"岳瀚眼睛里闪烁着崇拜，让李怜花的虚荣心膨胀到了前所未有的高度。哈哈一笑后，他忍不住捏了捏岳瀚的小鼻子，"不是，最厉害的是清水神宫的宫主，传闻他的清水神功已练至第九重了。"

话虽然如此，但言语中那不以为然的意味却分明很重。这武林排行榜是由方生死排的，他们彼此都未交过手，谁又真正心里服气过彼此？只是都自恃身份，不肯落他人口实罢了。若有机会彼此切磋一下的话，估计谁都不会放弃。

"是这样的啊！"岳瀚的小脸上浮起微微的失望，"那怜花大哥排第几啊？"

"清水神功、彩虹金钩、怜花一绝、明月双剑，被誉为当今武林前四位高手。"李怜花笑道。

"怜花一绝就是大哥了吧？！好好听的名字。这'一绝'不知道是什么呢？"岳瀚兴奋地道。看来他运气不错，他这个新保镖属于绝顶高手之列。

"我的剑法还算不错！"李怜花并不直接回答，反而有所保留地道。

"怜花一绝，绝在剑法吗？可是我觉得怜花大哥的轻功更好耶！"岳瀚揉了揉鼻子道。

李怜花的眼睛一亮，停住脚步，更带着惊喜地看向岳瀚，用力地抱住他，"小瀚儿真乃怜花的知音人也！他人只道'怜花一绝'绝在剑法，小瀚儿却一眼看出大哥的轻功更上一层楼！"

这个男人身上若有若无的牡丹香味以及那烟波横生的魅惑都让岳瀚有些昏昏欲醉的感觉。无意的风情已经让人感觉难以抵抗了，何况这般有意中又增加了许多的殷勤，更让岳瀚觉得这个男人绝对有迷死天下女人的本钱。

"怜花大哥，你抱得我喘不过气了！"

李怜花抱着他柔软的身体，愈加喜欢了起来。小瀚儿身上有一股少年的清新灵动气息，小小的腰身，比例完美的身体，绝美的脸蛋，简直是上天特意为他打造的礼物一般。此刻被自己拥在怀里，他那柔软馨香的鼻息若有若无地吹在他的颈侧，带来几分酥麻的感觉，让他生起一辈子把他留在自己身边的欲望。听到岳瀚嘟哝的抱怨声，他才惊醒般略略放松一些，"对不起，大哥太喜欢小瀚儿了，一时没注意力道，小瀚儿没事吧？"

"没事啦，不过下次大哥可不许抱这么紧哦！"岳瀚假装不满道。哎呀，这个"保镖"各方面都还好，就是这动不动就对他抱抱捏捏的习惯不好。他不得不感叹，看来长得太可爱也是件烦恼的事啊！

两人各怀心思地走在了一起，同样俊美无敌、玉树临风，不同的是心里对彼此的打算天差地别。接下来的旅程又会如何呢？

神仙学子【I】
东方另类武侠经典·

第三章　双面怜花

武林榜每年都在不停地变动着，没有人对武林榜产生过异议。而稳居武林榜第三位的名字十年来一直都是"怜花一绝"四个字。盛名之下，私人生活想要过得隐秘点总是有些困难的。这十年来折磨得他极为痛苦，不是没想过纠正过来，但是不论试多少次，都宣告失败。

"小瀚儿，前面就到了！"黄山派雄壮的门楣已经映入眼帘。李怜花再度停下脚步，理了理岳瀚被风吹乱的头发，"好了，我们一起进去吧！"

见他如此细心，岳瀚对他的好感又往上攀升了几个台阶。他不着痕迹地又把李怜花从头到脚打量了个遍，李怜花细心疼爱的表情让他有些想起水千月。下山才不过短短半天，竟怀念起山上的日子了。

"哦！"岳瀚柔顺地点头。见他整理完自己的头发后，岳瀚主动地把自己的小手放进李怜花修长白皙的手中，"怜花大哥牵着我！"

"好，大哥牵着小瀚儿！"岳瀚的主动亲近让李怜花有些受宠若惊，自然求之不得地握紧岳瀚的手，牵着他往大门走去。

迎宾的黄山派弟子面对这两个风华绝代的男子，眼底满是惊艳和羡慕。接过李怜花递上的邀请函，打开一看，又纷纷露出惊讶的表情，高声唱喝："怜花一绝李大侠到——"

没想到这个看似清风玉露般的男子，竟然就是方生死的武林榜上排行第三的高手。"怜花一绝"虽然早已名扬宇内，只是他们品阶低微的弟子还未踏入过江湖，自然对这些传闻中的大侠只有神往，未曾见过，没想到今天居然有幸见到这位年轻风雅的"怜花一绝"，果然闻名不如见面啊。

寿星玉鸿飞玉老爷子亲自到门口迎接，可见对李怜花的重视，"哎呀，李大侠一路辛苦，老夫小小寿宴竟能得李大侠拨冗前来，真是荣幸之至啊！快里面请！"

李怜花从容地拱手回礼："玉前辈太客气了，叫在下名字即可。李怜花哪敢在老爷子面前称大侠，在此敬祝老爷子福如东海，寿比南山！"

他回首牵住岳瀚的手道，"玉老爷子，这是怜花在路上结识的小兄弟，叫岳瀚。小瀚儿，这位就是黄山派掌门，人称'江湖老好人'的玉鸿飞玉老爷子。"

"玉爷爷好！"岳瀚乖巧地叫了一声。

玉鸿飞见岳瀚长得就像观音娘娘座前的金童一般可爱，已是欢喜。更何况他是李怜花带来的，自然也是贵客级别了，连忙朗笑道："李大侠，岳小公子实在是太抬举老夫了，快快请进！"

走进大厅又是一顿寒暄交错，岳瀚这才发现李怜花的人缘还不是普通的好。几乎所有有头有脸的江湖人物都主动上前跟他打招呼，而最让岳瀚惊讶的是之前李怜花给他的那种魅惑感居然消失得干干净净。一派温文儒雅的大好青年模样，让岳瀚几乎以为之前所看到感到的全是错觉。狭长的桃花眼依旧闪烁着独具温情的气息，却只会让人感觉乐意亲近，不会有被勾魂的感觉。没想到这个男人居然是个双面人，岳瀚顿时觉得越来越好玩了。

众人也对这个怀抱着一只银兔的岳瀚表示了极大的好奇。从头到尾李怜花都一直牵着他，没听说过怜花一绝有弟弟啊，何况李怜花一向独来独往，若非有事轻易不出临雨轩。长得如此一副好相貌，不知道多少江湖侠女对他展开过激烈的追求，奈何李怜花从未动心过，今天会出席玉鸿飞的寿宴不知道让多少人惊讶得掉了下巴。

席中气氛融洽，五湖四海皆兄弟嘛。不管熟悉还是不熟悉，杯盘交错、推杯换盏之后彼此就熟悉得像是相交多年的好友。方生死武林榜上的前十大高手，一下子来了五个，玉鸿飞见到这样的场面自然是乐得从头到尾一直笑呵呵的。

这厢李怜花对前来敬酒的江湖豪客一概来者不拒。一来二去，已经不下一坛陈年花雕，还面不改色。没想到他还有千杯不醉的海量，这番豪饮自然也博得了许多人对他的好感。他也不忘细心地照顾着身边的岳瀚，不时地给他夹这夹那，"来，小瀚儿，吃块鱼！"

"不要，有刺！"岳瀚拒绝得很干脆。这番热闹的场面还是他有生以来第一次见到，带着好奇的眼神，他四处不停地打量，这就是所谓的江湖英雄吗？

李怜花发出一声轻笑，放下手里的酒杯，专心地开始挑起鱼刺来。当他把完整无刺的鱼肉夹进岳瀚碗里时，岳瀚有些动容地看向他，想说点什么又不知从何说起。

"怎么不吃？刺都挑了！"李怜花轻声地问。岳瀚那微张着小嘴的呆愣模样对他来讲真是极深的诱惑，看他的眼神也不由深邃了起来。而岳瀚一见那熟悉的邪肆感，就知道他又显现出另一面来了。

"谢谢大哥！"岳瀚低头装着专心吃菜。

李怜花莞尔一笑，宠爱的眼神再也未曾离开过。

"李大侠，这位小公子真是俊美不凡啊，不知是李大侠的什么人？"不知是谁突然发问。

李怜花刚想回答，岳瀚却抢先说："他是我的大哥。"

"原来是李大侠的弟弟啊，难怪长得这么俊，真是有其兄必有其弟啊！"

"就是……"

一时间众人的话题都落在他们身上，李怜花也不反驳，只是得体地微笑着："这是舍弟岳瀚，今后行走江湖还望各位多多关照。"

"怜花一绝"此言一出，就等于宣告了岳瀚从此被纳进他的保护范围，谁若动了岳瀚就等于得罪了他李怜花。这样哪怕岳瀚身无半点功夫，四海之内也皆可去得。

岳瀚不了解江湖，自然不明白刚刚那一句话，已把自己和李怜花从此联系在了一起。他的注意力已经完全被角落里另外两个人吸引去了。

那如一轮明月般清新气质的男子，一身白衣干净清冷地坐在角落自斟自饮。投射在他身上的目光明里暗里的不知有多少，他就像是没看见一般；另一个看上去好亲近得多，但给人一股不正不邪的感觉，长相有点异族人的邪美，让岳瀚看到他立即联想到了黑色曼陀罗，极美却有毒，别人看他的眼神也总是狐疑中带着几分顾忌。这么标新立异的两个人，怎么能不吸引岳瀚的心神。

想知道他们的身份，提问无疑是最快的途径。"怜花大哥，角落里的两人是谁啊？他们看上去好寂寞，都没有人跟他们说话。"

这番天真的话语，立即让热络的气氛有了一丝冷静。在座都是江湖上有头有脸的人物，自然不可能听不到他的问题。包括被好奇的那两个"寂寞"对象也抬起了头，微带惊奇地看向岳瀚，后者甚至对他露出一个堪称温和的笑容，又让人大吃一惊。

"司徒兄，多情兄，不嫌弃的话移坐共饮一杯如何？"李怜花轻扬起手里的酒杯，对二人做出邀请的姿势。

"既然怜花兄相邀，在下就恭敬不如从命了！"说话正是长相邪美的黑衣男子。只见他微微腾身，人已出现在了李怜花旁边的位置，与他几乎同时出现的正是分明未曾见他移动过的白衣男子。

"小瀚儿，这位便是大哥跟你提过的明月双剑司徒明月，而黑衣的这位是多情阁的多情公子。"三人略微碰杯，一饮而尽。

好一个多情公子，好一个明月双剑，看来都是深藏不露。年轻一代的高手真是层出不穷，这个司徒明月倒也是个不可多得的俊雅人物。原以为李怜花已经是千里挑一的好手了，没想到这排行第四的明月双剑居然也这么年轻。还有那个多情公子，若他没看错，这人分明掩藏了部分功力，在这种场合故意藏拙又是为了什么呢？人不都应该喜欢出名吗？

"哇，他们都长得好好看哦！"岳瀚半天才爆出一句让人啼笑皆非的话，把略显紧张的气氛缓和不少。

司徒明月也被他天真的话语逗得稍稍弯起了唇角："承蒙夸奖，愧不敢当！"

多情公子倒是很大方地应道："小岳瀚长大了怕是天下女子都会

为之倾倒了，我等这几许风姿哪堪相比？"

"你们也做我的大哥好不好？"岳瀚倒是真的有意相交。

李怜花看似不动声色，内心里却嫉妒翻了天，脸上又不得不摆出温和的笑容。他有几分后悔带岳瀚来了这黄山派。之前岳瀚夸他们长得好看时，已经让他打翻了醋缸。李怜花意识到自己对岳瀚太过重视，这不是好现象，然而却无法阻止心里的嫉妒泛滥。

岳瀚敏锐地感觉到他的不开心，却故意装做没发现，任由银雪有些不安地在他怀里扭动着。

"岳瀚有怜花兄这样的大哥，哪还需要我们再去画蛇添足？不如做个忘年交如何？"多情公子邪气地一笑，暗中多少侠女芳心一颤。

司徒明月微微点头表示赞同多情公子的话，又看了一眼不动声色的李怜花，意味深长道："有时间，可以来明月楼做客。"

在座的人都深吸一口气，明月双剑一向不与人来往，明月楼从不待客的规矩是早就存在的，而且传闻司徒明月和李怜花不和，今天司徒明月居然会邀请李怜花的弟弟去明月楼做客，怎么能不让人惊讶？

"多谢司徒兄的邀请，有暇怜花一定携小瀚儿去明月楼打扰！"李怜花含笑应下。一派君子风范，让众人不由得怀疑传闻与真相不符合。看他们如今兄来兄去一派和乐融融，哪有半分不合的模样？

寿宴结束后，天色已经很晚，一干贵宾都被安排进了黄山派的精舍休息。本来也给岳瀚分配了一间雅致的厢房，就在李怜花的隔壁，却在岳瀚的强烈要求下取消掉。他坚持要和李怜花睡一间房，这让李怜花又惊又喜。

"大哥，你不睡吗？"岳瀚脱掉了靴子衣服，坐在床上，看到李怜花依旧正襟危坐在桌子边看着一本书，不由奇怪地问。难道他还在为宴席上的事生气？司徒明月和多情公子跟他不合吗？

"小瀚儿先睡吧，大哥还要看一会儿书呢！"李怜花头也没抬，状似认真地道。这个房间就这么大，狭小的空间让彼此的气息显得很敏感。李怜花生怕自己一抬头就忍不住把小瀚儿压在身下，他那个少年的身体所散发出来的馨香早经折磨得他蠢蠢欲动了。这会儿他全靠意志力在强撑着。一个下午相处下来，岳瀚在他心里的感觉早已经不同了。他活泼、灵动、聪明、善感、天真，他对他不能像对待其他的少年一般，所以忍耐成了他目前唯一能做的事。

十年前，他还是十七岁刚出道江湖的少年，凭着满腔意气开始闯荡江湖。雁荡山那一战，让他扬名武林。从此，武林榜上第一次刻上了一个十七岁少年的名字。"怜花一绝"成了多少年轻一辈的梦想和超越的目标，可是却没有人知道他在那一战经历了怎样的一切。

从那之后，他就灰心于江湖。然而却应了一句"人在江湖，身不由己"的古话，有人的地方就是江湖，岂是你想进就进想退就退？除了躲回"临雨轩"外，他还真不知道怎么面对。即便如此，每年总有那么几件"大事"是逃避不得的，就像此次玉鸿飞的寿宴。

玉鸿飞的武功在江湖上不算绝顶的高手，然而玉家的名声就跟姑苏慕容家一样，显赫宇内。因为玉鸿飞这个人仗义疏财、为人义气，是出了名的老好人。这样的人过寿，即便是如他"怜花一绝"这样的盛名也是必须要给面子的，毕竟江湖也是个人的世界。

一晃十年过去了，这中间武林榜每年都在不停地变动着。没有人知道方生死是依据什么排的名次，但至少到目前为止，没有人对武林榜产生异议过。而一直稳居武林榜第三位的名字十年来一直都是"怜花一绝"四个字，更是让人对他的一举一动关注备至，这也是他的招牌字号一亮，就会换来他人惊羡嫉妒的目光的原因。

盛名之下，私人生活想要过得隐秘点总是有些困难。特别是他有那种不为人知的隐疾，更让他在心里饱尝刺激快感时又感觉到深深的罪恶和恐惧。这隐疾十年来折磨得他极为痛苦，他不是没想过纠正过来，但是不论试多少次，都宣告失败。他根本无法喜欢女人，不管多美多妖娆的女人都只会让他觉得恶心反胃。这也是为什么他总给人谦谦君子的风范，却已至二十七还未娶亲的原因。若单单是不能喜欢女人也就罢了，喜欢男人古来也不是没有，董贤哀帝的典故一时曾传为佳话，以他的相貌，若真有分桃断袖之癖，自然也是不乏人选的。

然而令他动情的偏偏都是十几岁左右的少年，那些还未完全长成的身体每每都让他冲动得不可自抑。特别长相阴柔的男孩子，更是让

东方另类武侠经典·神仙笔

神仙手【I】

20

他的情欲勃发不可收拾，想控制都控制不住。

这些年他暗里去了不少青楼楚馆，掩去本来面目，花钱买漂亮的少年过夜，一夜风流，各取所需。也有真心真意愿意跟他一辈子的，但他的勇气却消失在自我恐惧和厌恶之下，以至于这些年他总是在一次次肉欲沉沦中获得刺激的快感，却在天亮的时候厌恶自身的污秽与不堪。

看到小瀚儿的第一眼他就被他绝俗的相貌和完美的少年身体所吸引，一心想得到他。而如今他真正看着这个动人的少年坐在床上眨着纯真的眼睛看着他时，心里的罪恶感却直线上升起来。他不是楚馆里卖身的少年，他有着更美好的未来，难道就为自己的一己之私毁了一辈子吗？若自己能许给岳瀚一辈子的时间，那么哪怕再辛苦他也愿意一试。可是少年的身体终会长大，而他却无法让自己喜欢一个成年男性的身体，这样的他给不了小瀚儿一辈子的时间，那他又怎么忍心毁了他？

初见小瀚儿，他以为他是天上掉落的精灵。而现在他真当他是自己的弟弟，那哥哥又怎么可以对自己的弟弟起邪念呢？李怜花在心里狠狠鄙视自己之后，强制把注意力集中到手中的书上！

第四章　岳瀚离去

在别人眼里，李怜花依旧是潇洒高雅、君子风范的"怜花一绝"。没人知道他此刻的笑容维持得多么辛苦、晦涩。李怜花对这样表里不一的生活早就产生了许多厌倦，却无法摆脱。

"大哥是不是还为白天的事情不高兴呢？"岳瀚坐在床沿晃着两条白皙的小腿，漫不经心地问。

"白天？没有啊，大哥没有生气啊！"李怜花握书的手明显一紧，随即又放松下来。刚抬眼看见岳瀚晃动的两条小腿，立即又把头转向书上。

"可是我白天分明感觉你不高兴了！明月双剑和多情公子长得的确很好看，不过最好看的还是怜花大哥啊，他们谁也比不上的。"岳瀚想来想去除了这件事，应该没有别的事情让他心情不好，只是他不知道原来男人也会如此在乎自己的相貌的。他的大师父玄心大师和二师父不老神仙都是属于俊美型的，虽然现在已是百三十岁高龄，却依旧看得出年轻时是如何的绝俗不凡。对于美的概念在岳瀚的眼里其实没有那么明显的界线，李怜花真正让他印象深刻的不是他绝美的外貌，而是那对勾魂夺魄、魅彩四射的桃花凤眼，以及那周身展露出的惑人气息。

"真的吗？小瀚儿是说真的吗？那么小瀚儿是比较喜欢我，还是喜欢他们？"李怜花对自己的容貌自然是有信心的，他只是对小瀚儿会如何看他这件事上没有信心，倒也并不是真的在意他是不是最好看的男子。

"那是自然啊，我当然更喜欢大哥啊。大哥武功又好，人又俊俏，哪需要为这区区小事不高兴啊！"岳瀚也顾不得没穿鞋子，跳下床沿，跑向李怜花，在他措手不及时爬上了他的膝盖，拉住他的手抱住自己，"嗯，这样舒服多了。大哥，我好困，你陪我睡好不好？我在山上都是靠着二师父睡觉的，一个人睡不着啦！"

李怜花一僵，心里还在消化着岳瀚的甜言蜜语，手里却抱着暖玉温香的身体，简直是里外夹攻，两面都难受。正义和邪恶的思想正在剧烈地进行着拉锯战，欲望叫嚣着要吃了他，得到他；而理智告诉他不能伤害小瀚儿。这让他简直如处在水深火热之中，额头的冷汗一滴滴地渗出来。

"大哥，你到底怎么啦？怎么出这么多冷汗？你不舒服吗？"岳瀚惊讶地看着李怜花痛苦的表情，反射性地握起他的手，两指按上他的脉搏。李怜花的脉搏频率实在是太快了，快得有些不正常。但除了这个之外并没有什么其他异常的现象，这让精通医术的岳瀚一时也不知道是什么原因，"大哥，你的脉搏为什么会跳得这么快？"

"小瀚儿，乖，你离大哥远一些，现在一个人回床上去睡觉，让大哥一个人静一会儿就好了。"李怜花低哑着声音道。

岳瀚看他的样子像是在忍受极大的痛苦一般，怎么肯独自一个人放他坐在这里？何况李怜花确实对自己又是如此疼爱，"不行，大哥，你去床上躺着，我给你扎几针！"

"离我远点——"李怜花近乎怒吼。再度抬头时他眼珠通红，带着可怕的光芒。看他眼神像是洪水猛兽一般，岳瀚反射性地退后一步，不由眼睛一红，长这么大还没被人这么怒斥过呢。他的心性也上来了，转身自己躺到床上，扯下床帷，拉过薄被，决定天一亮就离他远远的。反正他又不是真的无自保能力的少年，何苦在这里看别人的眼色度日，高兴就疼爱他，一不高兴就狠狠地凶他，他以为他是谁啊？躺在床上的岳瀚越想越气，恨不得现在就起床穿上衣服唤回银雪和鬼魅连夜离开呢！

那头的李怜花好不容易抑制下满腔的滔天欲火，他知道自己之前的样子吓坏了岳瀚，伤害了他的心灵，却没办法上前去解释，就连多看一眼床的勇气也没有，生怕好不容易克制住的反应再度升起。他苦笑一声，真是自作孽不可活。白日里觉得小瀚儿的到来是老天的厚赐，如今却成了甜蜜的折磨，明天以后的日子该如何下去？跟小瀚儿坦白他的秘密，还是从此离小瀚儿远些？两种选择都让他感到痛苦，却又不得不做出抉择，否则类似今天这样的场面，以后会经常出现，他又该如何跟小瀚儿解释他的前后异常？

神仙公子〔Ⅰ〕
东方另类武侠经典·

这注定是个无眠的夜，床里桌边的两个人都睁眼到了天亮。院子里陆续有了人声，可能是早起的黄山派弟子正在为不久后即将起床的各位贵宾做着准备工作。岳瀚听到人声便从床上坐了起来，自己着衣，掀开床帏径自穿鞋。即便他没看李怜花一眼，也知道他的眼神是含着深深的歉意。不过他却没有心软的打算，他不知道什么原因让他前后判若两人，也不想知道。昨日里是看他对自己关怀备至，才心软地关心起了他，哪知竟然热脸贴上冷屁股。对自己的爹爹他都狠得下心不认，何况这个不算太熟悉的李怜花。

话虽如此，但心里那莫名的躁怒又是为哪般？他跺了跺脚，一甩头发，便往门边走去，手快要触上门闩的时候，一只冰冷白皙的手握住他的手，不用看也知道是谁的手，"放开——"

"小瀚儿，我——"李怜花欲言又止。怎么说？怎么说得出？他有预感小瀚儿会是他一生的救赎，若就这么放手的话，怕是以后就真的变成天涯陌路人了。可是他真的没有勇气跟他坦白。他会懂吗？他还这么小。他知道后会原谅他吗？会愿意留在他身边与他相伴吗？可是不说的话，就真的只有放手了。这个问题他想了一夜，也没有答案，此刻除了抓紧小瀚儿的手他已经不知道还能如何了。

"我不想要你这个大哥了。从此我们桥归桥，路归路。我要走了，请你放手！"岳瀚也冷了脸，话语中哪还有半分可爱天真娇嗔的模样。这话让李怜花的心都快冻成冰块了。那句"不想要你这个大哥"让他的心感觉到了前所未有的绝望。一惊之间已经放了手，岳瀚毫不犹豫地开了门……看着他骄傲的小身影挺直地消失在走廊的尽头，李怜花觉得心的某一块已经碎了，停滞在半空的手半天也没有垂下。他

想呐喊狂呼，却只是挺直地站在门边，守着这房间里仅存的一丝小瀚儿的气息。

在别人眼里，李怜花依旧是潇洒高雅、君子风范的"怜花一绝"。得体的微笑，温和的话语，从不刻意出头。需要他发言的时候也总是点到为止，恰到好处。为人不圆滑，却总能给人事事周到的感觉；脾气温和，却不优柔寡断，该出手时也从不心软。无论从哪一方面来看，李怜花都堪称年轻一辈的楷模。不仅是年轻的后进弟子以他为目标，连老一辈的也对他的人品武功赞不绝口。在旁人看来若有完人，李怜花无疑是其中的最佳例子。提起"怜花一绝"，谁不是点头称赞，开口叫好？可谁又知他心中的苦楚，谁又知人前的这一面他花了多少年的时间才建立起如此完美的假象，以遮掩他心中那难言的不堪。白天里自我欺骗的模样才是他该走的人生道路，却无法摒弃那黑暗中才能获得的快感。每每释放的时刻才感觉自己生命的完整，之后又是无尽的空虚。他日复一日在这夹攻中度日，活得有时候根本不记得十七岁之前的自己该是个什么样的人了。

没人知道他此刻的笑容维持得多么辛苦、晦涩。众人对于岳瀚的消失不断地询问，让他原本就不佳的心绪更加不耐，真想挥挥衣袖转身就走，但却依旧站在原地温和地解释着无中生有的借口。李怜花对这样表里不一的生活早就产生了许多厌倦，却无法摆脱。

对于是否要追回岳瀚，李怜花一直在犹豫。要找到他的行踪是轻而易举的事，但找到之后呢？今早离去的背影是那么决绝，还有回头的可能吗？

"李大侠，你觉得此事可还有需要补充注意的事项？"慕容英宏朗声问道。众人的目光都落到了他的身上，李怜花这才不着痕迹地收回心神，可他压根儿不知道刚刚他们说了些什么。在这样大庭广众下出神并非第一次，毕竟对这种说说漂亮场面话，彼此吹捧抬高的所谓群雄会，他是很不以为然的，然而像今天这样完全没注意到话题的情形还是第一次。他却也不慌张，面带适宜的笑容："诸位前辈和武林同道已经考虑得很细致，怜花一时也实在想不出有什么可补充的！"

不意外接收到全体人员赞赏的目光，对于李怜花一贯的谦虚，老一辈自然是满意至极，毕竟武功高到像李怜花这种程度，却还能不骄不躁的年轻人已经是凤毛麟角了。

"那就暂时这么定下了，此次回去，各门各派加紧布置，争取一击制胜。"开口的依旧是慕容英宏，满场的武林同道纷纷点头同意。

姑苏慕容家不仅是南武林的象征，到了慕容英宏这一代，因为他的公道无私，不偏不颇，加上以往的威望，已经连任了两届武林盟主，所以他说的话自然能得到多数人的赞同。此次来黄山派为玉鸿飞祝寿是为其一，其二便是为了聚集群豪商讨今天的事项。眼见各方面都如此的顺利，让慕容英宏感觉满意到了极点。

"此山是我开，
此树是我栽。
要打此路过，
留下买路财。"

四个模样滑稽的大汉，笨拙地大声喊着强盗头子流传下来的千古打劫名句，故作凶恶地看着一路低头走来的岳瀚。握着砍柴斧头的手还在发抖，嗓门倒还算像那么回事。本还在沉思的岳瀚被这突如其来的粗大嗓门吓了一跳，银雪也从岳瀚怀里伸头不屑地看了面前这四个傻大个一眼，这样的打劫连小孩子都玩得比他们像，扫视一眼后继续窝回岳瀚怀里睡觉。

四个"强盗"这才看清岳瀚的模样，都呆在了原地——好漂亮的小公子。有一个斧头掉在了地上还不知道，只顾着呆呆地看着岳瀚的脸发呆。岳瀚"扑哧"一声笑了出来，这一声笑惊醒了他们，那个丢了斧头的连忙捡回他那把已经有些生锈的斧头，全部如临大敌似的看着他。岳瀚越发觉得好笑地看着这四个强盗大叔比他还紧张的样子，好像被打劫的是他们四个，而不是他。"喂，四位大叔，这里既没有山，也没有树，这路嘛，杂草丛生也算是路吗？"

没想到岳瀚非但不怕，居然还说出这么一番话来，四人的脸一下子全部涨红起来，你看我，我看你，急得不知道说什么才好。这第一次打劫，他们也很紧张，这几句词还是从几年前村里偶尔路过一个走

神仙掌子【Ⅰ】
东方另类武侠经典·

南闯北的说书先生那听来的，四人七拼八凑地好不容易记了起来，哪里有去细思是什么意思啊！

"看你们也不像强盗土匪之流，怎么好好的田地庄稼不种，在这里打劫我一个弱小孩子，羞也不羞？"岳瀚好整以暇地站在原地，嘴巴却是毫不留情。

"那个，我，我们——"四人被他这么一说，脸涨得更是通红，还伴有痛苦的神情。其中一个听到岳瀚严厉的训斥，直接扔掉了斧头，瘫坐在地上开始大哭起来，一时间其他三个也悲从中来，都扔了斧子开始号啕大哭。那伤心欲绝的模样，反倒让岳瀚怔在原地。被打劫的不是自己吗？他还没被吓哭，打劫他的反而哭了……这是什么情形？岳瀚连翻白眼的力气也直接省了，见他们哭得凄惨，他只觉得头疼，大吼一声："哭什么哭，都不许哭！"

四人脸上鼻涕眼泪挂了一堆，却都被岳瀚的吼声吓得止住了哭声，愣愣地看着这个面色有些可怕的小孩。这偏僻的地方好不容易来了个生人，还是个孩子，一开始他们还有些犹豫，打劫一个孩子好像不好，可是村里的情形实在不好，否则也不会出此下招。没想到这个孩子居然一点都不像普通的孩子，比他们还凶，他一定会送他们去见官的，怎么办？

"看看你们长得五大三粗的，怎么像个女人一样哭哭啼啼，有什么困难说出来就是了，哭有什么用？"岳瀚本不想管闲事的，他此刻的心情正感觉不爽呢，可是看着这四个傻大个那可怜的模样，放着他们不管也终究不忍。如果是钱能解决的事情都不是什么大事情，给他们些钱便是了。

"小，小公子，我，我们也，也，是，是被，被逼，无，无奈啊！那……"其中一个抽噎着，边抹鼻涕眼泪边断断续续地说着。岳瀚听得直皱眉，光听到他吸鼻涕的声音了，字是一个都没听清，"闭嘴，换个讲得清楚的来说，我要知道怎么回事，不然就扔你们几个在这哭，我可要走了！"

"我，我说，小公子别走！"另外一个大汉连忙利索地一抹鼻涕赶紧道。虽然指望一个小孩子的帮忙看起来有些丢脸，可是这么几个月，除了他没有别的生人来到这里，村里能卖的东西都卖了，实在没钱了，村里人的怪病怎么办才好？他们老远看岳瀚低头走来，穿的衣服一看就知道值钱，他们就想稍稍打劫他一点点钱去更远的城里请个好的大夫来给村民看病，没想到这个小公子比他们还凶，现在人家没拉他们去见官，还愿意帮忙，他们怎么可以错过？

"我们村的村民除了我们几个和少数的妇女外，都得了怪病，值钱的家当都卖了，请了好些个大夫都没看好，眼看生活都快过不下去了，才想打劫一点点钱的。这主意是我出的，小公子你就拉我去见官吧，放过他们三个，现在村里除了他们没有别的劳动力了。"那大汉话才说完，另外三个人连忙接口："我们也有份的，怎么能让张大哥一个人去坐牢？"

眼看三人你一言我一语的又要吵闹起来，岳瀚又是一顿大吼："别吵了，谁说要拉你们去见官？还不带我去村子里看看，我是大夫，说不定能治你们村的怪病！"

他是大夫？四人狐疑地看着岳瀚孩子模样的身形，也难怪他们怀疑，谁叫岳瀚此刻的模样只有十三四岁呢。岳瀚也知道他们在想什么，冷眼一瞥，"看什么看？还不带路？"

四人连忙从地上爬起来，拿起斧头"喔"了一声就走到岳瀚前面给他开路。

第五章 "鬼新娘"与"三叶草"

"三叶草"来自苗疆，是伴着蛊虫一起被下进人体的。岳瀚冷眼旁观，他可不认为那个大庆的漂亮媳妇这么单纯，嫁得这么巧，又死得这么早。他知道内情肯定不简单，他倒要看看这个"鬼新娘"到底是个什么东西。

越走草越茂密，四人尽力把草往两边捋，不让锋利的草叶划到岳瀚的身子，即便这样，岳瀚那件银白色的锦缎还是被草上的汁液和泥土染得五颜六色起来。四人又是一阵道歉，岳瀚不以为意。走了很长的路，他们才到达一处山坳里的村子。站在山坳上往下看，这个村子还不小，但此刻已经是晌午时分了，却没有一家升起炊烟，也没有什么人声，的确是不正常。

"小公子，这就是我们的村子了！"那张姓大汉连忙道。

"嗯，进村看看。"岳瀚点了点头，用力闻了闻空气中若有若无的怪异味道，他知道是什么东西在作祟了，也大致猜到了村民是得了什么样的"怪病"，不过他还是需要证实。

"小公子，那，那个……"之前那个结巴的大汉拉住岳瀚的衣袖欲言又止。

"有什么话就说，我讨厌吞吞吐吐！"岳瀚冷眼扫了他一眼，那大汉连忙松开他的衣袖。

"见到我娘子和爹，可不可以请小公子别说我们打劫你的事情？"他迟疑了半天才说出原因。

岳瀚抬眼一看其他三人脸上均露出同样希冀的表情，忍不住没好气地道："打劫我？就凭你们？还不够格呢，还不走？"

他林岳瀚是随便谁都可以打劫的对象吗？要让四位师父知道不笑掉大牙才怪。

四人连忙惊喜地点头在前面带路，他们对这个除了身形还是个孩子，其他地方没有一处像孩子的岳瀚是打从心底的敬畏，若再给他们一次机会，拿刀架在他们脖子上也不敢再去打劫他。

神仙掌【I】
东方另类武侠经典·
神仙掌

岳瀚的到来，为这个死气沉沉的村子带来了欢笑和希望，包括老村长在内的所有的村民都喜欢他。四人打劫他的事一开始就没瞒住，露馅的自然是他们自己。村长正是那张姓大汉的爹，知道儿子居然干上打劫的营生，还打劫岳瀚这么小的一个孩子，拼着那残破病重的身子就想从床榻上挣扎着起来打他，亏岳瀚阻止得快。

走了好几户人家，细细地看了那些"怪病"患者的症状后，岳瀚几乎立即肯定这是罕见的"三叶草"毒所引发的症状。这种草中原已经不见了多年，他之所以知道这种草的歹毒，还全亏大师傅曾经给他专门讲过这"三叶草"的特性。"三叶草"来自苗疆，一般是伴着蛊虫一起被下进人体的。中毒的人起先只会觉得浑身无力，并没有其他症状，慢慢就开始嗜吃甜腻的东西。在下毒的人眼里，这个过程叫做"养血"，一般会持续十天到半个月；接着会从下肢开始慢慢地水肿发胖，浑身骨头开始酥软，这个过程叫做"化骨"，一般需要二十天到一个月。这个过程结束后，被下毒的人体内的骨头酥软到一碰就会散碎，所以到第三个月的时候就根本起不了床，但吃喝欲却依旧不减。等到一百天的时候，带毒的身体基本已经全部"养成"，那时就可以取用来练功。这是苗疆最古老最歹毒的一种邪毒之法，一百年以前就在中原掀起了滔天巨浪，当时荡平这邪恶之源的正是岳瀚的师父天地四绝。没想到过了一百年，竟然会再现中原。看来当年的那一役四位师父除恶未尽，以至于有了漏网之鱼，如今又开始兴风作浪了。既然无意中让他知道了，就断然没有置之不理的道理。他倒要看看是什么人竟敢置四位师父的警告如无物，反正他正愁没什么好玩的事情可消遣呢！

看这村子里人的症状，像是中毒至少有三个月以上了，最严重的却还未"养成"。这倒是个奇怪的现象，三叶草的毒性和歹毒的血蛊相结合，按理早该"养成"了，如今却还在"化骨"状态，这种情况像是有什么东西延缓了血蛊和三叶草的毒性蔓延。这是意外还是下毒人的故意所为，岳瀚现在还不知道，不过解除三叶草的毒性是眼前第一件要做的事情。要除三叶草的毒，必先知道毒的来源。三叶草不会自己散发毒气，必须有人不断地以血催化它的毒气。这么大的一个村子，如今空气中依旧有着若隐若现的三叶草气息，那催毒之人必然不会离得太远。

"最近几个月可有什么外人来过这里？"岳瀚问身后的张大年，也就是打劫他的那四个大汉中的张姓大汉。

"好像没有！"张大年想了半晌回答。

"有就是有，没有就是没有，什么叫好像。"岳瀚给了他一个白眼。张大年觉得一顿委屈，明明小公子在爹爹和娘子他们面前就可爱乖巧好说话得很，为什么见到他们四个就这么凶，他们也不是成心想打劫他的啊？

"四个月前村尾的大庆从外头娶了个漂亮媳妇回来，可惜没多久就病死了，不知道算不算外人？"王大树灵机一动，还真给他想起一个勉强算是外人的人。

"大树，你怎么可以这么说，大庆死了弟妹，已经够伤心的了，你……"张大年大眼一瞪，对于王大树的帮忙倒是一点不领情。都是一个村子的人，既然嫁进了他们村就是自己人，何况死者为大，怎么还可以去怀疑死者呢？

王大树被他一瞪也惭愧得低下了头："张大哥，我错了！"张大年还是一副不高兴的表情。

王大河和张大山也连忙求情："张大哥，你知道大树那人一向有口无心，再说公子也就是问问有没有外人来，没说怀疑大庆媳妇啊！"

岳瀚冷眼旁观，这四个傻大个，傻是傻了一点，倒是忠厚老实，心地也很善良，一点防人之心也没有。他可不认为那个大庆的漂亮媳妇这么单纯，嫁得这么巧，又死得这么早。他知道内情不简单。心里有了怀疑的对象，办起事来就简单得多了，他倒要看看这个"鬼新娘"到底是个什么东西。

这个村子只有两种姓氏，不是姓王就是姓张。名字也取得极其简单，什么大树、大石头之类的。村子在山坳之中，四周的浅矮山坡上开辟出了梯田模样种植庄稼，家家都有养殖棚子，养些鸡鸭之类的家禽，完全是自给自足的生活方式。听说以前村子里也有个草药郎中的，后来老死了，山里的人一向善于劳作，身体也很健康，谁家有个头痛脑热的，自己就能给治好，也没寻思着再请个大夫在村里。这么早耕晚宿的日子过了很多年，可以说基本是与世隔绝，那下毒之人选中这个地方看来自是有其原因的。而如今这个村子里别说鸡鸭了，连可下锅之米都基本没有，不然这四个傻大个怎么会想出到山外打劫的主意。

他知道其实就算此刻他不来，这些村民一时半会也饿不死，因为那人还要靠"养成"后的村民练功，此刻怎么可能任由他们饿死而前功尽弃？这四个傻大个，还有少数几个没患"怪病"的幸运儿，怕也是人家故意留下的。毕竟这么大的村子，若都下了毒中了蛊，这些人怎么能活到"养成"，总要留几个下来"照顾"这些村民。想到那人的歹毒用心和恶毒手段，岳瀚心里就一阵火冒。整个村子一派死气，老弱妇孺一个也不放过，若他再晚来大半个月，这些村民怕是一个也救不回来，全成了歹毒的邪功的牺牲品了。

"那个大庆的家在哪里，带我去看看。"岳瀚冷静地道。

"小公子，不是我们不带你去，而是大庆自从他媳妇死了之后，就不怎么与村里的人来往，搬到山坳后面去住了。"大河连忙道。

"你们难道不关心他是不是也得了这怪病？他一个人离群索居，万一有个什么好歹，还没有人在身边的话，不是很惨？亏你们还当他是自己人？"

被岳瀚这一声冷吓之后，四人都面露担心之色。这阵子他们为着其他村民的事情，确实有好长一段时间没见到大庆了，现在想想还真

的担心起来。

"公子，我们带你去！"大年当机立断大声道。

岳瀚嘴角含笑，跟头脑简单的人打交道，就是这点好，只要稍稍几句，就让能他顺着你的思路走。

他的直觉告诉他这个大庆不是也有问题，就是已经凶多吉少。

"公子，你能救我们村里的人吗？"张大年虽然也少根筋，却不是白痴。对于他爹以及其他村民得的这个"怪病"也感觉诡异，每次看到他爹等人面色红润能吃能睡，却都无法起身，皮肤的颜色也越来越血红，透过表皮仿佛都可以看到皮肤下面的血液流动的样子，整个身体都膨胀得是原来的两倍都不止，无论从哪个角度看都越来越像是软骨动物的模样，连他们这些亲人每次看到都感觉一阵恶寒。从外面花钱请来的大夫，哪个不是看到这样的情景后就吓得恶心狂吐，摇头离去，不肯再来。而岳瀚一个孩子，看到这样可怕的场面却连半点惊讶的表情都未露出，那沉着的表情，让他自然而然地生出了许多信心来。

"如果你们配合我的话，保住他们的性命问题不大。"看着眼前这四个大个子露出凄凉的笑容和微薄的希望，岳瀚也不由感慨。人的一生如白驹过隙，短暂且苦难不断，却没有人不心存希望地抓住最后一丝力气也要活下来。亲情、血脉、朋友共同构造了这个人的世界，生老病死，悲欢离合无不是因人的一切而产生。他不忍让这群单纯的人这么失望地带着痛苦和遗憾送别亲人，无论救回来的人会变成什么样，只要能保住亲人的生命，对他们来说也该是种安慰了。但他们所中三叶草的毒性已经太深，即便化除毒性排除体内的血盅，这些人的寿命也都不会太长久，而且从此也干不得重活，只是留着一条命让活着的人安慰罢了。

绕过山坳，走了好几里地，这山坳后面居然是深沟腹地，像是这座山被天雷硬生生地劈开了一条很小很窄的沟壑。这里只能容一个人穿过，岳瀚抬头看天，只能看见一条很细小的灰色。他看着这奇异的地形，猜测这村子里的先人中必然有极其高明的地质学家。从他进入这个与世隔绝的村子以来，已经看到了好几种不同的地质风貌。就像眼前的这条沟腹，分明就是罕见的险龙地貌。这类地貌的标志性特点便是极阴极寒，寸草不生，百物不存，传说连龙进到这里都会危险，所以叫做"险龙"，何况是人呢？不过这样的地方对于修炼至阴至柔的内功的人来说却是个百年难寻的好处所。

沟壑内感觉不到风的流动，却让人觉得阴冷飕飕的，走在最前面的张大年咬牙道："这里面因为见不到太阳，所以有些冷，小公子你若受不住，就招呼一声，我们自己进去看看大庆的情况。"

岳瀚低声"诺"了一声，并未解释这阴冷的原因不是因为照不到太阳的关系。这样的地貌也是很适合三叶草生长的环境，可是从进入这条沟壑开始，空气中三叶草所特有的怪异的味道竟然越来越淡了，难道方向错了吗？

岳瀚比任何人都清楚，险龙之地别说普通人不能在里面久待，就是内家高手，不是走阴柔路线的也不宜在内久待，最是折损精气修为，所以他不认为那个普通的村民能在这里面居住。

"再往前走半里地就要到了！"说这话的大河牙齿都在发抖。岳瀚走在最后，不着痕迹地假装拉住大河的衣服，"大河，把你的手搭到大树的肩膀上，大树的手再搭到前面的大山肩上，大山也把手搭到大年的肩上去！"

只听到岳瀚的声音，想回个头都不行的几人，都听话地把手搭到前面人的肩膀上，顿时四人只感觉一股热流涌入体内，立即冲散了不少阴寒的气息。四人惊喜地停下了脚步，"怎么感觉都不冷了呢？"

"别停下来，继续往前走！"岳瀚的声音冷静地从后面传来，内力源源不断在四人体内流转。四人稍一迟疑后，立即加快了脚步，虽然不明白为什么这次不同以往，非但不感觉阴冷入骨，反而有热流涌动，但也知道一定是岳瀚帮了忙才会这样的，对他的信心又高出去几分，同时也为大庆居然能在这么阴冷暗沉的地方居住感到担心。

沟壑尽头是一个圆形的盆地，说是盆地其实也没有那么大，只是比周边的地面还要低上两尺，看起来更像个宽大的水潭。那盆地中间盖着一间很简陋的茅屋，茅屋顶上的茅草已经泛着腐烂的颜色，看上

东方另类武侠经典·[I]

神仙字

去应该有些年头，不像是最近几个月才盖的。

　　"小公子，这里就是了。"大年指指那茅屋，"我去看看大庆怎么样了！"

　　"不用去了，屋里没人。"岳瀚细听了一下，断定那茅屋中此刻并没有人，"这屋子应该是早就有了的吧！"

　　"是，几年前我们偶然发现这里的时候，这个茅屋就已经在这里了。"张大年连忙点头。

　　"村里的人都知道有这个地方吗？"岳瀚一边跳下盆地往茅屋走去，一边问。

　　"除了我们就只有大庆了，这里还是大庆第一个发现的呢。当时我们都觉得这个地方太邪门了，所以也没跟村里人说。三个月前大庆说要住到这里来，我们还都劝他的。"大河回忆起之前的情景道。

　　岳瀚在屋前站定，看了眼地上的痕迹和茅屋的门板表面，判断这屋子的人离开至少有三天以上了，"你们就站在这里等我，没我的允许不要轻易移动，我一会儿就出来。"

　　交代完后，衣袖轻轻一挥，门无风自开，一股白烟立即从屋里往外飘，即将要扑面而来的时候，岳瀚不慌不忙地双袖一挥，那烟立即被震散得无影无踪。好歹毒的"缥缈烟"，若非他早有准备，现在十有八九都尸骨无存了，难怪放心得门都不锁。

　　岳瀚从容地走进屋里。因为没有光线，屋子里更黑更暗更阴冷，那股"三叶草"的味道终于又飘了出来。岳瀚并不碰触屋中的任何东西，只用眼睛看。屋中的摆设极其简陋，一张木头案子，一张石头床，床上只有一个蒲团，从痕迹上看应该属于男性打坐所用；一个简易的木头架子，上面摆满了各种瓶瓶罐罐，大大小小的不下几十个。有些罐子从岳瀚踏进屋里后开始发出诡异的"咻咻"声，不用看也知道里面养了些什么，上面古老的文字更加证实了里面的东西都是多么歹毒的存在。岳瀚收敛尽身上所有的气息，那"咻咻"声也慢慢没有了。他小步地在地面上走动，若此刻旁边有人的话，就能看见所谓的"走动"并不准确，因为他的脚根本没有着地。

　　顺着三叶草浓郁的怪味，岳瀚不费吹灰之力就发现了床后面的三盆"三叶草"。本该翠绿晶莹的叶片现在已经全部泛成了血红色，并已经有从叶片往根部蔓延的趋势。等到所有的枝叶茎杆都变成血红的时候，就意味着它已经释放出了所有的毒性，也会瞬间枯死。而伴之而来的代价却是无数条鲜活生命的"养成"，然后下毒的人就把"养成"体封进密封的大瓦罐里活活闷死，放入五毒尸虫，把无用的皮肉吞噬干净，留下的就是粘稠的精血，以及饱含精气的血蛊。这些血蛊被纳进下毒人自己体内，就等于吸收了原本健康的身体所有的活力精气。那些恶毒的巫蛊就用这样的办法永葆自己的青春和增加自己的修为，这就是失传的"偷天大法"。因这功法实在太歹毒，有伤天和，一不小心修炼的人自己也容易被毒功反噬，所以在苗疆也被视为恶毒和禁忌，早就销毁秘籍，不许修炼。没想到还是有人敢冒天下之大不韪，练这样伤天害理的毒功。

岳瀚看着那三盆三叶草，皱了皱眉头，狠下心，咬破了自己的食指，在每片血红的叶子上滴进自己的一滴鲜血。看着那原本血红的叶子泛出更加妖艳的颜色，他的眉头也皱得更深起来。这是最下下之策，一个弄不好，反而会把自己赔进去。然而此刻再来配药，时间上也来不及了，何况这里地处偏僻，他能等，那些村民也等不得，除了冒险没有别的办法了。

神仙弟子【一】

东方另类武侠笔录

第六章　酒馆重逢

岳瀚听他如此诚恳地道歉，还发着毒辣誓言，再铁石心肠也不由软了下来。众人惊讶地看着这个风姿脱俗的绝美青年一脸着急地恳求着面前那个漂亮的少年，真是天上少有，地上仅见的一双俊美人儿。

确认自己未曾留下多余的痕迹后，岳瀚催促着四人从原路返回。岳瀚依旧走在最后面掩盖痕迹，好在他本就是孩子的身形，活动之余还是有些许空间可活动手脚的。在那人发现端倪之前，他已经有了充分的时间来给村民驱毒，只是这个地方太偏僻了，很多草药都不齐全，需要去外面采购。最麻烦的是破除血蛊的两味药草，只有大师父那里才有，如今四位师父又去云游四海了。之前一进村子确认是三叶草在作祟后，他就感觉到了事情紧迫，已经把鬼魅和银雪派出去找四位师父，现在也不知道到哪里了。而如今他再这么一走的话，这村子里都是老弱病残的，万一又出什么新的变故，就比较棘手了。

"今天的事，除了我们五人，不要落第六人之耳，哪怕是自己的亲人也不能透露半个字。更不能提我们去过小茅屋的事情，很重要，一定要记住。"岳瀚正色道。四人看他俊美的脸上全是严肃，也知道事情严重，纷纷点头："公子放心，我们一定谁也不说！"

"很好，接下来我说的每个字你们都要记住。你们的村民不是得了'怪病'，而是中了毒。"岳瀚开门见山道。见四人虽都面现惊愕之色，却都能忍住不发问打断，"我现在要出去采购一些药材来驱毒，而我不在的期间，你们一定要记住不要让外人接近他们。还有，在我没回来之前，除了水之外不要喂他们吃任何东西，记住了吗？"

四人点头："公子，你要去多久？"张大年急切道。

"最慢两天内必回。"岳瀚估算了这里的位置，以及离这里最近的城镇，以他的轻功，估计两天应该绰绰有余了。

"公子，你要是不回来怎么办？"大山涨红了一张脸，可见说出这句话抱了多大的勇气。不能怪他小人，谁叫之前的大夫看到村人的情况后都一去不肯回，万一小公子也一去不回了怎么办？

岳瀚晶亮的眼眸缓缓地扫过他们四人的脸，四人都一阵心虚地低下了头。对于岳瀚的观感早已从一开始的狐疑到如今的深信，他们都觉得是上天可怜他们的遭遇，让他们碰上了这个神秘的小公子，可是他们更担心，好不容易遇上一个能够挽救他们于灾难之中的人也会像之前的大夫一样弃他们于不顾。

神仙公子【一】

东方另类武侠经典·

"我若真不想救你们，就不会随你们来。既然我应下来的事，我自然会做到，我还道你们山里人淳朴可敬，怎么也学会从门缝里看人了？"岳瀚倒也不气，还微带揶揄地看着他们。四人脸更红了，想想也的确惭愧了起来。他们打劫了人家，人家没见气，还来为他们村的人治病，如今自己几人还怀疑人家，小公子若真一去不回，也在情理之内，他们又哪有什么理由可以约束人家一定要回来救大家。

"公子，是我不好，不该胡乱怀疑公子，我掌嘴好了。"大山扬起手就往自己的脸上挥去。岳瀚眼一眯，四人没见他怎么动，大山扬起的一只手已经被岳瀚轻巧地扣住，"好了，我又没有怪你们，只是下次可不许这样了。我理解你们希望亲人早日获救的心情，但是也得给我时间去准备，明白吗？"

"谢公子，我们四个给您叩头了！"四人眼含热泪，齐刷刷地就跪下了。岳瀚连忙双袖一挥，托起了他们，"起来吧，都几十岁的人了，哭成这样很难看，我是孩子我都不哭。"

四人见他的手离他们这么远，却凭空把他们从地上托起，山里人几曾见过这等神奇的内功，都以为是神仙下凡了，那激动狂喜的神情，若非被岳瀚硬生生地托着，恨不得再跪下来狠狠磕上几个头呢！

"小公子是个神仙呢，神仙下凡了，我们村有救了！"四人欢呼着抱成一团，眼泪混着欢笑，让一边的岳瀚也动容得红了眼。淳朴的

山里老百姓，就为这微微的一点希望也能高兴成这样，让岳瀚首次觉得武功学得真是值得。

"还有最后一点一定要记住。若我没回来之前，你们见到王大庆，千万要留个心眼，但也要注意别让他看出什么破绽。我知道你们不想怀疑自己村子的人，但是这个王大庆也许早就不是你们所认识的那个王大庆了。具体的事情，等我回来再说，这两天你们不要再出去了，安心待在村子里等我回来！"岳瀚见他们平静下来后缓缓说道，他觉得有必要让他们知道"防人之心不可无"。四人的脸色，感激中又带着几分悲戚。那诡异的沟壑，阴冷入骨的气息，以及黑暗却无人的茅屋，让他们多少也怀疑大庆的清白。如今公子把这个怀疑直接给他们点明了，一时间还是有些接受不了。

"公子放心，我们明白了，我们一定会守着村民，等公子回来！"

再熬过漫长的一天后，终于下定决心向岳瀚坦诚的李怜花发现自己丢了岳瀚的踪影。按照一个孩子的脚程，以及岳瀚那无比出色的招人容颜，照理说完全不该在短短一天内就完全失了踪迹。可是沿路而来，都没有探寻到他的踪迹，让李怜花不由有些担心他是不是遇上了什么不测，焦急、懊悔一时在心里上下翻腾。虽说宴会上很多人都已经知道小瀚儿是自己的弟弟这一身份，然而才过一日，消息还远未散布到全江湖，多的是人不认识小瀚儿，难免有一些个见财起意的人会打小瀚儿的主意。万一他落在坏人手里，李怜花简直不敢想象岳瀚会遭受什么样的对待，但偏偏越急越寻不着。

他不敢离得太远，就在黄山周边百里内不断探寻有关岳瀚的蛛丝马迹。晌午已至，他随便找了家酒楼点了几个小菜，一壶酒独自斟饮起来。楼下热闹的街道，商贩的叫卖声不断，以及人来人往的喧哗语声，那一派清平和乐的情景却怎么也无法让他振作起来，他满脑子都是小瀚儿的身影。短短半天一夜的相处，就丢了十年来努力维持的平静表象。若一直找不到瀚儿的话，他又该如何自处？昨天早上根本不该放他离开的，此时后悔已然晚了。

岳瀚一夜之间几乎跑遍了方圆百里内的所有药店，好不容易买齐了所需要的一些常用药材。因为要量巨大，所以奔波了好几处，所幸还算顺利。手里的这些是最后的一味，接下来只需要等银雪和鬼魅回来就可以开始配置解药了。幸亏四师父的这块翠玉佩，否则一时间还真弄不到这么一大笔钱买这么些珍贵的药材呢。岳瀚心情不错，吩咐车夫把所有的药材都扛上马车，自己走进旁边的酒楼准备买些干粮在车上吃。时间紧迫，多争取半个时辰也能让村民早半个时辰脱离危险。

"掌柜的，给我五斤牛肉，十个馒头，两斤花雕，我要带走！"岳瀚的出现吸引了一多半人的注意。好个漂亮的小公子，简直是金童下凡，可爱俊美到极点，虽然身上的锦缎已经有些脏乱，但是丝毫不影响他绝世的姿容。

掌柜的呆愣了半晌才回过神："好嘞，小公子请稍候！"

"五斤上好的牛肉，十个馒头，两斤花雕，打包啰——"小二嘹亮的嗓门在店堂里响起。

李怜花觉得自己依稀听了小瀚儿的声音，随后又苦笑自己竟然开始幻听了，直到真切地听到那句"掌柜的，不用找了"，才觉得不是虚幻，真的是小瀚儿的声音。他顾不得大庭广众的，就从楼上飘然而下，眼里心里全部都是面前这个有些脏乱的小身影："小瀚儿——真的是你！"

岳瀚也没想到会在此时此地再次见到李怜花，心里也浅浅地欢喜起来。随后又想起他那晚绝情的嘴脸，还未泛起的笑容立即被恼怒所取代，接过掌柜递来的干粮袋转身就走。

李怜花难过地追上去，握住他的双肩："小瀚儿，原谅大哥，是大哥不好，让瀚儿受委屈了。你给大哥一个机会，大哥发誓以后一定不会再这样对待瀚儿了。若再有下次，就让我李怜花下十八层地狱，受千刀万剐之刑！"

怜花一绝！

"李怜花"这三字一出，立即引起一阵惊叹！

众人惊讶地看着这个风姿脱俗的绝美青年一脸着急地恳求着面前那个漂亮的少年，真是天上少有，地上仅见的一双俊美人儿。

神仙子【Ⅰ】

东方另类武侠经典·神仙子

　　岳瀚心中本还有气，但见他模样实在可怜，穿着的依旧是初见那天的白色衣衫，已经有些褶皱，不复那日的一尘不染，漂亮勾人的凤目下也晕出了两团黑影，可见他这两天日子也不太好过。再听他如此诚恳地道歉，还发如此毒辣的誓言，再怎么铁石心肠也不由软了起来。其实算算自己与他也不过萍水相逢，谈不上太深切的认识，他却分明如此疼爱自己。尽管如此，要他就这么原谅他，想想还是有点不甘心，于是停住脚步，抬头更深地看他。李怜花也毫不回避地把眼里的懊悔和思念展现在他面前。岳瀚无力移开眼睛，越多看一眼，心也就越柔软起来。到最后他叹了一口气："算了，原谅你了，谁叫你是我的怜花大哥呢。但下次你若还那样对我，我可真的不会再回头哦！"

　　听到他的回答，李怜花欢呼一声，双手一揽，已把岳瀚紧搂进了怀中，喜悦之情不知如何用言语表达，只一个劲儿地回答："小瀚儿，不会了，不会了！"

　　"好了，大哥，别再晃了，我头都晕了。快走吧，我快来不及了！"岳瀚见他发自内心深处的高兴表情，心里两日来的不痛快也一下子烟消云散了。

　　"小瀚儿，你怎么会搞成这样？这两天你到哪里去了？大哥找得急死了，怕你有个意外，那我……"兴奋过后，李怜花看到岳瀚满身的风尘，一身银衣锦缎又是草汁又是灰土，像是跌落到了什么山沟才弄成这样，一时间心疼又溢满胸口，问题一个接一个地问，手也不停地上下摸索，想知道他身上有没有受伤。

　　岳瀚见他那样，忍不住有些红了眼。这个傻大哥，他也不看看他自己，比他又好到哪里去，只顾着担心自己了，连忙按住他的手："大哥，我没事，也没受苦，你别担心了。你看看你自己，不也满面风尘，是找我找的吧？"

　　听到岳瀚毫不掩藏的心疼话语，李怜花凝视着岳瀚，总觉得小瀚儿和前日里有些不一样了，好像一夜之间变得成熟了。虽然还是个孩子模样，可是这说话的口气，反倒像是他是大哥自己是弟弟一般，还带着几分责怪，责怪他自己不会照顾自己。

“瀚儿，你……”话未说出来，就被岳瀚一拉，“大哥，快走，路上再说吧！”

李怜花任由他拉着走，也不问岳瀚这风急火燎地到底要去哪里。上了马车，闻到满车的草药味，他才掩不住好奇问：“小瀚儿，你买这么多草药做什么用，我们这又是要去哪里啊？”

“救人！”岳瀚甜甜地一笑，并不多说什么。

见到他又对自己露出可爱的笑容，李怜花这两日来的不安心情终于被安抚下来，遂靠在马车的一边，张开双臂，“来，小瀚儿，过来，大哥抱抱！”

岳瀚毫不犹豫地爬进李怜花的怀中，温暖的感觉立即袭来，两天两夜没合过眼的他感觉到了一丝困意，“大哥，好舒服，我要睡一会儿，快到的时候叫醒我！”

见他困倦的模样，李怜花比谁都心疼，“睡吧，都怪大哥不好，这回大哥守着瀚儿，瀚儿安心地睡个好觉！”

李怜花和岳瀚却并不知道，在“李怜花”那三个字报出去之时，角落有一个十六七岁的少女正满怀憎恨地看着他们，尤其是看着李怜花那般温柔神情全部对着这他面前那个漂亮少年时，目中的仇恨之火更旺盛。可是陷入重逢喜悦中的李怜花完全没注意到。姓李的，找了你这么多年，终于找到你了——

马车停在一处偏僻的空地上，岳瀚指挥着李怜花把三大袋草药都搬下来，给了车夫一锭银子让他离开，“往前得走不少路呢。大哥，你拿两袋，我拿一袋，我们走吧！”

“刚刚为什么不叫马车再往前走呢？”李怜花奇怪地道。

“前面的是小路，马车走不了！”岳瀚不在意地准备提起一袋比他本人小不了多少的口袋。

李怜花连忙拦住：“小瀚儿，放下，这么大一袋，你拿不动的，我来吧！”

话刚完就见岳瀚轻而易举地扛起了那一大袋草药，李怜花瞠目结舌地傻了眼。没想到小瀚儿瘦小的身子居然有这么大的力气，这一袋

神仙堂子〔1〕

东方另类武侠经典·神仙阁

少说也有百八十斤，他就这么不费力气地扛起来了！李怜花简直不敢相信自己的眼睛。

"大哥，快走啊！"岳瀚见他傻在那里，才反应过来李怜花根本不知道自己会武功，见到孩子模样的自己扛起这么一大袋的东西难免惊讶不已。不过眼前可不是解释的好时机，反正他们有的是时间，还是先把村子里的事情办好后再详细解释吧，反正他也还欠自己一个解释呢！

"哦，好！"李怜花浑然不觉地一手一袋拎起装满草药的麻袋跟在岳瀚身后，往不远处浓密的草丛深处走去。

因为不是初次走这条路，岳瀚已经有了经验，回去路上所用的时间并未因为扛了东西而有所减慢。待山坳显现在面前时，李怜花也惊讶在这么隐秘的地方居然有个村子。小瀚儿这两天就是在这里的吧，难怪他翻遍了黄山方圆百里也没找到他的半点踪迹。

村子的情况和他走之前像是没有什么变化，岳瀚稍稍安下了点心，看来那个人还没回来。

"小瀚儿，把袋子放下吧，走这么远的路，该累了。就是这里了对吗？交给大哥吧！"李怜花放下手里的麻袋，连忙去把岳瀚身上的拿下来。岳瀚笑得一脸开心，"没事的，不过既然大哥要帮忙，那小瀚儿也就不客气了！"

"什么人？出来！"李怜花突然转身拦到岳瀚身前，眼睛注视着土坡的后侧。岳瀚大约猜到是谁了，连忙从李怜花身后走了出来，对李怜花道："大哥，是自己人。大年，大山，大河，大树，是你们吧，还不出来？我回来了！"

土坡后立即奔出四个粗壮的大个子，脸上全是惊喜，手里握着的还是那几把锈了的斧头，见到岳瀚调侃的眼神，连忙扔掉手里的斧头，"是小公子回来了！小公子回来了！"

岳瀚含笑地看着他们一会儿，"好了，你们还不过来帮忙，把这些药都搬进村子里去！我们要开始忙碌了，今天子夜之前就可以帮村民驱毒了。"

第七章　冰催血蛊

　　岳瀚必须时刻关注药的变化，这一锅药下去，只能除三叶草的毒性，还必须在十二个时辰内把他们体内的血蛊逼出来。这环节是一个套一个的，哪一步慢了都不行。

　　架起两口大锅，村里几乎所有健康的劳动力都聚集到了一起，岳瀚神情严肃地在一边拿一杆秤，秤量着每种药材的分量，然后指挥着人往锅里添。李怜花对医术方面并不通晓，所以帮不上什么忙，只能看着岳瀚认真专注的小脸，衍出一股神圣的庄严出来。此时的岳瀚完全没有了半分纯真气息，却让李怜花带了更多的向往，期望能和他并肩站在一起做任何事情。

　　"药汁浓黑恶臭之时，就把火熄灭，然后趁热，每人一碗，不可过量。记住，千万不能等药凉。"岳瀚的声音清澈中带着平稳。

　　"是，公子！"每个人额头上都带着汗，那是紧张出来，也是兴奋出来的，回答声颤抖却异常响亮。

　　"每家都要准备一个瓦瓮，一定要深一点，在底部铺厚一点的烟灰，放在床边。药汁下去后半个时辰内一定会有呕吐，呕吐物一定不能吐在瓦瓮外面。若谁没有呕吐，一定要第一时间告诉我！记住没有？"

　　"是，公子！"所有的人发挥出了从未有过的高配合力，忙碌却有条不紊地准备着所有的东西。李怜花则利用高明的武功把所有的中毒村民聚集到离药锅最近的屋子里，以便能在最短的时间内让中毒村民喝进药汁。

　　岳瀚的额头上也渗出一层汗，那是靠近药锅太近被熏的，他必须

时刻关注药的变化。这一锅药下去，只能除三叶草的毒性，还必须在十二个时辰内把他们体内的血蛊逼出来。可是鬼魅和银雪还没有回来，若不能及时回来的话，这些人的命也同样保不住。这环节是一个套一个的，哪一步慢了都不行。更要命的是那下毒之人不知道什么时候会回来，若不能在他再次催化三叶草毒气之前把村民体内的毒排除，连他也会反受其害，因为他留在三叶草上的鲜血虽然能暂时控制那催毒之人再次催毒，但是也很容易暴露自身的所在。那人若是个高明的巫蛊的话，很快就能发现异常，然后催动血蛊把这些村民毒杀干净，同时还能利用血引反制住自己，到时候怕是问题更大了。

当一股浓烈的恶臭味传来的时候，只听到岳瀚一声"灭火"后，大盆的水被倾倒在篝火堆上。火堆冒出一阵浓烟，一时还不能完全熄灭，李怜花水袖用力一挥，硬是用内家罡气隔绝了所有的空气。张大年他们顾不得惊奇，一人专门把药汁分到小碗中，一人则负责把药碗分送到仅剩的十几个未中毒的村民手中，因为那些中毒的村民全身都不能动，所以根本不能自行喝药。要在药汁冷却之前，确保这百十号人都喝进药汁也是件巨大的工程，更不用说之后还要扶住他们呕吐毒液的工程更是艰巨。

好在中毒的村民已经知道了自己所中的毒厉害，药汁稍有些烫也都不喊，用力地咽下，以希望缩短时间救治别人。药一碗一碗分出，李怜花也加入其中，帮忙喂药。而岳瀚则站得笔直，他必须时刻注意着村民服药后的反应，这样的配方和工序，他也只听大师父讲过一次，从来未曾实验过，若万一有个什么意外，连他也承担不起这数百条的人命。

总算赶在药凉之前喂完了最后一个人，还没来得及喘口气，最先服药的人已经开始出现要呕吐的症状。大家又是一阵手忙脚乱。贴着瓦瓮的口，大口呕吐着，看不见那吐出来的东西，却闻到了比刚刚的药汁更为恶臭的味道。那一声又一声的呕吐声，让正常人都忍不住胃里直冒酸水。瓮里瓮外都在呕，李怜花也有些脸色发白，分神转头看岳瀚，他还是笔直地站在那里，像是完全不受半点影响一般，让李怜花暗自惭愧自己的定力不足，佩服小瀚儿的神经承受力之强。

整个过程持续了两个多时辰，每个大大的瓦瓮里几乎都已经被吐满。只见黑糊糊的一团粘稠的液体，恶心到了极点。呕吐过后的众人身体已经恢复到了正常的个体大小，虽然手脚身体依旧有水肿的迹象，不过比起之前像注满了血水的肉球，现在的他们终于有了人的样子了。救人的和被救的都累瘫在地上，面色泛白，形同到十八层地狱转了一圈，连李怜花这样的武林高手也感到手脚有些无力。二十七年来第一次见到这么多人在他面前呕吐，而且呕吐之物又是如此恶心恶臭。比起这，曾经见过的最血腥作呕的修罗之境也变得不算什么了。估计接下来的多少天，他都不会有任何食欲了。

"爹，你们觉得怎么样？"虽然看到他爹的神情已经精神很多，张大年还是忍不住要亲口问一下。

"多谢小公子的救命之恩。大年，你们几个还不代替我们全村人给恩人磕头？"张老爹的精神倒是比健康的人还好，看着自己阔别了两个月的正常身体，老爹眼里全是喜悦的泪水，"你们大家感觉怎么样？"

"轻松多了，已经能自己挪动了呢，手脚有知觉了……小公子真是医术超群，神仙下凡啊！"大家你一言我一语地表达着由衷的喜悦之情，对岳瀚的感激都汇成了晶莹的泪珠在眼里打转。

张大年和十几个健康的村民齐齐地转了个方向，面对着岳瀚就跪下磕了三个头。这回岳瀚没拦着，知道这是这些淳朴的山里人仅会的表达感恩的方法。为了不让他们感到难受，岳瀚硬生生收下了他们这份大礼，"大家起来吧，这仅仅是开始，现在谢我太早了。等我真正把大家医好了，大家再谢我不迟。"

"公子，还没完吗？"听他这么说，大家的脸色反倒不怎么紧张。之前的一切都让他们对岳瀚很有信心，相信他一定可以治好大家，所以对接下来未完的步骤并不紧张。岳瀚简直哭笑不得，只有他知道除去三叶草的毒不难，难就难在如何把血蛊给逼出来。

鬼魅和银雪没回来之前，他所有的计划都只能搁置，但愿他们能在十二个时辰内赶回来，否则之前所做的一切努力都会白费。然而心

神仙掌【一】

东方另类武侠经典·前传

里再怎么急，岳瀚也没显现在脸上，"这些瓦瓮全部都要挖坑埋进地下至少五尺深的地方。千万不要打破了，里面的汁液全部都有毒。埋坑之处方圆两里内不要种植任何作物。大家要赶在天黑前把他们埋完！得加紧些，多放在空气中一会儿都是危害。"

"是，公子。你和李公子也累了一天了，先休息一会儿吧！"张大年很快振作了精神，带头道。

岳瀚轻轻点头，这才有闲暇看了一眼李怜花。这个眼带桃花，面如白玉翩翩画中人一般的大哥如今眼圈更加黑深，玉容更加惨白，连原本粉色的双唇也是苍白无血色，乍一眼竟给人感觉有种病态的柔弱感，"大哥，你没事吧！"

"没事，胃里有些泛恶心！"对着岳瀚，李怜花早已经决定不管喜怒哀乐、美好或是丑陋，只要是岳瀚问的，他都要把最真实的一面展现给他，包括他的情绪。他不怕岳瀚此刻知道他居然害怕呕吐的模样，也不会因此而感觉丢脸。

"大哥，把这个吃下去会好些！"岳瀚为他的坦白和诚实惊讶。

"这是什么？"看到是颗黑色的药丸，很快的让他联想到瓦瓮里黑色的恶臭，嘴里一股酸水就往上冒，"小瀚儿，我吃不下！"现在他的眼前连半点黑色都最好不要看见，他若非硬忍着，早就想到屋子后面大吐一场了。

"大哥，你必须吃。因为过了今晚，明天会有另一场更艰巨的'大战'。你不会想今天就晕倒了，扔下瀚儿一个人孤军奋战吧！"岳瀚话里有话，让李怜花原本就已经少有血色的脸更白了几分，"小瀚儿，你是在说明天会有比今天更恶心的场面？"

"如果银雪今晚能赶回来的话，那样的场面是必然的。"岳瀚不知道李怜花的承受底限在哪里，不过如果今天这样的场面就让他玉容失色到如此地步的话，明天催逼血蛊的场面绝对会成为噩梦一般的场景，"还是大哥你愿意一个人在另外的屋子里待到我处理完血蛊？"

"不行！"后面的提议马上被李怜花否决掉了，不管如何他也要和小瀚儿并肩在一起，"我吃！"

拿过那颗药丸，微微闭上凤目，带着痛苦的表情，李怜花几乎是囫囵吞枣地咽下了那颗药丸。岳瀚看着这一从未见过的可爱表情，心情不由放松了许多。能见到闻名江湖的"怜花一绝"如此形象的，除了自己怕是没有第二个了吧！

"大哥，好好调息一下，充分溶解药性！"这可是他的救命药丸"护心丹"。虽然名唤"护心"，其实功用很多，都是他的师父天地四绝从天南海北收集的各种灵药制作而成。每一颗都是来之不易，珍贵异常，普通人吃上一颗就够强身健体，百病难侵；练武的若得了，至少能增加十年内力，真正是江湖人梦寐以求的灵丹妙药了。但即便这样的灵药对他来讲也仅仅是让心脉更强健一些，完全发挥不出更好的功用来。看着李怜花苍白的神情，岳瀚想都没想就给了一颗，若给天地四绝知道少不得要挨一顿训斥。

李怜花听话地盘腿靠坐在墙一边，开始调息起来。两盏茶后，他已经是容光焕发，精气四溢了，眉目间还带着少见的惊喜："小瀚儿，你哪来的这等灵丹妙药？就这么给大哥吃了，有点浪费了！"他也是练武之人，岂有不懂这药的珍贵之理？他对岳瀚的来历更是好奇起来。普通的孩子不可能提得动那么重一个药袋，也不可能有这么好的医术以及这么镇定，更不可能随身携带着这么珍贵的丹丸，只是现在实在不是一个问来历的好时机。

"不浪费，因为明天要借助大哥深厚的内功帮村民逼出体内恶毒的血蛊。"岳瀚摇头浅笑道。

"怎么个逼法？"

对于这个村子的人所中的怪毒，李怜花从来没见过，所以他并不知道这个毒的危险性，不过对于所谓的"血蛊"他倒是真想看一看。

"用冰逼！"岳瀚一个字一个字地道。

张大年把村里最好的一间屋子整理出来让岳瀚和李怜花住。又是夜晚，两人心里都有一个结，都怕那晚的情景再度重演。岳瀚不再主动去靠近李怜花，李怜花自然也知道小瀚儿在担心什么，看来是自己把他吓坏了。浅黄的油灯下，岳瀚的小身影坐在床边，像个含羞带怯的新嫁娘。那种感觉让李怜花心里油然生出另一种异样的温暖，在不

知不觉中他的人已经靠近了岳瀚，把他温软的小身子纳进怀中，"瀚儿，还不困？怎么不睡？"

"大哥今天还打算看一夜的书吗？"岳瀚的声音模糊地从胸口处传来，李怜花心一酸，"不了，大哥今天抱着小瀚儿一起睡，好吗？"

一到夜晚，满室的少年纯真的馨香依旧让他情欲勃发，不过他心里对瀚儿的珍视已经可以控制住自己不做出伤害瀚儿的事了。他和衣抱着岳瀚躺到床上，拉过被子为他盖上，"小瀚儿，乖，睡吧！大哥在这里抱着你！"

不管白天的岳瀚是如何让他惊讶和震撼，此刻他仅仅是一个希望大人陪着睡觉的孩子，虽然他这个"大人"对这个"孩子"所抱持的立场并不纯粹。

"大哥，我睡不着。"好久好久，久到李怜花以为自己都快要睡着的时候，岳瀚的声音悠悠传来。

"怎么睡不着？"李怜花连忙翻身侧卧看着他，岳瀚脸上隐隐的担忧还是被他看出来，"你在担忧什么？"

"银雪他们还没有回来，若不能在十二个时辰内把村民体内的血蛊逼出，所有的人都会死的。"岳瀚睁着眼睛看着床顶泛黄的床幕。他未尽的担忧还有许多，血蛊一死，那下毒的人立即就会察觉，瞒也瞒不住。论武功他自信天下能挡得住他和怜花一绝的并不多，然而巫蛊之类让人戒惧的原因就是他们知道许多匪夷所思的恶毒蛊术，根本让人防不胜防。如何确保所有人的安全是现在最让他头痛的问题。其次让他担忧的是，知道这"偷天大法"的人到底有多少，是否这个村子只是他们下毒"养成"的很小的一部分，其他地方是不是也有更多的受害者？若是那样的话，这又势必是一场比百年前更大的浩劫。他又该如何去阻止？

"瀚儿你告诉大哥，这村子里的人到底中了什么毒，为什么还会有蛊物在其中？"李怜花本来觉得还不到时候问这些的，然而此刻他忽然觉得他必须弄清楚是怎么回事，他不能让小瀚儿一个人在那里操心失眠。

"百年前的苗疆蛊月教大举入侵中原的那场恶战，大哥可曾听人说过？"

李怜花点头，那场战役让天地四绝的声名达到了前所未有的高度。那一战后正值而立之年的天地四绝就隐迹于江湖，而蛊月教也被歼灭。被蛊月教控制的其他苗疆巫蛊成立了一个合派向天地四绝承诺，今后的百年将不会有任何一个蛊术传人进入中原，成就了不朽的传奇。如今过了一百多年，江湖中人提起那四位旷世高人，还无不举起拇指，传诵当年的故事。只是不知道这件事和天地四绝的传奇又有什么关系，他忍不住问道："瀚儿，难道这村子的人中的毒跟苗疆的蛊月教有关？"

岳瀚摇头，"我不知道，但是有一点是肯定的，就是村人所中的毒就是百年前蛊月教残害中原所用的"偷天大法"。我到目前为止还没见到那下毒的人，明天若血蛊被逼出，那下毒的人必然就能发觉他的恶毒行径败露了，到时一场恶战恐怕在所难免。"

李怜花的脸也凝重起来，小瀚儿的话他一点也不怀疑。这么算来他们的处境都很危险，尤其是这些中了毒的村民。对方来明的倒还好对付，最怕来暗的。两人对视一眼，清楚地看到彼此眼里的担心是相同的，看来他们都想到同一个问题上了。

从墙里面闪出两道银光，目标都往岳瀚而去，那风急电掣之势让李怜花连出手的机会都没有，只能眼睁睁地看着那两道银光中的一道没入岳瀚发间，"瀚儿——"他慌叫一声，人也跟着抓紧岳瀚的身体。

"吱吱"声响了起来，岳瀚连忙安抚道："大哥，别紧张，是鬼魅和银雪回来了。鬼魅不喜欢见生人，躲到我发后去了，银雪你见过的。银雪，这是我大哥李怜花，你也早就见过了不是吗？"

李怜花这才看清岳瀚怀中抱的可不就是初见那日抱在手里的银白色的兔子。即便如此，他脸上的表情还是一副惊悸未消的样子，那一刹那他真的以为瀚儿必死无疑了。"好快的速度，真就如光一般。若是暗器，大哥从此就听不到瀚儿说话了。"

听到李怜花的称赞，银雪前肢直立，学人作揖感谢的样子，让李怜花暗惊讶它的通灵。

"大哥别夸她了，看她得意的样子。"见到银雪他们回来，岳瀚的

心放松了大半，"银雪，药带回来了吧？！"

银雪用力地点头，"吱吱"地说了好大一串话，岳瀚只是不停地点头。对于他们的沟通，李怜花完全不明白，只是抱着欣赏的眼光看着。

"大哥，我们休息吧，明天一早逼杀血蛊。"好半晌，岳瀚和银雪沟通结束后，又是两道银光穿墙而过，消失在房里。李怜花心想，下次一定得问问，瀚儿养的这两只到底是什么神物，居然可以穿墙，还真是来无影，去无踪。

鬼魅和银血带回来的两味药就是"血果"和"冰魄"，一个性热一个性寒。对付血蛊，若少了这两味珍奇之物，任你有通天之能，哪怕把中毒的人解剖得血肉模糊也无法把血蛊从人体内逼出。这"血果"和"冰魄"都是极为罕见珍稀之物。

"血果"是血蛊最爱的食物，只要一闻到血果的味道，所有的血蛊都会往同一个方向聚集；而"冰魄"是破坏幼蛊的东西。因为杀死成年血蛊不难，难就难在同时消灭幼蛊。血蛊的幼蛊未成型前是隐形的，肉眼看不到。成年血蛊一旦死去，幼年的血蛊就会逃逸，待成年后再度寄生回父母之前寄生过的身体，杀死宿主，这被称之"噬主"。它们以这种方式为被消灭的血蛊报仇。百年前那一战，天地四绝差点就着了道，后来才寻了"冰魄"专门来制幼蛊。有这两样宝贝，他们就可以开始驱蛊了。

所有中毒的村民除了妇女身上可以穿薄薄的中衣外，都赤身裸体躺成一个大的圆环形状。中间的一个小圆中，岳瀚就站在其中。除了他所站的地方，小圆的其他地方都被铺上了厚厚的白色棉布。靠岳瀚脚最近的地方摆放了一枚血红欲滴晶莹到极点的果子，李怜花站在最外围，他的任务就是当成年的血蛊经受不住血果的诱惑从人体内爬出来的时候，用内力使"冰魄"暂时融化。它所散发出来的冰寒气息，对人体没有什么害处，对幼蛊却相当于最厉害的麻醉药，能让它们反应变得极为迟钝，并显现出形状来。本来若没有李怜花，这个工作是岳瀚自己来做的，然后让鬼魅和银雪帮忙站在中间专门杀爬出来的血蛊。如今有了李怜花，他排除血蛊的压力减轻了不少。

怕那下毒的人突然回来，而他们又在专心驱蛊中，岳瀚在这村子的外围布下了好几个奇门阵势，虽然不一定有效，却至少能拖延一段时间。

张大年他们则站在李怜花身后，旁边又是一大锅黑色的药汁，只等岳瀚的令下就开始分药。

所有的准备工作都做好了，最后与李怜花交换了一个鼓励的眼神后，岳瀚道："大年，分药！"

"是，公子！"张大年几人早就"雄赳赳气昂昂"地等在那里了。岳瀚这一声令下，大家又开始像昨天那样忙碌起来。只是今天的这碗药不是排毒，而是给血蛊一种饥饿的错觉，让它们滋生出非常想进食的欲望，即便知道外面的血果是个陷阱，它们也会忍不住想接近。血蛊是蛊类中最聪明的一种这毋庸置疑，所以岳瀚丝毫不敢轻视，每一步都想得极为周到，抱着彻底要把它们歼灭的决心而来。

确定所有中毒的人都喝完药后，李怜花很快点住他们的穴道。小瀚儿交代过了，血蛊经受不住诱惑想要活动的时候，会在人体内四处串游，这个过程非常痛苦，为了怕他们忍受不住而乱动，制住穴道是最有效的办法。

"大家忍一忍吧，会很痛，不过痛过之后，你们的命才算保住了。"岳瀚看着一些最早服药的人手脚已经开始出现痉挛，扬声安慰道。村民陆续感觉到了痛苦却都没人发出一声抱怨，连最小的八岁孩子都不哭，只是用力地咬着唇，看得李怜花心里也一阵不忍。

隔着一层薄薄的表皮，站着的人清楚地看到那皮下布满了大大小小血红色蠕虫样的东西。它们粗细不均，最粗的有一个成年男人的大拇指粗，最小的也有一颗黄豆粗细，数量还在不停地增加中。若非亲眼看见，任谁也想象不到，一个人的身体里面竟然有这么多条恶心的东西。它们越聚越多，在皮下蠕动的速度也越来越快，拱得人皮肤高低不平，像浑身长满了恶性脓疮一般，没有一处皮肤是完整的。这比昨日的情景又恐怖恶心了好几分，隐隐中还带着尖锐的声音从皮肤里面发出。有些受不住刺激的已经到外面呕吐了，李怜花强作镇定面不

改色，这才刚刚开始，不能让小瀚儿分心了。

　　岳瀚是早就有了心理准备，知道这些血蛊还不出来是在等母蛊的信号，看来他得增加点诱惑。岳瀚稍一迟疑咬破自己的手指，滴下一滴血在血果表面。顿时，那鲜红欲滴的果子，发出了诱人到极点的香味。本来就按捺不住的血蛊，发出的尖锐声响越发刺耳起来。接着一声类似人类的嘶吼发出之后，那巨大的足有一个手腕粗细的母蛊，赫然从那八岁孩子的嘴里慢慢往外爬了出来。第一次近距离看到巨大恶心的血蛊，在场的无不屏息以待，它的身体粗细一样均匀，全身布满了血红色的小气泡，气泡的表面又布满黑色的恶心绒毛，随着血红的身体蠕动着，头部几乎只看到很大的一个方形的嘴，嘴的四个角上长了像刺猬一样的尖刺，张大的嘴里居然有一条类似蛇的长舌在不停卷动。那尖锐的嘶吼声就是这条长舌卷动气流所发出的。这诡异的情景让在场的人都忍不住寒毛直竖，只能呆呆地看着那恶心得不知道多长的身体继续往外爬。那孩子早就吓晕了过去，呕吐感让剩下的人根本来不及跑去外面，就在原地狂吐起来。其实昨天那顿治疗之后，大家就都已经没有了进食的欲望，所以此刻吐出来的几乎是胆汁和酸水了。

　　母蛊出来后，成千上万的成形血蛊蜂拥般从其他人的体内钻出，一时间那白色的棉布上全部布满了血红色的蛊虫。岳瀚从腰囊里取出一个油纸包，里面是经过他改造过的硫磺粉，均匀地洒向他的周围。只听先是"滋滋"声络绎不绝，接着被沾到粉末的血蛊身体纷纷溃烂，里面竟然是极黑的恶臭体液。那体液再渗透到底下的一层血蛊上，一层接一层……恶臭越来越严重，那些血蛊的叫声也越来越可怕。死亡的速度飞快蔓延传播开来，血蛊群却依旧前仆后继地疯狂往血果包围，却不知道为什么怎么也靠近不了血果。母蛊发出更剧烈阴狠的嘶吼，仿佛也感到了死亡的逼近。

　　"大哥，化'冰魄'，幼蛊要逃了！"岳瀚的声音仿佛黑暗中敲起的黎明钟声，让李怜花翻腾的神经得到了一丝丝安抚。他闭起眼睛，把内力运到九成以上，把"冰魄"定在了半空之中。那晶莹的石不似石，药不似药的"冰魄"发出耀眼的白光，有什么东西从里面泄露出来，升起缭绕的云气，看起来像是"冰魄"真的在融化一样。所到之处，原本以为空无一物的地方暴露出来许多淡红色的幼小蛊虫。

"所有的人都打起精神，把准备好浸过药的针戳幼虫的尾部就能杀死他们，动作要快！"岳瀚大声命道。呕吐不止的人拖着无力的四肢依旧奋力针杀幼虫。针过之处，地上便是一滩黑水。李怜花则专心用内力维持着"冰魄"的融化，为了不让那恶心的一幕让自己分心，他的眼睛一直不敢睁开，所以他错过了岳瀚运功击杀母蛊的一幕。不知道过了多久，岳瀚的声音带着几分疲惫："大哥，可以了，你收功吧！"

李怜花有些脱力地收回内力，暗自庆幸昨天服了那颗珍贵的药丸，否则这么长时间的隔空传输内力，早就力竭了，哪会只感觉到些许疲累而已。

他调息了一下，刚睁开眼，映入眼帘的便是满目粘稠血蛊尸化后的残留。那母蛊的死状最为惨烈，全身上下被钉了好几根巨大的钢针。那乌黑恶臭的黑血还在不停地从体内流出，本就大张的嘴更是张到了极限，嘴里流出一种透明的黏液。李怜花在看到这一幕后，再也没忍住，大肆呕吐了起来。岳瀚用小手轻轻地摸着他的后背，"大哥，你还是到外面去吧，剩下的交给我处理就好。"

李怜花一边干呕，一边摇头，他才不能放小瀚儿一个人待在这里。睁眼的时候他就看见除了他们两人还站着之外，所有的人都瘫躺在地，半死不活。健康的和中毒的都被这凶险和恶心的血蛊给折腾得三分像人，七分像鬼了。

"大家快起来，我们必须把这里的痕迹处理干净。虽然大家体内的血蛊和毒都被排出来了，但是身体还是很虚弱，需要长时间的调养。这蛊血是有毒的，必须把所有的病人都撤出去，然后放火把这间屋子烧掉。"岳瀚的身心也疲累到了极点，之前针钉母蛊时它发出的最后惨叫声怕是已经让和他心灵相通的巫蛊知道了。可惜他不懂巫蛊之法，否则此时倒是反制那下毒的巫蛊的最佳时候，哪用得着小心防范着巫蛊回来报复？

神仙掌〔I〕

东方另类武侠经典·

"瀚儿，你没事吧？"好不容易止住呕吐后，李怜花第一句话便是关心他的情况，让岳瀚的眼微微红了一下。人说患难见真情，在这种他自己都狼狈不堪的场面下，不先照顾好自己反而担心他的安危，可见他对自己确是真心以待。就冲这一点，岳瀚决定日后无论发生什么事，都要先想想李怜花今天待自己的情分，"大哥，我没事，你别担心我了！"

当熊熊大火在这个村子燃起的时候，也宣告着村民的生命真正得到了保障。大家能下地走动的全部跪到了地上，真诚感激地给岳瀚和李怜花磕头。泪光伴着笑颜，这场无名之灾若没有岳瀚的帮忙，全村人都将莫名其妙地死于蛊毒还以为是患了"怪病"呢。虽然有些惭愧，但张大年他们还是无数次庆幸他们打劫了岳瀚这个救命星，几十年后跟他的孙子辈说起这事时，还面带得意之色。当然这是后话，稍稍带过，回到正题。

那下毒的凶手始终未曾出现，这让岳瀚的心总有些不安，杀死母蛊的时候，他分明感觉到那人已经回到了这里。从窥探"险龙"地内的茅屋痕迹来看，到今天为止已经整整七天了，到底出于什么原因，会让巫蛊离开"催毒"三叶草的紧要七天？血蛊已经全数被灭那人定然已经知道了，为什么还不采取行动？他在等什么？

当所有人都沉浸在欢乐放松中的时候，岳瀚依旧保持着高度的冷静和沉着。他决定晚上再探一次"险龙地"，他要会会那个见不得人的"大庆"到底是个什么东西。

岳瀚亲手扶起长跪不起的老村长，对着他老泪纵横的脸甜甜地微笑："没事了，村长爷爷，你起来吧！你跪着，大家都跟你一起跪着，你们这是要折杀岳瀚吗？"

"小公子，你们是我们全村人的救命恩人啊。今后我们张村将世世代代供奉两位恩人的长生牌匾。"老人满脸都是感恩戴德的崇敬之意，随着他的话语，身后的人群又是重重一叩首。李怜花感慨地看着眼前这一幕，江湖生，江湖死，他们这些所谓的大侠闯荡了一生的江湖，可曾领会过闯荡江湖的真正目的是什么？所谓的行侠仗义背后又真正干了哪些实事？比之这些一辈子没有见过高深武功的平头百姓，身为武林人具备的优势又为他们和其他人创造了些什么呢？现在想想，什么也没有。他们只顾着争排名、四处论剑、举办那些口水多过行动的英雄武林大会；比起小瀚儿四处奔波不辞辛苦地给村民买药，不怕脏乱恶心地给他们逼毒，为了血蛊的两味药引通宵达旦的失眠，以及之前抱着巨大的危险灭杀血蛊的行动……一切的一切，让他感到了深深的惭愧，也为小瀚儿所做的一切感到深深的骄傲和敬佩。对着这样的岳瀚，他心里的喜爱越发不可收拾，浓烈的热情像是泛滥的洪水即将要冲破岌岌可危的堤坝一般势不可挡："瀚儿——"

一声呼唤后，喉头像是哽咽了些什么，他再也接不下去半句。岳瀚看懂了他眼中的情深意重，动容地把自己的手放进他颤抖的手心中，甜甜的笑容足够说明一切。

村民默默地仰视着这对宛如金童下凡，神仙中人的兄弟，多少感激道之不尽，只能化为满腔的泪水和欢笑。

道别众人，踏上离开之路，已是黄昏时分。岳瀚坚持不要大家相送，因为他的走是做给别人看的假象，夜探"险龙"地才是他的目的。对于他的打算，李怜花自然是被瞒在鼓里的，两人才走到山坳外不远处，便见岳瀚在原地停住不再往前。李怜花只道他是累了，走不动，遂道："瀚儿，你累了吗？要不要大哥背你？"

见到他终于感觉疲累了，李怜花又是一阵心疼。这么小的一个孩子，不管他的来历如何，他都经历了一些不该是他这个年纪经历的凶险，他合该过些锦衣玉食的日子的。这么想的同时完全忘记了他自己出道江湖的时候也只有十七岁，比之岳瀚现在的年纪大不了几岁。何况岳瀚如今的身形虽然不算大人，但是跟"小"的距离还是有一些的，毕竟是少年人的身体了。他之前对岳瀚欲望大于理智的感觉，和此刻理智高过欲望的感觉产生了截然不同的对比。可见一个人脑子里对另一个人的想法和行动完全取决于他对这个人所抱持的态度，只是这个道理李怜花此刻还没有意识到而已。

岳瀚终于觉得这个少年身体也有了让他感觉尴尬的时候了，他觉得今后即便他不会事事都对李怜花坦白，但起码是时候让李怜花知道

他并非真的是个十三四岁的孩子。只是这最初有意加无意的隐瞒，到如今再告知他真相，不知道李怜花又会有怎样的反应？是觉得自己被耍了还是被欺骗了？无论哪一种感觉都不是岳瀚希望看到的场景。在这犹豫迟疑之间，岳瀚体会到了徘徊不定的感觉。想起那天早上分别时李怜花同样的挣扎，竟然在这一刹那间，轻易地就理解了他。想必当时大哥心里也有一个秘密，为着是否对他坦白而摇摆不定左右为难吧。没想到自己这么快也遇上了同样的情景，还真是"七月半的债，还得快"。

"大哥，不用，我不是累了，我是有些事情想去处理，要暂时和大哥分开。明天中午我们在之前的那家酒楼会合，可好？"他对那下毒之人的深浅无从判断，先把李怜花遣开应该是合适的做法。

"小瀚儿可是依旧在见怪大哥？"李怜花见他要自己先走，不由神色黯然下来。

"大哥，这话从何说起啊？！瀚儿是真有很重要的事急需要办，不想大哥跟着忙碌奔波，所以暂时和大哥分开。瀚儿保证，明日晌午定然去找大哥，我们还有很多话该对彼此解释和坦白不是吗？大哥，你对瀚儿的来历就不好奇？而且大哥你也要考虑清楚，是不是该跟瀚儿解释一下，那晚你怪异的行为又是怎么一回事，不是吗？"岳瀚的话正好踩中了李怜花的软穴，也让他立即从黯然中走了出来，"那好吧，瀚儿。你可一定要来，等不到你，大哥会一直待在那里等的。"

好不容易把李怜花连哄带骗给弄走，天也慢慢黑了。他也不急，在探"险龙地"之前，他还得准备些"好东西"。想到这里，岳瀚眼眉间的神气尽现了起来。对于今晚的行动，他期待万分，让他辛苦了这么几天，总该是时候轮到他回敬人家了吧！

他轻车熟路地来到了那仅能容一个人通过的狭窄入口，凝神细听后，嘴角一笑，快如闪电地穿梭其中。少年的身体纤细修长，进入其中并不觉得拥挤，他移动的速度之快就如疾风过境，眨眼已站在了那茅屋门外。

阴寒加聚的气流，无风自动的衣袂，让岳瀚知道来人也早在这里等着他，看来他在"三叶草"上动的手脚已被对方发现了。还以为母蛊一死，那人一时半会发现不了呢，没想到还是个细心的主。也罢，看来之前的准备暂时用不上了，不过硬碰硬，自己又岂是会吃亏的那个？

岳瀚的自信自然是有所恃的。且不说他师从天地四绝，就凭他这么多年的勤学苦练，毫不懈怠，他也自然有理由自信绝不会轻易输人。而要论玩手段诡计，他林岳瀚想要一个人不好过的时候，他相信那个人定然不会觉得幸福。

东方另类武侠经典·

"原来就是你小子坏了我的好事，毁了我几年的心血。你居然还真的有胆子再回来这里？"那阴柔低寒的声音透过茅屋准确地包围住岳瀚挺直的身影，闻之让人浑身鸡皮疙瘩尽起，不寒而栗。

岳瀚盯着那茅屋，并不理会他的威胁，反而唇带讥笑道："我该是叫你王大庆呢，还是叫你死变态呢？"那语声不男不女，阴阳难辨，所以岳瀚才出此言。

"桀桀"的笑声断续地从屋内传出，接着门无风自开，"小鬼，牙尖嘴利可不是件好事，有没有胆子进来啊？"

岳瀚毫不犹豫地一脚踏进茅屋，门就自动关上。这里比起上次来的时候更暗更阴寒，屋里还漂浮着不知名的雾气，使得他的视线并不能看清屋里的一切。"三叶草"的血红叶片在角落里闪着朦胧妖艳的红光，屋子里没人！

不好！

随着"砰——"的一声巨响，饶是岳瀚反应极快，在那瞬间腾空而起，破顶而出，衣角还是被血红的汁液溅到了。那块上好的锦缎顷刻间乌黑破烂，可见若是溅到人的皮肤上，会造成怎样的惨状。岳瀚回旋身子，轻轻落在平地，火也上来了。没想到自己一个疏忽，竟差点着了他的道。手过之处，立即斩断半幅衣襟，故作气急地怒斥："好个恶毒的'密云大法'！见不得人的家伙，有本事出来！"

话还未全部落地，他人已经突然聚集内力朝那看似空无一物的平地推出，三尺高的土浪顿时翻涌起来，一条紫色的人影被震飞出三丈

有余后勉强定住了身形。

岳瀚哈哈大笑了几声："再怎么喜欢做缩头乌龟，本少爷也自然有办法让你当不成。哈哈，这不是乖乖出来了？"

之前的怒斥自然是假的，故意让他以为自己没有发现他，总算扳回了一点面子。那人也知道上当了，不由恼羞成怒，也不再掩蔽行藏："哼，好你个狡诈的小儿，今天就把小命留在这里给我的血蛊陪葬！"

他一口一个'小儿'，岳瀚看他的年纪分明不过三十上下，除了一张苍白的脸露在外面，其余都被笼罩在一件厚厚的紫色宽袍之中，那青紫的唇让岳瀚神情愉悦地笑了起来："我看死期将至的人恐怕是你了吧！你悉心驯养的血蛊全数被毁，加之你又以精血催毒三叶草，你的这具身形怕早已经腐朽不堪了吧。我道你为什么会以'密云大法'来暗算我，原来如此！你是不是也意外，我居然逃脱了你自以为万无一失的陷阱，而且还毫发无伤？"

没想到这个看似不大的少年竟然有如此本事，的确出乎他的意料。不过他说的并非完全对，他的确无力再去制住他，血蛊的死亡和三叶草的反噬是原因之一，但是造成如今情形的主要原因是他在三个月前就已经受了重伤，一直未调养好，以至于催毒三叶草的进程非常缓慢。他急需要靠补充新的"养成"体来疗伤，没想到屋漏偏逢连夜雨，原以为这极佳的隐蔽之所，竟然也会招来眼前这么个小煞星。

"你到底是什么人？"知道今天的事情怕是不能善了，他也豁出去了，总得知道自己吃亏在谁的手里。见到那些村民的模样就能知道是中了血蛊和三叶草的毒并不是太困难的事情，毕竟百年前蛊月教"偷天大法"的特征是为许多江湖人所熟悉的。然而能在这么短时间内把血蛊和三叶草的毒性都排出来的人，他以为除了百年前的天地四绝外应该没有其他人，哪料到会在眼前这个十三四岁的孩子身上翻了大船？

岳瀚并不回话，只盯着他看，突然身形飞起，直往那紫衣男人立身之处掠去。那人急遽后退，同时出掌抵挡。岳瀚观察了他有一会儿，直觉得这个人的面目有问题，打定主意要揭穿他的真面目，遂一边回击一边笑道："好高明的易容术，差点又被你骗过了。显出你的真面目，再来问本少爷的名号！"

"张狂小儿，不要欺人太甚！"厉喝声中，那人也把命豁出去一般，双掌迎上岳瀚的掌势，却在即将对上之时中途突然抽身变招，飞快地逃逸。岳瀚早料到他有此一招，双手突然猛地一伸，一把扯下了他的那件遮体宽袍，之后一下子愣在原地，眼睁睁地看着那光裸的身体消失在自己视线里。那脚踝上的鬼面标志，以及那虽然已经开始溃烂，但依旧看得见女性特征的身体，都在宣告着她的身份——苗疆冼月教的千变鬼女。也因为这一变故岳瀚本来以为已经有点清楚的思路又更加迷惑起来。冼月教是最反对巫蛊过于恶毒的领军先锋，在苗疆，冼月教也是少数支持正蛊的教派，一向拥有极高的声誉。百年前的蛊月教之害，他们还是首当其冲的讨伐者。千变鬼女在冼月教的地位相当于教主的护法，所以他怎么也没想到这紫袍下的藏头人居然会是冼月教的人。

他若有所思地看着她消失的地方，茅屋已经被炸裂开，除了腐烂得看不出原样的物件，什么也没留下。今天无意中纵虎归山，不知道何时会在别处造出更大的孽来，想到此处，岳瀚紧锁的眉头就无法放开。

神仙掌子【I】
东方另类武侠经典·神仙掌

第八章　对面不相识

"缩骨化形大法"这六个字一出，让李怜花本来还怀疑的心，信了大半。这套功夫是百年前天地四绝中"不老神仙"水千月的独门功夫，水千月早年闯荡江湖最爱用这功夫把自己幻化成各种年纪模样的人行走江湖，作弄别人。

漫长的一夜！

对于李怜花来说这是一个等待的夜，不得不熬过，因为只有这个夜过去了，离他见到小瀚儿的时间才会更近一些。生怕错过第一眼与岳瀚的对视，李怜花就坐在正对着大门的桌子，目不转睛地盯着门口。那专注的眼神不知让多少人屏息，就像欣赏一幅绝美的静态画，只因过往没人能如此近距离欣赏到怜花一绝的高贵姿态。那让男人窒息，让女人疯狂的美貌配上那温润如水的气息，绝艳中带着可远观不可亵玩的疏离，使得人人都欲亲近这旷世美男，却只敢在旁停留观望！

晌午的脚步慢慢来临了，除了李怜花坐的那张桌子，周围早已座无虚席。武林人士也有、平头百姓也不少，却并无往日里的热闹与喧哗，点菜要酒都是极低地吩咐着，小二也是快步轻脚上着菜，这所有的一切只因为李怜花那越来越专注，却越来越凝重忧郁的脸。而对于这一切，李怜花像是并无所觉，眼睛一如既往地盯着门口，一丝一毫都未曾移动过，心里暗暗着急："小瀚儿怎么还没来？路上出了什么事了吗？还是昨天他的话只是安抚打发自己的随口之语，他根本不会再来了？"

正在胡思乱想心绪翻腾的时候，门口进来的这个人让所有人包括李怜花都在刹那间完全失了心神。嫣红的唇，带笑的眉，挺直的鼻梁，若雪的肌肤，泼墨般的长发，湖绿色的居士服，组合在一起是张让人惊为天人、一见难忘的容颜。那步履，信步悠闲，说不出的潇洒韵味，那居士服上的浓郁修竹随着他的走动，如生般摇动着，带着满身不属于尘世的清新气味。从他踏进酒楼大门起，大家便有了春暖的感觉。让李怜花吃惊的原因不仅仅是因为他的天姿容色，更因为这个人的面貌活生生就是小瀚儿的长大版。曾经想象过小瀚儿长大后的模样，却未曾如此的真实过。他的瀚儿以后长大了就该是如眼前这一位般超凡脱俗，倾倒天下了吧。那眉那眼那神韵无不相像，让李怜花真的想上前去问一问他是否有个弟弟叫岳瀚。继之而来的感觉让他的脸色一变，他竟然对着这个陌生的男子也起了情欲之念，这欲念来得实在太快，让他有点措手不及，同时伴着的还有深深憎恨厌恶自己的情绪。

十年来他从未对成年男性的躯体产生过欲望，怎么现在竟然会这样？他的隐疾已经扩散到是男人都可的地步了吗？若说没遇上小瀚儿之前曾有过无数其他少年，那在遇上瀚儿的时候，他已经决定想要照顾他一生了，否则也不会每每克制得那么辛苦。而如今看到眼前的这一位长大后的岳瀚，他竟然也起了色欲之心，便更觉得自己实在是很对不起小瀚儿。自弃的情绪几乎让他坐不住，想见岳瀚的心也更迫切了起来。他想要抱着瀚儿说之前的那一切都是假的，他只是太想念瀚儿的关系了，可是这样的借口连他自己都鄙视不信，怎么可以拿这样的理由去玷污他的小瀚儿呢？

"这位兄台，打扰了，不知能否沾光借一席之位让在下用餐？"林岳瀚有些懊恼地看着眼前这个已经陷入了神游的李怜花。人人见他的第一眼都是惊艳爱慕，偏他那表情像是到了世界末日一般。他长得很恐怖吗？虽然这么多年，他大部分时候是以孩子的模样生活，但是并不等于说他没见过自己现在的模样。他的模样虽不敢说前无古人后无来者，至少还不是牛鬼蛇神之类吧！亏得他还刻意修饰了一下仪容来赴约，以为打一进门大哥就该认出他的，不曾想，他都在他面前站了半天，这人还半点反应都没有，怎不叫人生气？

　　"兄台——"再叫一声，还是没反应，岳瀚也不再问他了，干脆就坐了下来，"小二，给我送几个小菜来，再来两壶陈年花雕！"

　　"好勒！公子爷请稍候！"听得他叫唤，那小二呆愣了好半晌才回过神来。岳瀚假装没看见，心里还是暗自得意，这才该是正常的反应嘛，说明只有大哥不正常。他缓缓地扫视了一下客栈里的其他食客，众人接触到他的目光，也是一阵脸红心跳的，岳瀚就越发对李怜花的怪异反应好奇起来。再看李怜花，那僵硬的肩膀肌肉说明在他没来之前他已经保持这个姿势很久了，肯定是等他等的。他不由又气又喜，喜的是他的眼里心里时时刻刻惦记着自己，气的是现在本尊坐在他面前，他反而视若无物了，这是他瞒着李怜花的报应了吗？

　　精致的小菜摆上桌子，陈年的花雕散发出浓浓的酒香，岳瀚见他的脸却越发凝重起来，终于打消等他自己回神的打算了，用力推了他一下，气恼地道："大哥——"

　　一声"大哥"总算让李怜花回过了神，欣喜的眼神见到唤他的是"大岳瀚"后不由自主黯淡下来，随后才想起，他什么时候坐到自己旁边了，"这位公子是在唤在下吗？"

　　"什么公子在下的，这张桌子就我们两个人，我不唤你难道跟鬼说话？"他那是什么表情？怎么他长大后的模样就这么不招他的眼？岳瀚也没好气地道。这个笨蛋李怜花，还没认出他来，他现在的模样和之前孩子时候的模样区别不大啊？

　　"真是对不住，在下出神了！"李怜花又是一愣。那说话的口气，懊恼的表情，还真和他的小瀚儿是一个模子里刻出来的。他小心翼翼忽略心里的悸动，把他在人前温文有礼的一面摆了出来道，"在下李怜花，不知兄台怎么称呼？"

　　"林岳瀚！"岳瀚头也没抬地道。这下总该清楚了吧！原本还想给大哥一个惊喜的，现在看来反而是他给了自己一个大大的惊吓和打击。

　　更大的惊吓在后头。李怜花听到他的名字后，慌乱中打翻了他面前的酒壶，接着又反射性地想挽救却因用力过猛，人往前倾，掀翻了整张桌子。巨大的杯盘落地之声在这本来就安静的酒楼里更显巨大。岳瀚有些瞠目结舌地盯着眼前的一幕，手里还抓着两根光秃秃的筷子，再看李怜花，玉面已羞红一片了，却还保持着惊吓的表情问："你也叫林岳瀚？"

"什么叫我也叫林岳瀚？我本来就是林岳瀚。你就是因为听到这个名字，就掀翻了我的午饭？"岳瀚见到如此场景，反而想笑。这个大哥看来还真没有认出他来，到现在还以为自己是和"小瀚儿"相像的一个陌生人吧。也难怪他反应不过来了，一个孩子长再快，总不至于一夜之间从十三四岁长到十八九岁吧，看看自己给自己制造了怎样的麻烦啊！

"对，对不起！"李怜花难堪地苦笑了一下，"怜花一绝"刻意营造的优雅稳重形象今天算是毁了大半了！

"算了，我们找个安静的地方说话吧！这里人太多了！"岳瀚扔掉手里的筷子，从袖中取出一锭银子放在椅子上，也不等李怜花的回答转身就走了出去。李怜花稍稍迟疑了一下，也跟着他走了出去。

一出市集，岳瀚便施展轻功驰骋起来，那湖绿色的居士服随风轻展，伴着那优美的身姿真的如仙流之群一般。李怜花不由豪气顿生，不甘示弱紧紧追上，与他并行，一个时辰之后，已经远离那市集几百里之外了。在一个青翠浓郁的山头，两人不约而同地停了下来，李怜花脸不红气不喘，反是岳瀚微微有些气急。他不着痕迹地摸了摸心口处，这心疾还真是半点不能逞强，仅这区区之路，居然都能让他感到心慌气急。

"你怎么啦？哪不舒服？"李怜花还是发现了他的异常。一路上他不停地告诉自己这个人不是自己认识的小瀚儿，但是看到那相同的脸，关心的话还是忍不住脱口而出。这人轻功之高明绝对只在自己之上，他可不认为他的气急是因为轻功疾驰出来的。

"还好，心脏有些难受！老毛病了，没什么大碍，大哥不用担心！"岳瀚挥了挥手，故作轻松道。见到李怜花听他唤"大哥"时依旧怪异的表情，他才想起来，李怜花还不知道自己就是他认识的"小瀚儿"呢！

真是"自作孽，不可活"。他苦笑了一下。岳瀚慢慢地在碧绿的草地上坐了下来，拍拍身边的位置，"先坐下来，你想知道的我都会告诉你！"

"大哥，你之前见到的少年身体是我所修习的'缩骨化形大法'所维持的，现在的模样才是我真正的模样，十九岁的林岳瀚！"岳瀚开门见山道。他已做好被李怜花责怪的心理准备了，毕竟他早有机会跟他解释，却一直拖延到如今，大哥若生气也是应该的。

"缩骨化形大法"这六个字一出，让李怜花本来还怀疑的心，信了大半。这套功夫是百年前天地四绝中"不老神仙"水千月的独门功夫，水千月早年闯荡江湖最爱用这功夫把自己幻化成各种年纪模样的人行走江湖，作弄别人。若眼前这个人真的是他的瀚儿，又真的练了这套功夫，那么他是小瀚儿的可能性就毋庸怀疑了。

说服自己接受了身边这个体态几乎和他一样修长的男子是他认识的小瀚儿这个事实之后，紧接着而来的却是更深层的悲哀，"你真的是我认识的小瀚儿吗？你竟然狠心瞒我到现在，你若一开始不愿意告诉我，那么那日在酒楼原谅我时，为什么也不告诉我？你不相信我吗？现在又为什么要告诉我？为什么不继续骗我？"其实他并不想这么责怪瀚儿的，只是他控制不住，话便已经说出了口，不知是一时不能适应这种截然不同的落差还是为了掩饰自己心里更绝望的念想。

面对他一个接一个的问题，以及那受伤的脸，岳瀚的心也不好受起来。这人原是和自己萍水相逢的一个陌生人，什么时候开始自己竟然这么在乎他的情绪是好是坏了？他对自己的爹爹妹妹都能狠下心来不与之相见相认，偏偏招惹了这么一段孽缘。然而有些事冥冥中自有机缘，自己偏偏对他在了意，软了心，于是柔声道："最初没想到会认识大哥，我原就是打算以那样的面目行万里路的。只是后来看大哥实在是真心待我，瀚儿心里也一直为最初的无意相瞒而感到愧疚。然而总是时机不当，一直未找到机会对大哥以真面目相见。事到如今，我觉得再瞒大哥，实在愧对大哥对瀚儿一片拳拳热爱之心。瀚儿不想为自己多做辩解，只是希望大哥明白，这一切虽有有意的试探在其中，但更多的是无心的伤害。”

听着他如溪水细流的温润声音缓缓在耳边流淌，李怜花只静静地听着。连声音都分明是完全两种不同的声线和感觉，偏偏听着就有熟悉的亲切感，那柔软的声音仿佛把他吸进了岳瀚的内心深处。他看到了他的挣扎、他的愧疚、他的自傲和他的倔强，分明在乎自己却又不愿过多为自己辩解。不管眼前这个岳瀚是不是他之前见到的岳瀚，他们的心都是一样的，至少在对待自己的一面，从来都没有改变过。这种奇异的感觉让他全身都感到一种颤动，脑子里一片空白，眼里所见的是他带着几分愧疚的脸，还有那两片不断合启的红唇，心思竟然突然明朗了起来：“瀚儿，别说了！”

“大哥？”这回轮到岳瀚迷惑了。他抬头看李怜花的眼，那魅惑的桃花眼竟闪烁着比之前任何时候见过的还要闪亮光彩的眼波，整个人宛若从桃林深处走出来的精灵一般。他刚刚说了什么让李怜花居然在眨眼间焕发出了如此的光彩？

“不管你是之前的小瀚儿，还是现在的小瀚儿，你都是小瀚儿不是吗？是大哥钻牛角尖了，若瀚儿依旧对大哥不信任，瀚儿就不需要现真面目给我看了，不是吗？既然你都以这样的面目出现在我面前了，我还计较着过去的一些事情做什么呢？”李怜花缓缓张开双臂，那璨比星辰的笑容照亮了整片天空，“瀚儿，大哥还没抱过长大后的小瀚儿呢！”

岳瀚嘴角终于现出真正无忧的笑容，像是卸下了心里的一块大石头，毫不迟疑地投入他的怀中。原来被在乎的人原谅也是件痛快到极点的事情。他紧紧反抱住李怜花的身体，原来还稍嫌宽大的怀抱如今是那么的契合，“大哥！”

“瀚儿的师傅是南地绝‘不老神仙’水千月水前辈吧！”静静互相依靠着，就着清风，李怜花的心境也完全沉淀了下来。

“嗯。也不全对，天地四绝都是我的授业恩师。”既然已经许诺了对李怜花坦白，自然是有问必答。

说不惊讶肯定是假的，但是这样的际遇出现在瀚儿的身上他一点也不觉得突兀，竟然还兴起几分打趣的意味道：“没想到我的小瀚儿

竟然还是世外高人的关门弟子呢！"

"这样才配得上武林第三的'怜花一绝'的弟弟身份啊！"岳瀚也半带淘气地道。就像是在山上跟师父撒娇一样自然却又有些不同。师父对他是疼爱宠溺的，但也是严厉的，而李怜花给他的更多的感觉是亲昵、自然。就像在他而言，宠爱关心自己是件理所当然的事情一般，也许就是因为这样的感觉，所以他才会那么在意他的感觉吧！

"那瀚儿以后是打算以现在的模样出现还是继续装小孩子骗人呢？"李怜花轻笑出声，胸腔随着笑声上下起伏着。其实对于瀚儿以后愿意以怎样的身份伴在他身边，他其实并不那么在意。

岳瀚感觉着彼此紧贴着的身体上传来的热度，听着他话中的轻松调侃，虽然他觉得两个大人还这么抱在一起感觉有些怪怪的，但是不可违言，这样的感觉真的好温暖好舒服，"大哥，我们若能这样过一辈子倒也是件幸福的事情！"

"小瀚儿，你可是在说真的？"李怜花的激动之情立现，扶起岳瀚的双臂，脸对脸看着他，那不可自抑的狂喜之态让岳瀚又是一愣，"自然是真的啊！"

见他绝美的脸上一片坦诚无伪之色，李怜花狂喜的心反而骤然冷却了下来。小瀚儿说的"过一辈子"根本不是他以为的"相伴结成伴侣"过一生，而只是单纯的兄弟一生吧。看来自己日思夜想得有些过了头，瀚儿根本不知道他口口声声叫唤的大哥有着那么不可见人的一面！

应该跟他说吗？

不是早就决定不再对他有所隐瞒了吗？为什么事到临头还挣扎？瀚儿什么都告诉了你，你做人家大哥为什么不能坦荡荡地把自己真实无伪的一面放到瀚儿面前？

其实他不是怕把自己不可见人的一面告诉瀚儿，他怕的是自己不能承受瀚儿可能会有的反应。那是未知的。而他，对未知总有着莫名的恐惧，特别是瀚儿这件事情上，他更是患得患失犹豫不定。

被他这忽狂喜忽失落忽挣扎的表情弄得一头雾水的岳瀚，心情也跟着他的情绪忽上忽下，"大哥，你是不是也该跟我解释一下那日在黄山派的情形是怎么回事？我们昨天说好的，不是吗？"

对着他深黑的眼眸，李怜花所有的挣扎都停止在那里，"那大哥给瀚儿讲个故事吧！"

"等一下！"岳瀚突然打断。

在李怜花的一愣间，岳瀚已经自动在他怀里调整了一个更舒适的姿势。半个背靠在李怜花的胸膛上，脑袋靠在他的臂弯处，几乎是大半个人压在了李怜花的身上。岳瀚发出一声愉悦的叹息："好了，大哥，你可以开始讲了！"

对于小瀚儿的主动，李怜花不知是该苦笑还是该高兴。小瀚儿是太高估了他的自制力，还是太小看了自己对他的吸引力？这样的姿势就像是情人间小憩时的亲昵，让原本被忽略在一边的情欲，一下子上升到了极点还不得不继续压抑着。

"大哥，快点嘛！"岳瀚半仰着脑袋催促他。李怜花口干舌燥得恨不得现在就低头狠狠吻他，此刻他如此信任自己，一会儿等知道他的过去后，怕是会避之如蛇蝎了吧！

"十年前，有个一心向往伏魔卫道的少年开始闯荡江湖。他仗着先人遗留的一本秘籍，自学成才。那时彩虹金钩薛竹还是武林榜上排行第一的名头。那年秋天，江湖发生了一件大事，各门各派以少林为首联名发具英雄帖，召集天下英雄在杭州聚集，共同商讨剿灭藏匿在雁荡山的群魔教。那少年碰上这等大事，岂肯错过，自然而然加入了伏魔的大军阵营。那场战役打得相当辛苦，上千英雄死伤大半，很多人被困在阵势中活活饿死，能活下来的无不脱了半层皮。那少年侥幸活了下来，阴差阳错的居然杀死了那群魔之首，一夜间成了名……"

害怕回忆雁荡山的那一幕，李怜花避重就轻地带过了那具体的一幕，给岳瀚讲述了一下他成名的由来。

"大哥就是那个少年了吧！"岳瀚是多么晶莹剔透的人，哪会听不出关键的东西都被省略过去了，只不过看到李怜花不知落在哪里的视线带着深得不知道有几许的痛苦，就料到必定不是什么太愉快的回忆。他不想逼问，故意装做没注意他的简略顺着他的话题问。

"是，那年武林榜上多了两个本来默默无名的人：清水神功、怜

68

花一绝，分别排了第一和第三，原来的彩虹金钩排到了第二。而也是那一战之后，我对江湖产生了失望和厌倦，想要置身事外时，却发现已经不由我了。人的名，树的影，既然一朝身为江湖人，想要退出已是没有可能，从此就避居在杭州临雨轩，轻易不再理江湖事。"李怜花倦累的言语像是受尽了千百般的苦。岳瀚关切地看着他，觉得这中间有个问题不得不问："大哥避居临雨轩是否还有更重要的原因？"

提到这个，李怜花的脸色一白，小心翼翼低头看了看岳瀚，"真的要大哥说吗？"

"大哥有不得不说的苦衷？若不说大哥心里会更舒坦的话，瀚儿知道与否都不重要，只要大哥开心就好；只是说出来也是一种解脱，大哥禁锢在心里太久了，恐怕于己并不是件好事！"岳瀚认真看着他的眼，宣告着他的立场只是希望他开心，并不是来逼问让他痛苦的过去。可是也同时在告诉他，伤口如果只是表面结疤里面没好，终究会彻底溃烂，还不如狠心把它揭开，让脓流出，慢慢的自然就会长好。

"瀚儿，答应我，不管怎样都不要马上就离开我。哪怕厌恶，也请你一定编个理由然后在我不注意时悄悄地走，好吗？"李怜花倏地用力抱住岳瀚，身子簌簌发抖，头发全部落在岳瀚的脸上颈边。

"大哥，我答应你！"岳瀚的手轻轻在他的背部抚摩，想要放松他紧绷的情绪。到底是什么样的隐衷让李怜花担心恐惧到如此地步？他真的想直接钻进他的大脑深处直接去看个明白，可是此刻他只能更耐心地等待他的情绪缓和一些。

"瀚儿，从那一年后我发现我只喜欢男孩子。"说出这句话后，李怜花像是耗尽了全部的力气，半天也不敢把头抬起来。

喜欢男孩子？这是什么毛病？

岳瀚被他这突如其来的话梗在半空中，脑子里拼命地在搜索这些年看过的医书，半晌也没发现有类似的条目。他拉过李怜花的一只手腕，开始把脉，没有中毒的迹象，身体健康得绝对可以活到一百岁还有余，"大哥，你的身体完全没有问题啊！"

李怜花哭笑不得地抬了头，眉间满是浓愁，为岳瀚的天真，"我喜欢男孩子，是男女间的喜欢。"

岳瀚整个人呆滞了一炷香时间，乌黑的双瞳一动不动地看着李怜花。李怜花紧张得整颗心提到了嗓子眼，手心里面全是汗，像是一个等待被判刑的囚犯一般，连呼吸都那么小心翼翼。随着岳瀚沉默得越来越久，他的心也越来越绝望，小瀚儿没有听到这句话的第一时间推开自己，已经是给了他最大的仁慈了，怎么还能奢望他露出回应的眼神呢？

"大哥，你说的是真的吗？"岳瀚的声音像是来自九霄云外，缥缈中还带着几许空灵。

李怜花咬定牙齿点了点头，伸头是一刀，缩头也是一刀，既然这刀注定是挨定了，躲也没用，还不如大方站直了。

"那大哥是不是很喜欢瀚儿小时候的模样啊？"岳瀚状似不动声色问，"大哥每次看着瀚儿的时候脑子里都在想什么呢？"

李怜花从来没有觉得时间这么难熬，小瀚儿的问题让他不知该怎么回答才好。他不想让瀚儿误会，可是一时口拙又不知道如何解释，只能紧张地道："小瀚儿，我承认最初被你吸引是出于那方面的想法，可是认识你之后，就知道你对我是不同的。你和别的，和过去的那些人都不一样，你那么好，我真的没想过伤害你，那个——你放心，我以后一定会断了对你的邪念，尽量离你远一些，只要瀚儿不要离开——"

"大哥，你是在说现在不喜欢小瀚儿了是吗？"岳瀚突然打断他。

李怜花一听更急了，"不是，小瀚儿，我怎么会不喜欢瀚儿呢，你都不知道我每次见到你都是多么辛苦地克制自己不要吓坏你——"

"那大哥为什么又要离我远一些呢？是不是因为瀚儿现在的模样不是大哥喜欢的孩子模样？"若李怜花仔细看的话，就会发现岳瀚满眼都是促狭与兴味，正大模大样地欣赏着自己慌乱忙于解释的狼狈模样。可惜李怜花满心都在如何让瀚儿相信自己上面，根本没有多余的注意力去发现岳瀚的奇异表情。听到岳瀚那样的话，他反射性地就脱口而出："谁说我只喜欢瀚儿小时候的样子，现在的瀚儿照样让我很喜欢。我也不知道为什么会这样，这样的感觉只有瀚儿给过我，那个

——"

说到一半才反应过来之前都说了些什么，李怜花的脸一片火红，恨不得重重地给自己一个巴掌。瞧他说了半天都说了些什么啊？原想是让瀚儿放心的，怎么说着说着反而把现在的感觉都说了出来？他顿时后悔懊恼得都不敢去看岳瀚的表情。

"我可以理解成大哥是在跟我表白吗？"岳瀚好整以暇地放松了身体，更舒服地靠到了李怜花身上。

再怎么迟钝，李怜花也终于发现岳瀚的态度有些暧昧了。他生怕是自己的错觉，细一打量，那绝美的脸庞分明带着兴味的笑容，"小瀚儿？你——"

眼眉一挑，似在询问，证实自己是否看错。

"我怎么？还是瀚儿会错了意？大哥对瀚儿的喜欢并不是那种喜欢？"岳瀚的双眼闪烁着晶亮的眼光，不答反问。

今天若是有人跟他说太阳是从西边升起的，李怜花恐怕也不会惊讶到如今这种地步。从地狱上升到天堂的感觉怕也不过如此吧。岳瀚的话语让他欢喜得不知所措，小瀚儿没推开他，没厌恶他，没有看不起他，反而接受了他？

接受？他一再自问，简直不敢相信。

岳瀚静静地旁观着李怜花笑颜逐开的表情，一时真有种桃梨落缤纷、姿色惑天下的感觉。这个大哥还真有祸国殃民的本钱，只是他自己没察觉而已。罢了，自己就牺牲小我拯救大我，从此看紧这株多情桃花吧！

"大哥，这么久都不回答，看来是瀚儿自作多情了。也罢，那就算我没说！"明知他是太喜以至于忘记了表达，岳瀚还要故意打趣，佯装要离开他的怀抱。根据二师父的言传身教，这个时候的欲擒故纵往往更能试探出恋人的心意。

果然，心神还未完全收回的李怜花反射性地扣住岳瀚根本未曾使力的身躯，迷失在狂喜中的心窍才回到本尊身上。他本也是个玲珑剔透之人，之前的失神失态，也不过是因为得到的结果与预想离得太远，以至于不相信自己会有这么好的命。岳瀚的不答反问和欲离他而去的动作，肯定了他的奢望真的成为了现实，岂容他再离开，"小瀚儿，君子一言，驷马难追，岂可轻易收回？"

岳瀚看到了他预料中的反应，不禁莞尔，翠玉叮当般的笑声让李怜花珍惜得恨不得将此刻永远留住，"瀚儿，我简直不敢相信，这一切都是真的，你当真明白我对你所抱持着的是怎样的感情吗？"

"你觉得天地四绝的徒弟会是个理解能力低下的白痴吗？"岳瀚又把问题抛回去给他。

"可是正常人听到这样的话语后不都该退避三舍，鄙视远离吗？瀚儿，你却——"李怜花总觉得像是缺了什么环节。岳瀚的接受能力也未免太快了些，一点犹豫的过程也没有，就这么泰然地接受了这种离经叛道的感情，反让他感觉不自然了起来。

"我又不是一般人，我是林岳瀚啊！"

岳瀚嬉笑淘气的口吻，让李怜花是又喜又恼："瀚儿，别再淘气了！大哥不瞒瀚儿，大哥的心里很不安，老总觉得像做梦一般不真实。"

"大哥，我没给你一巴掌骂一声'无耻'，然后转身就走，你反而觉得不安了？那你想怎样才能放心呢？"

"大哥，你看，云在走，水在流，天地旷悠悠，好漂亮的景象！"岳瀚仰躺在李怜花的膝上，看着天上的白云远处的山涧水泉，心情一片开朗。

神仙子【I】

东方另类武侠经典

第九章　武林榜新魁

一整块巨大的黑色玄武岩，最顶端血红的"武林榜"上新添上去的烫金"神仙公子"四个字非但列在武林榜之首，而且还屏弃了武林榜一直以来的红色，改用了金色，可见这个"神仙公子"在方生死眼里的评价之高。

"出大事了——武林榜又上新人了！"

"切！武林榜哪年不在变动？"

这有什么好稀奇的，初听闻这消息的人无不嗤之以鼻。江湖每年都有新的高手产生，武林榜的排名会有变动哪里值得大惊小怪的。毕竟人外有人，天外有天，强中自有强中手，有人上榜自然就有人下榜，对于这个，人们的接受率普遍比较高的。

"这回上榜的名字排在'清水神功'柳清水的名字前面！"

"什么？"

这一消息才算是炸开了锅！

自从十年前"清水神功"柳清水把"彩虹金钩"薛竹薛老爷子挤下武林榜排行第一的宝座之后，十年来他稳坐武林第一的交椅从未有半分动摇。虽然对于他的武功到底高到什么程度，江湖上也曾众说纷纭，但是同年崛起于江湖的"怜花一绝"的剑法是很多人有目共睹的。人家李大侠对此排名都没有什么异议，就更轮不到别人去质疑了。加之柳清水一直客居塞外草原，十年来一次也未在中原武林现过身，所以虽然柳清水是武林榜上头号高手，但是若论影响力，那是远不及排在他后面三位的"彩虹金钩"、"怜花一绝"以及"明月双剑"的。

但是这并不等于说他是可以轻易被超越的，毕竟"武林第一"的宝座是人人眼红的位置。江湖每年有无数人，拼得头破血流也只为在那块长形的玄武岩上留下自己的名号。而如今武林榜第一的位置轻易就改写上了一个新人的名号，一个从未在江湖出现过的名字——神仙公子，能不让全江湖为之震颤吗？

所有的酒楼茶肆、客栈小馆，只要是人聚集的地方都在争相讨论这个神秘的"神仙公子"又是何方神圣，居然一夜之间就登上江湖顶尖的位置。光看名号有"公子"两字，猜测年岁应当在三十岁以下，只是搜遍各门各派年轻一代的高手也未发现哪家有这么一个后起之秀，更别说找到一丝有关于这个"神仙公子"的只字片语，真让人有云里雾里的感觉。

武林榜每天都吸引无数人前去观看，对于这一消息，彩虹金钩、明月双剑还没有什么表态，倒是姑苏慕容家这两天几乎被前来打探消息的人踏破了门槛。而同属武林前四高手的怜花一绝，自从有人在黄山附近的集市酒楼见过一面后，半个月没有他半分消息，也无从得知他对此事的反应。

"大哥，这两天见到的人无不行色匆匆，这是去哪里，又出什么大事了吗？"岳瀚又恢复了少年的模样，抱着银雪走在李怜花身边巧笑倩兮道。

李怜花爱恋地看着身边的小小身影。这半个月来，两人效仿古人依山而居，造了一栋木头小屋，过了一段隐居的生活。每日早晨贪看小瀚儿赖床不起的模样成了他的最爱，有时甚至故意早一个时辰醒来逗弄他。小瀚儿的调皮捣蛋和破坏力之高，在这半个月里也充分让他领教了。每日里修补房屋、重做桌椅就占了他大半日的时间，这才知道之前的瀚儿真正是称得上乖巧安分，然而他更喜欢瀚儿的古灵精怪和无所顾忌。那是他的小瀚儿，他为之着迷疯狂，将要陪伴一生的对象。这半个月让他们彼此全新地认识了对方的能力、优点和缺点，每一个发现都让他惊喜：小瀚儿竟然能通晓兽语，收留了两只上古神兽。更让他惊讶的是小瀚儿居然有一手绝好的厨艺，每日里由他负责去准备食材，小瀚儿则负责把食材烹调成美味佳肴。李怜花恨不得永

远住在那栋小木屋里，不再理会红尘俗事，若非小瀚儿说他下山的梦想是周游世界，他们现在可能还在那不知名的山中过着两个人的日子。不过只要瀚儿高兴，别说周游世界，让他上天入地他也愿意相陪，这也是为什么他们会在这个时候出现在这个地方的原因。

"瀚儿想知道，大哥就找个人问问便是了！"李怜花的笑容带着宠溺和纵容，回答了岳瀚的问题后，立即侧身拦住了身边一个急着过去的佩刀男子，"这位兄台，看阁下行色匆匆，是急着往何处而去？"

"看公子你也是江湖人士，怎么你还不知道啊？风雨林内武林榜上'武林第一'换人了，我们都是赶去看武林榜的。"那佩刀男子也没料到拦住自己的会是这么一个绝顶风采的人物，半晌才回答。

"武林第一换了什么人？"岳瀚连忙插嘴问道，他早就对这个武林榜产生好奇了，真想见见那个排武林榜的方生死。

"神仙公子！"匆匆说完这四个字，大汉就往前急赶而去。李怜花和岳瀚愣在了原地，彼此对视了一眼，眼神中都布满了问号。

"大哥，那个'神仙公子'是谁？"岳瀚原以为这样的称号只有山坳里那些未见过几个武林高手的平头百姓才会想到的叫法，不曾想江湖上还真多了这么一号人，更一下子把"清水神功"挤下了武林第一的宝座。他可不会自恋到以为是张大年他们特地出了山坳来给他宣传这个称号的，"应该不会是我吧！"

李怜花的表情也带着几分深思，他的预感正好相反，他觉得这个"神仙公子"是小瀚儿的可能性很高。但让他不解的是，若这个"神仙公子"真的就是瀚儿的话，那这个方生死也未免太让人毛骨悚然了。那么隐秘的山坳里的事他都能知道，他看起来几乎是无所不能了。可是若不是瀚儿的话，他又实在想不出江湖上还有其他什么人担得起"神仙公子"这个称号。这样看来，小瀚儿上榜的概率实在是不低。

"不如我们也去趟风雨林看看好了！"李怜花并未把他的想法说出来，只是看到岳瀚兴奋的眼神后疼爱地建议道。

"好啊，那我们还等什么，现在就去吧！"岳瀚一听要去风雨林，果然兴奋非常，只恨不能一步就到苏州了。

"瀚儿，今天天色不早了，我们还是先找个酒楼填肚子，然后住上一夜。明日一早，大哥去买辆大马车。这里离风雨林起码也有三天的路程，坐车去没这么累，你看可好？"看他雀跃不已的神情，李怜花一边好笑着牵按住岳瀚恨不得飞奔起来的身子，一边轻声地道。

"啊！还是大哥考虑得周到，是瀚儿太急切了，谁叫那里有热闹看啊！不过被大哥如此一说，瀚儿此刻倒确实是感觉到饿了！不管了，我们明天出发好了，现在瀚儿要吃饭！"岳瀚立即点头。两人安步当车的也走了快一天，虽说都有武功在身，不过这路走得确实也不少，身上也有些粘湿感，是该先找地方洗澡吃饭，睡个好觉。

这是一个热闹的城镇，地处安徽与湖北的交界处。两人刚刚踏上街道，便惹来无数视线。这种情况李怜花早已习惯，岳瀚则无所察觉只顾着看周围的热闹情景。突然一个女子倏地从旁边斜飞而出，手中一把短匕直朝李怜花而来，人群中已有人惊呼一声了。

即便事出仓促，李怜花依旧快速地牵着岳瀚，身姿一闪一挫之间，两人已经斜斜移出了三尺。继而左手手腕倏沉，疾闪翻转间已经从容地扣住了那女子的右手腕骨处，稍一吐力，那匕首再握不住，掉落于地。"姑娘，在下与姑娘无冤无仇，姑娘为何突然行刺在下？"

"李怜花，我与你有不共戴天之仇，今日既然失败，要杀要剐，悉听尊便！"那少女眉目含煞，娇躯不停颤抖，却不是因为害怕，而是因为愤恨。

李怜花一怔，很是奇怪，松开她的手腕，退后两步，看着他面前的这个少女，确信自己并不认识她。自他出道以来，很少下杀手，偶有所杀也都是万恶不赦之人。看这少女虽然脸罩寒霜，身上却无邪佞之气，是个好人家的女子，自己断无理由会与她有仇的。且从她的年纪来看，自己也不可能与她牵扯上什么关系，不由纳闷不已："姑娘是不是对在下有所误会，在下真的不认识姑娘，怎么会与姑娘有不共戴天之仇呢？"

"大哥，该不会是你什么时候拒绝了人家，所以，人家心有不甘找上门来了吧！"岳瀚用极低的声音戏谑道。这声音低得只有离他极

神仙掌子【一】

东方另类武侠经典·

近的李怜花才听得到，边说的同时，古灵精怪的眼睛还不停地在他们两人身上看来看去。

李怜花不由尴尬苦笑地看向岳瀚，这个瀚儿明知道他不喜欢女子，又如何会与这般年轻的女子有所牵扯呢？岳瀚眼里却满是看好戏般的笑意，表明了他不会帮忙，看着李怜花的眼睛像是在说："大哥，我看你怎么处理！"

那少女见他们此刻还眉目传情的模样，更是恨到了极点，"李怜花，你当真薄情寡义到如此地步？"

眼看周围聚集的人越来越多，李怜花虽然不惧人多，但是那么多试探狐疑的目光落到他们身上，也怪让人不自在的。虽然他的语态不改温和，脸上的表情却已有些严肃了，"姑娘，请不要信口雌黄，若有什么误会也该当面说清，你这般不分青红皂白就行凶的行为，在下已不跟你计较了，你若再执意纠缠，可休怪李某无礼了！"

李怜花牵起岳瀚的手便往酒楼内走去，那少女银牙一咬，立时跪坐在了地上，开始嘤嘤哭泣了。她哭得委屈不已，让本就有些同情于她的众人更是怜悯不已。人群中已经有人在对着李怜花和岳瀚的背影指指点点："这个姑娘真可怜，被人抛弃了！"

"那公子看上去斯文谪仙般一人，没想到竟然会是个绝情负心之人！"

"就是！"

李怜花跨出去几步的腿终于停在原地，缓缓转过身来时，脸上的表情甚至有些微冷了。不管这女人接近他的目的是什么，他承认她用对了方法，"姑娘，在下认为这中间定然存在什么误会，你若有意解释清楚，就请跟李某入内一叙吧！"

岳瀚依旧嘴角噙着一抹笑，不出一声地任由大哥牵着进去。那少女听了李怜花的话，立即捡起地上的匕首，紧跟着李怜花进去了。

"请问两位公子是打尖还是用饭？"伙计热情地迎了上来。门口那出热闹虽然他也瞧到了，不过他们是做生意的，光看这两公子的相貌和衣着，也是有钱的主，更不提两人流露出的华贵之仪了。再看向李怜花身后的那个少女，长得是不错，不过还赶不上这位小公子的一半美貌呢，这大公子哪会对她始乱终弃？要说是这姑娘厚颜讹诈两位公子，他还更信得过一些！

"两样都要！有劳小二哥，先给我们安排一间上房吧！一会儿把饭菜送来房里便好！"李怜花说着便从袖中掏出一锭碎银，递给那小二。本来他是想带着瀚儿在大堂内吃的，如今多了这么一个来路不明的女子，只好打消主意到房里吃。

"公子爷客气了，请您二位跟我来！"得了李怜花的银子，小二更是看那少女不起，干脆就当没看见那女子一般，领着李怜花和岳瀚二人便上楼而去。

房间相当素雅干净，一进门，李怜花便把岳瀚抱放到椅子上，口里轻柔地说道："瀚儿，累了吧，坐一会儿，大哥给你拧把面巾擦擦脸！"

"嗯，这位姐姐，你站在门口不累吗？进来吧！"岳瀚一边对李怜花点头，一边又看向站在门口，脸色阴晴不定的女子。

那少女想了好一会儿，才终于踏入房中，在桌边坐下了，视线却是又嫉妒又愤恨地看着李怜花温柔地给岳瀚擦脸。

"姑娘，你可以说了，你到底有什么目的，为什么要杀在下？"李怜花放下面巾后，便在岳瀚身边坐了下来，认真地看向面前的少女。

"我叫李非，我有一个弟弟叫李落，你可还记得？"那少女一提及"李落"两字，就忍不住颤抖，泪意蒙蒙，似乎随时要哭的模样。

李怜花却更是一头雾水，"李落？姑娘，在下真的不认识你，更别提令弟了！"

岳瀚却已经隐隐有所感觉了，怕还真是大哥曾经惹下的情孽找上门了，可惜这个傻大哥，还不知人家为的是哪桩！

"李怜花，你不要再如此虚伪了，别以为我不知道你和他是什么关系！枉费阿落对你一片真心，至死嘴里都喊着你的名字。你何其忍心，结了新欢也就罢了，竟然连阿落的名字也不曾想起过。我可怜的阿落，呜……"李非如泣如诉，又悲恸至及的哭声再度传了出来，还用布满怜悯和可悲的眼神看了一眼岳瀚，"他如今对你好，日子一久，腻烦了之后，你便会落得和我弟弟一般的下场，还是早日离开他身边

为好！"

　　这番话把李怜花惊了一身汗，她似乎真的知道自己和瀚儿的关系，可这怎么可能呢，自己与瀚儿在一起还未有多少日子，且自问言行举止也颇注意，如何会被她看出？再就是他对她所言的人的确完全没有印象，而她却似乎对他很熟悉，专门为寻他，杀他而来。如今知道杀不了他，又哭得这么伤心，似乎是自己真的对不起她弟弟一般，可他真的是毫无头绪啊！

　　岳瀚也无奈地叹了口气，本是不想插手的，如今看来，再任他们这两人说下去，即便说到明天，也说不出什么一二三来了。

　　"李非姐姐，你弟弟李落可还有别的名字？"岳瀚歪着头问道。他与大哥的关系，整个江湖中应该不会有人知晓，而这个女子对一眼就说了出来，而她所有的动作都是冲着大哥去的，分明是她早就知道大哥的隐疾，还一再提到她的弟弟，不用想也知道大哥必定曾经与她的弟弟有过关系，否则她不会在大门外说出"薄情寡义"四个字了。

　　再来，他大哥在江湖里这般名声，暗里有了这等癖好，定然也是背着所有人的。若有需要，自然不可能去招惹良家的男孩子，只会去那种青楼楚馆之地。那么也就只有一个可能，这个李非的弟弟李落，便是在那种场合认识了大哥，而大哥竟然会把真实姓名告知于他，也证明大哥至少是喜欢过那孩子的。

　　想到此处，心中不嫉自然是假的，不过眼下，人都死了再去跟死人吃醋，也没有必要了，把眼前这荒唐的纠纷处理好才是正事。

　　"秋尘！"李非低低地吐出两字，却让李怜花也面色微变。岳瀚一直注意着他的表情，此刻见状，便知他已有了印象，"大哥，你可认识一个叫秋尘的少年？"

　　李怜花点了点头，脑海里不由自主浮起一个楚楚可怜、体贴温柔的少年模样。那已经是好几年前的事了，他买下了他的初夜，还给了他为数不少的一笔钱，且那之后自己也找过他好几回，印象中是个柔顺、纤细且性子温和的少年。最后一次去找他，告知他以后不会再去找他之时，那孩子哭得肝肠寸断，跪在地上求他带他走⋯⋯

　　"你是秋尘的姐姐？他怎么样了？"李怜花有所愧疚地看向那少

女轻声问道。如今细看，才觉得他们眉眼之间确实有几分相像。

"不用你假好心，你若真关心他，就不会狠心抛弃他。我们自小家穷，弟弟妹妹又多，我早早就到一户镖局人家做丫头，没想到几年契约满期，回到家才知道，我可怜的弟弟为了养活其他弟妹，把自己卖进了馆子。起先得了允可回家探望时，眉眼间还露出几分喜悦和羞涩，说有个公子对他如何如何之好，待以后若得自由身，要一辈子侍奉于他床前，我虽听得心中苦涩，却也不忍剥夺他仅有的欢笑。我若早知他会陷得如此之深，当时就该狠狠打碎他的念想，呜……事隔不到一年，他回家时便再也不笑了，整日里嘴里念叨着的便是'怜花'两字！人越见消瘦，加上他不再肯接客，馆子里的人对他也越加狠厉……我可怜的阿落，终于没能熬过，直到死前还喊着你的名字。这几年，我天南海北地找你，就希望有一天亲自找到你，杀了你这个薄情的男子！"

李非越说越伤心，李怜花的神情也多了几分黯然和愧疚，他不杀伯仁，伯仁却因他而死。那孩子不止一次说过要跟着他，只是他没同意而已，没想到他会如此想不开，如今算来，他的确是有责任的。

岳瀚静静地看着李非的泪和大哥的愧，"大哥，你别难受。大哥的好，有眼睛的人都看得到，只是那孩子太执著了！"

"李非姐姐，你既知我大哥曾如何待你弟弟好，便该知道他未曾有对不起他的地方。我大哥从头到尾也未对令弟吐过爱他之类的言语，可是？如今令弟去了，我和大哥都很难过，可是你把令弟的死全部推到我大哥身上，是否有失公允？我大哥谦谦君子，若曾对人有过承诺，定然是会履行到底的。令弟去之前，可有恨我大哥的言语？"

秋尘的死讯让李怜花的心里愧疚不已，可是小瀚儿温柔正色为他辩白的情形，更是让他感动在心。李非虽恨却也无言地垂下头，她知道不能全怪李怜花，可是看着弟弟那般伤心欲绝撒手尘寰，让她如何甘心？这么几年，她就凭着在镖局里做丫头时偷学的一点防身功夫，天南地北地找寻着叫"怜花"的男人。好在叫这个名字的男人实在是不多，其中最有名的就是李怜花。只是她一直没能亲眼见过他，每次都是听说他在某处出现过，等她赶去时，他早已离去了，所以她一直

不能确定，他是不是就是那个让阿落念念不忘、郁郁而终的男子。直到在黄山附近的那间酒楼里无意听到了他对岳瀚说的话，见到了他的人，她才真正肯定了他的身份。

可惜她的武功实在太差了，不多时就跟丢了人。这次听说武林榜上了新人，全江湖人都准备往风雨林凑热闹，她也打算去那里，想着兴许还能碰见他们。没想到皇天不负苦心人，今天运气实在很好，竟然让她在这里又遇上他们，这岂是他们几句话就能逃避得过去的？

"李怜花，我要你为我弟弟偿命！"话落，袖中的匕首再度迎面而来。店小二刚巧送饭菜到门口，一见那姑娘利器行凶，便连忙惊呼了起来："哎呀！杀人啦！"

"小二哥别慌，这位姐姐没什么恶意的！"岳瀚连忙道。即便如此，店小二还是端着托盘便跑了。而此时李怜花正左闪右避着李非的匕首，不还手，也不让她近身，"姑娘你不要激动，秋尘之事，在下也很难过，若能有所补偿，姑娘只管提出，李某能做到的一定为你做到！"

"李怜花，你不要看不起人，你以为我天南海北找你，是为了要你补偿我吗？你还我弟弟的命来！"李非又急又恨，却奈何无论她的匕首刺得多快，李怜花都躲避得游刃有余。别说刺伤他了，连他的一片衣角也碰不上，如今再听他所说之言，更是觉得遭受了天大的侮辱一般。

"姑娘，在下说的是真心话。如今秋尘人已去，你就算杀了我，他就能活过来了吗？秋尘是个善良的孩子，是我待他太薄情了，你若真的气不过，便来杀吧！"说着，李怜花当真站在原地不再躲避。眼看匕首即将对着李怜花的心脏而去，岳瀚还不见他躲不由有些来气，右手手指一弹，那柄匕首便突然间从李非手中脱出，斜飞钉进窗棂上。

"大哥，她疯，你也跟着疯了吗？你们还真是一个有情，一个有意。看来我是多余的了！一个要杀，一个愿被杀，很好，我走出这间房，你们哪个愿死，哪个愿活，随便！"岳瀚立即从长椅上站了起来往门口走。还未踏出两步，人已被李怜花纳进怀中，"对不起，瀚儿，你别生气，大哥错了！瀚儿别走，大哥不能没有你！"

岳瀚挣了几下，见挣不开，又感觉他有些颤抖的身体，心里是又气又疼。气他这般不爱惜自己的身体，人都已经死了，难道要因为愧疚把命赔给人家吗？那他对他说的承诺又当如何办呢？还有这个李非，他体谅她失去亲人的痛苦，所以对她已经处处忍让了，但她若还如此冥顽不灵的话，那他也不客气。

李非还傻傻地看着空空的手中，再看着紧抱着岳瀚的李怜花，和一脸冷静地看着她的岳瀚，不敢相信那人之前真的站着让她杀？若非有旁的力道打飞了匕首，现在那匕首早就穿李怜花的心脏而过了。

东方另类武侠经典·

"李非姑娘，你实在太不明事理了。大哥对你忍让，是念着你弟弟的一片情，你真以为凭你那三脚猫的功夫能伤到我大哥？死者已逝，你这么做只会让你弟弟不能安心，他死前让你替他报仇了吗？若他是真心喜欢着我大哥，他定然会希望我大哥过得幸福。他若知道他的姐姐会在他死后，千里迢迢地追杀他的爱人，你想他是什么感觉？怕是在地下也不得安心，夜夜痛哭不已！"岳瀚词锋锐利地对着李非道。当场便让她承受不住地跪了下来，开始哀哭！

见她哭得如此模样，岳瀚又忍不住心软，"你也别哭了，你弟弟葬在何处？我和大哥亲自去祭拜他一下，让他九泉之下也可安心，毕竟他喜欢的人去看他了。你看如何？这是我们仅能帮上你的了。你若不愿意，还想杀我大哥，那就不要怪我对你不客气了！"

李非的泪水如珍珠断线一般，好半晌才见她点了点头。岳瀚松了口气，连忙用力推了推李怜花的身子，奈何他抱得很紧，怎么也不肯放开。之前不过是气他这般把一个外人看得如此之重，嫉他心里还挂念着那个叫秋尘的男孩，如今见他后悔也不由消了气，语带几分任性地道："好了，大哥，瀚儿不走了，你放开我先。你以后再不要拿自己的性命当儿戏，若要死，也只许为我一个人而死，哪轮得到别的人？"

李怜花见他面上虽有不愉之色，眼神却已柔和了许多。好不容易能得到瀚儿的真心接纳，他如何还能放开他？黄山派那夜的情景，他这辈子都不想再重复。早知道他会遇上瀚儿，之前那些年，他如何也会克制住自己，绝不会引来今天这般事端。此刻闻岳瀚言，他立即笑

靥如花地猛点头："大哥以后都只为瀚儿一人生，一人死！"

李非见他二人旁若无人地说着这番告白，不由再度为自己的阿落感到了心疼和难受。阿落说那人温柔，却从不说情爱两字，阿落相信那人嘴上虽不说，其实心里是喜欢着他的。而今，这人就在自己的眼前，对着另外一个男孩子许着生死诺言，没有半分迟疑和犹豫。看来他终究是未曾爱过阿落，只怪她的阿落实在是太傻太痴，才落得为情而死的孤单下场！

第二日，李怜花买了一辆宽大的马车，雇了一对老实的父子驾车，第一站便驰往那个早陨的李落的家乡。

马车里的气氛一直沉郁着，李非从昨夜开始便没再吭一声，今早上了马车，岳瀚问她往何处去，她才吐出"开封"两字。所以，如今这马车所往的方向正是开封府的方向。

李怜花也沉默了许多，间歇小心翼翼地看岳瀚的脸色，岳瀚却像是无所觉一般，在摇晃中看着自己手中的书。就这样，一个上午就在赶路中度过了。到下午之时，依旧是如此。李非沉默地发呆，岳瀚默默地看书，李怜花则偷偷地看着岳瀚……即便是吃饭，也是静悄悄的少有言语。

此种情形过了五天，眼看明日便能到达开封，李怜花再也忍受不了离瀚儿这般远了，明明隔着不到一尺的距离，但他就是心里觉得不安，一把抽掉他手里的书卷，把他揽进怀里，"瀚儿，跟大哥说点什么，别不说话，大哥心里有点怕。你气也好，骂也好，打也好，都行，你这般不说话，大哥觉得好痛苦！"

岳瀚无奈地靠在他怀里抬头，摸了摸他的脸，"瀚儿心里没有不高兴，也没有不痛快，大哥你多想了！"

"可是瀚儿，你这五天来跟大哥都说不到几句话。"李怜花似哀怨，似难过地道。

"大哥，瀚儿只是给你些时间怀念一下故人而已。等过了明天，我要你的脑子里除了我什么人也不许有，连偶尔想起都不行。你可明白，我心里也是会妒嫉的，虽然我知道那些都是过去了的事！"岳瀚毫不隐瞒地把自己的心意摊放到了李怜花面前。比起李怜花，自己在情这方面实在太纯白了些，从下山那日起，便不知不觉与这男子扯上了关系，如今两人早已合成了一体。他虽然命不长久，却也希望在他有限的生命里，成为他的唯一，所以此刻才任性地对他诸多要求。

"瀚儿，大哥的心里自见你第一眼起就再容不下别人了！"李怜花更紧地拥紧他。李非的泪又再度落了下来，两人看着那双泪眼，虽然有些同情和愧疚，却没有不安。这是他们两个人的感情世界，从未曾有过别的人，也不容许有别的人。

"青山都如冢，何处不为家"，岳瀚远远站在马车边，任李怜花和李非的身影往那小小的墓碑走去。他执意不去，一来那秋尘也不希望看到他所爱的男子另有所爱；二来他嫉妒，他怕克制不住自己对坟墓里的人生出怨恨。那秋尘已经够可怜了，他不想怨恨他，所以留在这马车边，就当把他的大哥借给他一会儿，待大哥回来之时，就该完全是自己所有了。

马车再度颠簸着上路了，李怜花却觉得车厢里的气氛已经不再如来时。因为他的瀚儿开始笑了，不再看书，不再沉默，主动依着他，吃点心，让他本有些郁郁的心也跟着飞扬起来，"瀚儿，我们现在就去风雨林！"

"嗯，瀚儿对这个排武林榜的方生死很感兴趣呢！大哥对他的了解有多少？"岳瀚舒服地靠进他怀里，一边吃着点心，一边高兴地问道，眼睛里又闪烁着光芒。

李怜花见他好奇的模样，更是高兴无比。他的瀚儿又恢复到之前古灵精怪的模样，他这几天来的沉默都把他吓坏了，他还是喜欢这样的瀚儿。闻言，他一边微笑，一边轻轻摇头道："对方生死其人，真正见过的也不多，不过有关于他的传闻倒是不少！"

"那大哥就拣其中大致还算靠谱的讲些给瀚儿听听，就当旅途中的故事好了！"岳瀚早就好奇得很了，若非中途冒出一个"旧情人"事件，他早就想问了。如今耽搁了好几天，自然加倍急切想知道。何况这个人叫方生死，听名字就知道不会太无聊才是！

李怜花想了一想，才道："这方家代代都秉笔武林，最早是写武

林志，一百多年前才开始有武林榜。第一批上榜的前五位高手，瀚儿你的四位师父就占了四个席位。传闻方生死有一大批只效忠他的情报人员，分布在全江湖之中，没人知道他们的身份。他们专门收集各种成名人物的秘密和江湖上最新的动态，报告给方生死，供他撰写武林志。更有传闻方家每代都只有一个继承人，名字都叫方生死，上一个死去，下一个立即接替，所以谁都无从知道现在执笔的方生死到底是老是少。我个人觉得这条是可信的，因为一个人再长寿他也不可能活了几百年还不死。"

"那大哥，总有见过他的人吧！"岳瀚微蹙了眉头，这个方生死似乎是个很喜欢玩神秘的人呢，偏偏他对神秘的东西总是有种要揭开的冲动。

"是有那么几个自称见过其人，不过每个人的描述都不一样。有的说见到的是个白发苍苍仙风道骨的老者；有人说见到的是个温文儒雅举止谦和的中年书生；也有人说见到的是一个风度翩翩的俊逸少年。每个人所说的形象都不统一，所以那人若不是易容术炉火纯青便是有人冒充了方生死招摇撞骗。不瞒瀚儿，这些年大哥也花了不少财力和人力寻找他。"李怜花轻柔地道。

"大哥寻他做什么？"岳瀚在他怀里转了个身，面对着他眨了眨眼睛，"大哥是否有什么把柄落在他的手中？"

"那就无从得知了，是人都有秘密。这几百年间方家收集的何止成百上千个江湖高手不为人知的秘密，只是很少拿出来公布于众，除非那人犯了人神公愤的大忌。即便如此，仅只这一条，江湖人就容不得他，谁愿意让攸关身家性命的秘密掌握在他人手里？然而谁又不为能上武林榜而骄傲自得呢？毕竟榜上一旦有名，这名也就传到了天下。这也是为什么人人都欲杀他却人人都忌惮他的原因。"李怜花并不保留地说。人性的两面性不需要他赘言，小瀚儿也能理解。争权夺势、求名爱财被多少人奉为圭臬，若非雁荡一战让李怜花冷了情寒了心，说不定至今自己也像众人一样在名利权势的泥沼中爬不上来呢！

"我要寻他，是要让他把'怜花一绝'这四个字从武林榜上抹掉！"李怜花的神色是难得一见的坚持。岳瀚眼中神光闪过，"大哥这又是为什么呢？不知道多少人羡慕大哥如今的声名，大哥怎么自个反倒不爱惜的样子？"

"鬼灵精，大哥不相信你不明白。还装傻，看我的'一痒指'！"李怜花见他闪烁不定的目光就知道岳瀚又开始装傻充愣了，伸出一只手指就挠向岳瀚的胳肢窝。岳瀚立即发出了"咯咯"笑声，小小的身子钻进李怜花怀中，口中不断叫饶："好大哥，瀚儿错了，饶了瀚儿吧！见到方生死，瀚儿定会帮大哥完成心愿！"

风雨林的情景简直热闹非凡，居然还有小商贩在林外开始叫卖各种物品，简易的临时茶棚和面摊供给来往的江湖人士一个休息解渴填肚子的所在。他们的马车这日也停在林外，岳瀚透过窗帘向外看，"大哥，这里怎么像个小型的集市啊，并不像你说的是个'武林圣地'嘛！"

李怜花对于眼前看到的情景也是一阵失笑，"还真有点像集市。瀚儿我们下车吧，你不是想看武林榜吗？那便是风雨林了！"

华丽的马车一停下，就已经有不少人的目光注视着这辆马车了，待到众人见到那慢慢从车上下来的人，竟然是江湖上失踪多日的怜花一绝后，那赞叹和议论声就未停过。

"看哪！是怜花一绝李大侠！"

"是啊，李大侠也听说了？亲自来看武林榜了呢！这下有大事了，也许会引发一场百年难得一见的大战呢！"

"那就是怜花一绝李大侠吗？好高雅的气质，好俊美的容貌，真是闻名不如见面啊！"

对于这种情景，李怜花自然是早就有了心理准备的，对着众人微笑示意之后，才再度掀开车帘，"瀚儿，下来！"

岳瀚抱着银雪，努了努嘴，示意要李怜花抱他下去。李怜花也不以为忤宠溺地抱住他柔软的身子，轻轻地放到草地上。

"好俊美的小公子，不知道是李大侠的什么人！"

"你孤陋寡闻了吧，连这都不知道，他是李大侠的弟弟。上个月在玉老爷子的寿宴上，我远远的见过一次！"

"原来是李大侠的弟弟啊，怪不得长得也如金童下凡一般呢！"

又是一阵不绝入耳的赞叹之声。

见李怜花走到哪里都有人拿敬仰崇拜的眼光看着他，岳瀚心里竟然也觉得甜丝丝起来。人的情绪还真是奇怪，这人和自己什么关系都不是的时候，他的一切都不能让自己多注意一些，而一旦有了牵扯，竟然也有了"一荣俱荣，一损俱损"的感觉。对于李怜花的感觉并不是没有挣扎过，从听到李怜花那句"喜欢"开始，他就知道有什么东西在他还不自知的时候已经悄然改变了。看着他慌乱急于对自己解释却又越说越乱的时候，他分明知道内心是多么的欢愉，那种喜悦漫布到了四肢百骸，诱惑着他只要一个决定，今后这种感觉将陪伴到他闭上眼睛。他承认他还是有些自私，舍不得亲人承受失去他的痛苦，却要让李怜花去承受，这就算是他爱上自己的代价吧！

接受他的感情，也回报以他自己最真的情感，在爱情上算不得是种亏欠。在自己有生之年全心全意地待他，是他唯一能做的保证。活着一天，便要牵手一日，即便不能白头偕老，爱到一方死去何尝不是一种轰轰烈烈？这本不欲牵扯红尘情孽的心，却偏偏一早就被缠上。既是这样，他也甘于就此沉沦，想着那日李怜花不敢置信的双眸、轻吻后，他激烈地回应以及如今一直以他为中心的专注目光，这些通通都是这个如花般的男人带给自己的感觉——炽烈且义无反顾。

他缓缓地摊开柔嫩的掌心，李怜花熟练地把自己修长的食指放进他的掌心，他握紧，像是已经牵握了千百年般的自然默契，"大哥，我们进去！"

李怜花微笑着点头，任他牵握着自己的一根食指，并排走进风雨林，与他共同接受众人的仰慕和艳羡，以及今后可能面临的鄙视与伤害。

一整块巨大的黑色玄武岩，没有其他杂色，呈长方体形，足有十丈高下，棱角笔直，矗立在风雨林的正中间。最顶端血红的"武林榜"三个字就如它颜色本身一般，让人看了就有种热血沸腾，欲找人拼命的感觉。那光滑的正面，鲜红的行书布满了整个平面。岳瀚仰头看着整个碑面，看到那熟悉的"怜花一绝"四个字醒目地位于那少数的几个大号字体的行列中，黑底红字是那么的醒目，就如李怜花的人一般让人觉得不能逼视！

不少人指手画脚地对着那新添上去的烫金"神仙公子"四个字议论纷纷，这四个字非但列在武林榜之首，而且还摒弃了"武林榜"一直以来的红色，改用了金色，可见这个"神仙公子"在方生死眼里的评价之高。

岳瀚看着这武林榜，再看看身边为之狂热的江湖人，突然似真似假地对李怜花道："大哥，我若毁了这武林榜，你说方生死有没有可能来找我？"

第十章　毁榜惹祸

众人都看到岳瀚的手抚摸过那四个字，只道他是爱惜自家大哥的名号，上去擦拭灰尘，哪会料到他在轻轻摸过的瞬间，竟然已经把那凹进去三五寸有余的"怜花一绝"四个字给抹平了。众人感到不敢置信的震惊，只有岳瀚和李怜花相视一笑，洒脱依旧。

对于他这突如其来的问题，李怜花感觉脊背一寒："小瀚儿，你想干什么？"

岳瀚神秘兮兮地一笑："大哥，你紧张什么，瀚儿又没有闯祸，瀚儿只不过是想帮大哥提早达成心愿而已。"

"小瀚儿，不行。武林榜已经成了江湖上有头有脸的人的标志了，是否能引来方生死是其次，怕的是方生死没见着，反惹来一堆其他的麻烦就得不偿失了。"李怜花苦笑了一下，这主意也只有小瀚儿想得出来，饶是自己见惯了风浪还是被他的胆大妄为吓出一身冷汗。"人的名，树的影"，江湖上度日的人，谁不把那三分颜面看得比性命还重要？小瀚儿若真毁了这武林榜，怕不给黑白两道无数江湖人疯狂追杀才怪。真到那时别说他一个李怜花，就是十个李怜花也架不住人多势众，只怕那时就真得和小瀚儿浪迹天涯了。

"大哥可是害怕？"岳瀚笑得一脸不怀好意。

"是，大哥怕不能保小瀚儿周全，会让小瀚儿受伤，怕会让小瀚儿过吃苦的日子。"李怜花的话直白而坦荡，让岳瀚原本带着调皮的笑脸更加绽放到了极点，他带着十分的自豪道："大哥，别对我太好了，会把瀚儿宠坏的！"

"能宠坏瀚儿是大哥的福分！只要瀚儿开心，任何事大哥都愿意陪着你做！"真该让天下男子看看什么叫做痴情到没有退路，李怜花无疑是其中的典范。

"大哥，附耳过来！"岳瀚对他的回答自然是满意到极点。他轻轻招招手，李怜花配合地蹲下身子，让他温热的小嘴贴着自己耳旁轻声细语地讲着他的计划。李怜花一边听一边轻笑着点头，闻着那熟悉得让他浑身颤动的清香，几乎让他克制不住想在大庭广众下就把他纳进怀中，狠狠亲个够。

在旁人眼中，微笑着如春风般的怜花一绝认真倾听着他漂亮弟弟说话的这一幕被定格成了绝美的风景。

"小瀚儿，你确定真要这么做？"李怜花最后确认性地又问了一遍。

"嗯，我最见不得别人玩神秘了，不把他给挖出来，我晚上连觉都睡不好的！"岳瀚眨着古灵精怪的大眼睛故作纯真无辜的时候，李怜花就知道这事没有转圜的余地了。他包容地一笑，"那好吧，大哥给小瀚儿做盾牌！"

岳瀚甜美一笑，那玉琢精雕般的面容霎时倾倒了整座城池，只听到众人惊叹的抽气声——为这绝美的笑容。李怜花狭长的凤眼微冷地扫视了一圈，第一次从温柔和善的怜花一绝身上接收到冰冷不善的气息，众人连忙收回落在岳瀚身上的视线。好冻人的眼神！

就在这怔忪之间，岳瀚单薄的身影如一道银虹飞升，至半空时脚尖轻轻地在武林榜上一点，眨眼间，人又拔高三丈有余，直到与武林榜上"怜花一绝"四个字正好相对时，才收气凝神，定住身形。众人抬头一看，惊讶之余感到更深的汗颜。看他不过十三四岁的年纪竟然已经修炼出了轻功的至高境界"凌空定形"之术，这样的武功，不出几年这武林榜第一的位置怕是又要换人了。一个怜花一绝已经让全江湖人为之震叹不已了，没想到李怜花的弟弟更是不同凡响。

"好漂亮的轻功，果然是江山代有人出才啊！"几乎是在岳瀚飞升的同时，一声嘹亮的笑声震得满林树叶摇摇欲坠，定力稍微差点的已经开始捂住耳朵，后退三尺了。李怜花像是毫无所觉一般，也微微

一笑，朗声道："薛老爷子既然也远道而来，不如一起来分享一桩怜花的喜事。"

话语刚落，武林榜下便站了一个精神矍铄约摸五旬的老人：黑色的宽大云锦几乎拖地，笑容虽还挂在脸上却给人一种威严，背着两只手像是他原就是站在那里的，那充满了力量的身躯岿然不动就已经给周边的人以如山的压力了。这个老者就是武林闻名的排行第二的高手"彩虹金钩"薛竹了。

"小娃子，上次在黄山一别，老夫竟然看差了眼，没想到娃子你是个深藏不露的少年英雄。下来！让老夫细细看上两眼。"薛竹微笑着对着还正定在半空中悠哉得像是看风景般的岳瀚招招手，言语中倒还带着几分喜爱之情。

岳瀚在空中微笑了一下，语声清朗地道："薛爸，稍等片刻，待小瀚儿为大哥完成一桩心愿再来给薛爸请安！"

"彩虹金钩"薛竹的年岁做岳瀚的爷爷都有余了，偏偏岳瀚不叫他薛前辈，也不叫他薛爷爷，反而叫他薛爸。这亲昵示好的称谓无疑更好地拉近了他们间的距离，还带着几分孩子才有的天真可爱，立即博得了实际已经年逾六旬的薛竹的好感。薛竹又是大笑两声，这次分明更开心了些，"好，娃子，你飞这么高是准备做什么？可要薛爸来帮忙？"

听老爷子这口气，就听得出已经十足被岳瀚收服了。李怜花含笑立于一旁，看向岳瀚。两人的视线在空中交换了一下后，岳瀚倏地贴近武林榜，那小小的白玉般的手掌慢慢覆盖到"怜花一绝"的"怜"字一角上。那四个字在底下看着就已经不小，正对着他，才发现更大。岳瀚的小手飞快在整个字体上滑过，紧接着移向"花"字，如此这般，四个字全被覆过，也花了小半会儿时间，他这才笔直地往下降落。还未到达平地，另一个优雅的身形已至半空接住了他下落的身子。不是李怜花是谁！

"好娃子！好功夫！再有两年，薛爸现在这个'武林第三'怕也要保不住了。"老爷子笑得豪迈，丝毫不露一丝委屈与不甘，毕竟上了年岁的人了，修养方面比年轻人好得多，对名利这东西反而是看淡了。

"谢谢薛爸夸奖，林岳瀚给薛爸见礼了！"从李怜花怀里下地后，岳瀚规规矩矩地给薛竹行了个晚辈之礼，更是让薛竹笑逐颜开，直叫："好娃子，快起来！"

"李怜花见过薛老爷子！"李怜花也上前正式见礼道。

"李大侠客气了，刚刚说让老夫分享一桩喜事，不知是何喜事？"薛竹疼爱地抱起岳瀚，一边客气地问李怜花。

"薛爸，大哥从今天开始自愿退出武林榜，以后江湖排名之类的纷争再与大哥无牵扯，岂不是喜事一件？"岳瀚乖巧地在薛竹怀里巧笑倩兮。

这话说的声音颇高，几乎在场的所有人都听到了，包括薛竹在内的所有人都露出不解的神情："从来只听说被淘汰下榜，未曾听过这武林榜还可以自愿退的。这退榜是怎么个退法？娃子，你倒是说说！"

"喏——就是那样！"岳瀚手指遥遥一指那"怜花一绝"四个字。只见之前还完好无损的四个血红大字，一下子如风化一般，簌簌化成石粉飘落了个干净。四个字的地方如今是一片光滑，仿佛一直未曾有过字迹存在一般。

这下整个风雨林一片哗然，连薛竹在内都瞠目结舌地看着那光秃秃的所在。刚刚众人都有看到岳瀚的手抚摸过那四个字，众人都只道他是爱惜自家大哥的名号，上去擦拭灰尘，哪会料他在轻轻摸过的瞬间，竟然已经把那凹进去三五寸有余的"怜花一绝"四个字给抹平了。这等功力没有三五十年以上的内力修为是根本办不到的，就是薛竹自己自忖也不可能像岳瀚这般在谈笑间就完成。薛竹不由生出一种感慨，江湖真该是年轻人的天下了。难怪众人会感到震惊。

只有岳瀚和李怜花相视一笑，洒脱依旧。

震惊之后，众人开始感觉骇然，近二个半甲子以来，这还是第一次有人如此公然挑战武林榜的权威，把自己的名字从上面抹掉。"怜花一绝"这一举动无疑是惊世之举，一方面可以理解成李怜花不想参

神仙掌子 [I]

东方另类武侠经典·

与江湖的名次纷争，自愿让贤于他人；但从另一方面，也可以理解成他这样的举动就是彻底蔑视武林榜的存在，不屑于把自己的名字列入榜中。若人人都把他的举动理解成后者的话，那无疑还会产生更坏的两个后果，一个就是李怜花之前所担心的：他们将成为江湖的众矢之的，人人都欲杀之的两个"狂妄自负"的对象；再一个就是彻底得罪方生死，然后很可能自己亟于逃避掩盖的一些事就会被暴露在光天化日之下。

所以，这个举动产生的后果是弊大于利，绝大半的可能会使他在江湖上身败名裂无立足之地。

"李大侠，岳瀚娃子，你们还真是出人意表啊。自打有武林榜以来，如此退榜的事还是第一次发生，你们可知道这样做之后可能会面临什么样的后果？"薛竹表情严肃地看着他们两人，"今天过后，全江湖都会知道这件事情，你们求的是站到名利圈外，恐怕结果会与你们的期望相反。"

这些李怜花在听到岳瀚的提议时，就已经有了充分的心理准备。然而正如小瀚儿所说，武林榜这种东西的存在只会不断挑起江湖人的争强好斗之心，完全没有任何的益处。若经由他率先退出武林榜，说不定反而会带动一帮志同道合的人同时离开，武林榜的威信度也会大大降低，最后分崩离析湮灭于江湖岁月中自然是最好。然而这毕竟只是他们单方面的美好愿望，有多少可能会成为现实，他们也不知道。但李怜花依旧庆幸，若非有小瀚儿的推波助澜，他自己是永远都没有这样的勇气来做这件事的。

"多谢薛老爷子的拳拳爱护之心，怜花和小瀚儿在此谢谢老爷子了！"李怜花正色朝薛竹行了一个礼，转身面对众人高声道，"怜花出道江湖十载，承各位前辈和同道中人的抬爱，才有今天的李怜花。然怜花一贯无意于名利之争，如今与舍弟岳瀚商量后决定退出武林榜。今后排名之争再与李怜花无关，请各位传布于江湖，多谢各位！"

众人面面相觑，不知是应下好还是不应的好，一时间都愣在那里。李怜花并不等待他们的回应，说过便优雅地转身对着还在薛竹怀里的岳瀚笑道："小瀚儿，你还不下来，一直让老爷子抱着，也不害羞？"

岳瀚听闻，知道大哥在暗示他们该走了，便从薛竹怀里滑了出来。他轻轻吹了一声口哨，银雪便不知从什么地方冒了出来，回到岳瀚的怀里，冲着他"吱吱"叫。岳瀚轻轻地点头，摸了摸他的毛，"大哥，银雪饿了，我们回车上去吧，银雪的食物在车上呢！"

又对薛竹道，"薛爸，我和大哥要走了，大哥答应带我去游历天下名山大川，等我们游历回来欢迎薛爸来我们家做客！"

李怜花也连忙拱手接着道："薛老爷子，杭州临雨轩的大门随时为您敞开！"

"好，好！老夫有暇定去叨扰！"爽朗的笑声再度响起。

目送着两人的背影渐渐消失在风雨林，薛竹回头再看看面前的这块武林榜，英雄迟暮是每个江湖人都回避不了的现实，此刻他不由也升出几分倦怠感，也许他也应该考虑一下退出武林榜了。

东方另类武侠经典·

麻烦来得比预想中的更快，李怜花平静地注视着面前这排成一排的"祁连兄弟"，没想到第一桩麻烦竟然惹来了这七个煞星。

他们兄弟共七人，每一个都是争强好胜到不要命的狠角色，听说他们毕生的愿望就是要把自家兄弟的名号，写上武林榜前十名的位置。所以从十几年前开始，他们兄弟就开始顺着武林榜的排名，从高到低处处挑战。老大脸上那条深可见骨的伤痕，就是十二年前挑战当时还名列武林榜第一的"彩虹金钩"薛老爷子失败后留下的。

不过虽然这七个怪胎不正不邪，让人头疼，倒也不曾做出什么奸淫掳掠的不法勾当来。即便伤人性命的事偶有发生，但在江湖上也没人去理会，毕竟哪天不死人呢？加上他们兄弟不动手就罢，一动手就是七个人全上，遇上强敌，全是豁出命的主。江湖上有句老话"不怕狠的，就怕不要命的"，这兄弟几个正好就属于后者，所以这么多年以来，多少侠义好汉打着除暴安良的名头，却没有一个"除"到这"祁连兄弟"的头上。

"多年不见，几位可还安好？"李怜花脸上是一贯温和的笑容。

"整整八年又一百零七天，怜花一绝依旧风采照人更胜从前了！"

排在第三的疤面汉子目不转睛地看着李怜花的脸道。不明情况的人，还道他是喜欢李怜花到不可自拔呢，连日子都数得这么清楚。只是但凡与"祁连兄弟"动过手的江湖人都知道，除非你死，否则只要是胜过他们的人，都会被他们刻在脑子里，"怜花一绝"自然是更不可能被例外。

李怜花面不改色，不过笑容已多了几分云淡风清，"难为各位叨念了！只是不知七位如今拦住在下的路所谓何事？"

"自然是挑战！"七人异口同声地道。

"若在下未曾记错七位规矩的话，七位应该没有理由再来挑战在下了！"李怜花目光炯炯地看着他们，"难道还是说祁连兄弟改了规矩？"

原来这"祁连兄弟"也俱是心高气盛的人，但凡挑战失败，即便他日修习了更加高深的武功，也绝不回头再行挑战。八年前，这七人曾亲自至杭州临雨轩挑战被列上武林榜还不足两年的"怜花一绝"，结果败在李怜花的剑下，老三脸上的那条剑疤就是那样留下的，所以李怜花才有以上的那番话来。

"规矩没改，我们兄弟今天不是为挑战李大侠你而来！"老二阴森森地笑着，露出两颗森白的门牙。

"我们今天挑战的是'神仙公子'林岳瀚！"老四接口道，其他的人都点了一下头。

这话一出，连李怜花也大吃一惊，果然被他料中了吗？那"神仙公子"果真指的就是小瀚儿？

"几位是不是搞错了对象，天下人皆知，舍弟不过是个十三四岁的少年，怎么可能会是那'神仙公子'？"李怜花哈哈一笑，像是听了什么天大的笑话一般。

"李大侠怕还不知道吧！"又是那个阴冷的老二，"昨日李大侠走后，武林榜就发生了变化，'神仙公子'四个烫金大字后出现了'林岳瀚'这个名字。天下叫这个名字，又有一身出神入化的武功的，除了李大侠的弟弟，还会有谁？"

好个方生死！

李怜花暗自忖道，看来今天这一战是在所难免了！

"看来几位是不打算让道了？那就别怪怜花今天手下不留情了！"李怜花慢慢往前踏出了一步。

"李大侠，我们兄弟并不想与你动手，但你若执意阻挡我们挑战'神仙公子'，那我们兄弟也并非昔日的'吴下阿蒙'了。"说话的是老大，他的话刚完，其他的人都已手按兵器，做好随时出手的准备。

此时，马车里传出一个咕哝中还带着困意的声音："大哥，你下车干吗？为什么不继续往前走？"

东方另类武侠经典·

紧接着一个漂亮的小脑袋从车帘后钻出，手还在揉着一只眼睛，李怜花的表情立即柔和下来，转身回来抱他下来，"吵醒瀚儿了？"

"嗯，大哥不在，睡不好！这是怎么回事？"他才发现马车前面正一排站了一群人。昨天晚上他缠着李怜花给他讲了一晚上的武林趣事，天亮时分才睡着，没想到才睡了不到三个时辰就被人吵醒了。

"你就是神仙公子林岳瀚了吧！我们是祁连兄弟，今天专程前来讨教！"依旧是老大发言。

"大哥，我没听错吧！"岳瀚也一愣，随即抬头看李怜花。李怜花微微一笑，"没听错，我们被方生死算计了！"

"那也就是说我现在成了武林榜上头号高手？"岳瀚复问，李怜花又点头。

"竟然敢栽赃我？"岳瀚顿时火冒三丈。如此一来，昨天在风雨林内的毁榜之举就白费功夫了，弄不好别人还当他们兄弟故意炫耀来着。抹掉了排行第三的'怜花一绝'却多了排行第一的'神仙公子'，他们的一举一动反成了笑话。即便如今回头再去抹掉'神仙公子'四个字，但他林岳瀚的大名已经传遍了江湖，不用想也是走到哪都有一堆麻烦和好奇。想将别人的军，没想到到头来反被别人将了一军，叫岳瀚怎么心平气和得下来？

回头，一看那挡路的七个门神，气就更不打一处来了，"让开，我现在心情不好，最好别惹我，我可没有我大哥那菩萨心肠好脾气。"

"兄弟几个求之不得呢！"听到岳瀚的话，祁连兄弟非但不惧，反上前两步，"请神仙公子不吝赐教！"

　　"小瀚儿，回车里去，交给大哥吧！"李怜花微微往岳瀚身前一站，挡住祁连兄弟的视线道。

　　"大哥，我知道你疼我，不过人家既然都指明了挑战我，我若退缩，岂不是太扫兴了？"岳瀚笑得一脸天真灿漫。李怜花却觉得这祁连兄弟今天怕是落不下什么好来了！他对岳瀚的武功和能力自然是信服的，今天自己就权且先在一边掠阵，真有什么情况，再出手不迟！

第十一章　交易

你们今天若能打败我，非但武林榜第一的位置是你们兄弟的，若今后谁对此有所不满的话，我和大哥负责摆平；你们若是输了，以后但凡有找我麻烦的，你们兄弟负责摆平。

"人的名，树的影"，虽然岳瀚只有十三四岁的模样，但祁连兄弟并不露一丝轻视的神色，这么多年挑战江湖，他们早就懂得不能以外形来判断对手的深浅。若以"彩虹金钩"以及"怜花一绝"的武功做参照的话，能排上武林榜头号高手的神仙公子，功力应该更要高上去至少两个台阶，故而这一战无疑将是他们挑战生涯中最艰难，也最是生死存亡的一战了。为此，他们聚集了所有的精神，武器早就已经拔出，随时做好出手的准备。

"在我们动手之前，我们做个交易如何？"完全无视他们的全神贯注，岳瀚突然笑了起来，说了这句风马牛不相及的话。

"交易？什么交易？"祁连老大沉声问。

"你们今天若能打败我，非但武林榜第一的位置是你们兄弟的，若今后谁对此有所不满的话，我和大哥负责摆平；你们若是输了，以后但凡有找我麻烦的，你们兄弟负责摆平。这个提议可好？另外，考虑到我的排名，未免有胜之不武之嫌，我再让你们一手，二十招内，你们若能伤到我分毫，就算我输。诸位意下如何？"岳瀚此言一出，祁连兄弟不由也有些心动。他们这么多年四处挑战，为的不过是一朝登上武林榜，扬眉吐气一番。

而今只要打败眼前这个绝美少年，多年的心愿得偿不说，并且还

没有后顾之忧；而若失败，于他们也没有太大的损失，本就是抱着拼掉性命的决心而来的。现在一旦输了，命能保住不说，了不起就是回到继续应战的生活中去。唯一的区别就是，以前是他们去挑战别人，现在换成他们去应付别人的挑战，这笔交易怎么算来他们都是受益多的一方。更何况，只要能撑过二十招，就算他们赢。这稳赢不输的交易谁放弃谁就是傻瓜。

连李怜花听到瀚儿的话，都有些担心他太托大了些。这祁连兄弟的武功本就不俗，加之几十年都在一起，并肩四处挑战，真正是经验丰富不可小瞧的敌手，凭瀚儿的武功吃亏自然是断无可能，但是在二十招内制住祁连兄弟，却也不是件简单的事情。

祁连兄弟彼此互看，最后把视线聚集到自家老大身上，多年的默契很快就让他们达成一致的决定："我们接受！"

"看来各位也是聪明人，我林岳瀚最喜欢的就是和聪明人打交道了！"岳瀚满意地笑了起来。

"只是我们不明白你这么做，对你又有什么好处呢？"祁连老二阴冷地问道。

"我和大哥生性散漫，不喜欢被人纠缠打扰，你们若输了，以后自然得替我处理类似今天几位这种挑战的行为。这么一个一举两得一劳永逸的办法自然是对我有好处的。"岳瀚这话一出，本还有着最后一点担忧的祁连兄弟，这下才算是真正放了心。自私的人永远不怕别人比自己更自私，怕的就是对方太无私，而岳瀚为自身着想的自私显然正好消除了祁连兄弟最后的疑心。

"那还等什么，阁下请！"七人同时摆出严阵以待的姿态。

岳瀚依旧面带可爱的笑容，右手伸进左手衣袖，等再伸出来时，手里多了一根紫色的缎带。李怜花脸色一红，那正是他最喜欢的一根发带，准是小瀚儿悄悄藏了，现在竟然儿戏地拿出来作兵器。

"请！"岳瀚也不客气，纤手一舞，那柔软的缎带竟然像有生命力般，直往祁连兄弟而去。几乎同时，祁连兄弟也挥舞着长刀向岳瀚而来。

虽然岳瀚手里的不过是一条普通的缎带，然而祁连兄弟却不敢小视。在真正的高手手里，哪怕只是一根头发丝或一片树叶，都是能致人于死地的。

果然，两相交会时，长刀砍在缎带上就像砍在精钢铁链上一般，坚硬无比，还带着重重的反挫力。一击不中，极快换招，他们快，岳瀚比他们更快。之前还坚硬如铁的缎带骤然间变成了一条紫色的水蛇一般，自在地游弋在祁连兄弟的刀阵之中，配合着精妙深奥的轻功步伐。很快五六招过去，祁连兄弟别说伤他了，连衣角都没碰到半片，不由更急切了起来。

攻势越来越猛，突然间，祁连兄弟默契地把单一的进攻转变成七合一的刀阵。你来我往的长刀带过片片的寒光，交接成一片滴水不漏的刀幕，把岳瀚整个人笼罩在其中。李怜花单手握在剑柄上，紧张地看着场中的一举一动，只见岳瀚突然身子往后仰，手臂以不可思议的角度转了个一百八十度的弯，那紫色的缎带便已从层层刀幕下方绕到了祁连老二的背后。此刻有两个选择，要么祁连老二抽刀自保，刀阵立时便破，要么继续维持这个攻势，可能能伤到岳瀚却要断掉一只右手。换了普通人，肯定是抽刀保住右手，毕竟伤敌的概率不大。然而祁连兄弟不愧是不怕死的狠角色，依旧不改其势，刀幕以更快的速度压向岳瀚。岳瀚对他们的反应像是一点也不惊讶，缎带脱手而出，如灵蛇飞舞，带出一股血箭从祁连老二的左肩胛骨穿透而出，回到岳瀚手上，正好架住已然逼到面门的七把长刀，另一只手改指为掌，往地上一击，人已借这一掌之力旋转腾空。

李怜花看到这里，已经放心地把手从剑柄上移开，小瀚儿这招"回风旋柳"看似平淡无奇，却无不融合了巧、柔、快、准四字真诀。祁连兄弟也没想到他们演练了上千次的刀阵会被这么一招浅显的"回风旋柳"所破，想要再困住岳瀚几乎已经是不可能了，变招不及之间，岳瀚已经如游龙升天，又以雷霆之势反击过来。那条紫色的缎带如今简直成了催命符一般，飘忽诡异得不知道是哪门哪派的武功，紫光过处，总能带出血箭。不多时，祁连兄弟都已经成了血人，转眼二十招已过，祁连兄弟也自知得胜无望了，一起撤回兵器说道："多谢公子手下留情，我们认输了！"

岳瀚慢条斯理地把紫色的缎带收进衣袖之中说道："你们不用谢我，我并非为了你们，我只是不想伤你们太过，反让你们无法好好履行我们的约定。"

"不管怎样，公子手下留情已是事实，我们祁连七兄弟别的不说，信用还是守的。从此我们就是公子的护卫了。"祁连老大连眉头都没皱一下，这次输得是心服口服，人家得胜全凭真功夫，半点未取巧。他们虽然被人叫做煞星，但也佩服好汉。

"护卫倒是不敢当，只是有人挑战就有劳几位解决了。至于其他的一些小麻烦，我和大哥自会应付。"见这几兄弟长得虽然不像是什么善良之辈，倒也爽直守信，岳瀚的语气也和善了几分，"以后我就以你们的排行称呼你们了。"

"但凭公子吩咐。"祁连兄弟异口同声地道，神色已经恭敬许多，连那面目阴沉的祁连老二也低眉顺眼的温驯不少。

"现在你们可以走了！"岳瀚挥挥手，打了一个呵欠，李怜花轻笑地把他抱进怀里，"困了？"

"刚刚没睡饱就被吵醒了嘛！"岳瀚撒娇着把脑袋埋进李怜花怀里，丝毫不理会祁连兄弟惊讶的眼神。

李怜花含笑地朝着祁连兄弟微微颔首："小瀚儿困了，怜花失陪，告辞！"

李怜花抱着岳瀚登上马车进入车厢，原本瑟缩在车辕边的父子俩见危险已过，也立即坐到车前，驾起车继续往前赶路。

祁连兄弟目送着马车远去，觉得之前半生简直如做了一场梦，如今梦醒了！

第十二章　神仙眷侣

每次看到瀚儿孩子时和大人时，两张几乎一模一样的脸都让他有一种拥有两个瀚儿的错觉。明明是同一个人，却总能给他两种全然不同的感受，完全满足了他表里不一的灵魂。他总有种感觉，小瀚儿真的是上天派来拯救他的人。

车厢里。

"小瀚儿，下次绝对不允许如此托大用发带去对敌，更不允许像之前那样设定好招数去应敌。大哥的心都快提到嗓子眼里，你存心害大哥为你担心？"

"大哥，嗯，我这不是没事嘛。"岳瀚一边扭动着小脸一边道，"大哥，小机灵父子就在外面呢，听到不好！"

"还不承认错误？若万一有事怎么办呢？"听了他的话，李怜花面露愠色，"是不是又要尝尝大哥的'一痒指'啊！"

"好嘛，小瀚儿错了，以后不敢了，以后无论出什么事都让大哥保护我，我再不妄自出头，这下大哥可满意了？"岳瀚嘟起小嘴道。

"这还差不多，记住你答应大哥的话，若是忘记，下次可不会像今天这般轻易放过你哦！"李怜花爱怜地捏捏他的小鼻子。岳瀚甩了甩头，"知道啦，臭大哥，就会欺负我！"

"大哥哪有'欺负'你啊？再说瀚儿不喜欢大哥'欺负'吗？我记得瀚儿可是蛮喜欢大哥'欺负'的呢！"李怜花陡然变深的眸子，翻腾着岳瀚熟悉的情欲气息，那狭长美丽的凤眸因此像是氤氲的云海般美丽异常，白皙的肌肤竟然开始泛起粉红色的光泽。

"大公子，二公子，前面就是白河镇了，我们要进镇打尖吗？"小机灵隔着车帘高声询问，并不掀帘子。小机灵这个名字是岳瀚起的，那孩子一脸机灵相，又能说会道，可能是从小就在江湖上跑，对人情世故比同龄的孩子要通晓许多，很合岳瀚的心性，便给他起了个小机灵的名字。他爹则正好相反，一天也难得听到他开口说一个字。李怜花本不打算长久雇佣他们的，毕竟他和瀚儿的关系越少人知道越好，虽然这父子俩不过是普通人，但是天南海北跟着他们跑，总难免会有露馅的可能。然而瀚儿却说，这父子俩绝对靠得住，而且留在身边大有助益，于是这小机灵父子便成了他们的专属车夫。

"找家安静清雅些的客栈，我们在这里过一夜。"李怜花温和地道。

"知道了，大公子。"又是小机灵轻快的声音。

白河镇，是个大镇，人口密集，水路四通八达，来往的商旅很多，许多货物都在这里中转。这里三面环水，无论是南下金陵还是北出长江，都是不错的选择。

岳瀚他们下榻的是一家背靠白河的清雅客栈。小机灵果然机灵，给他们要了一个独立的跨院，推开房间的窗就能看到宽阔的白河水面。李怜花现在承认小瀚儿的决定是对的，有个机灵的人在身边安排一些杂事，果然要轻松许多。

饭菜是单独送进房里吃的，因为他们两人的形貌实在不适宜共同出现在公共场合用餐，且不说外貌会惹来多少麻烦，就单单是李怜花退出武林榜的这番行为就已经能让他们吃不成安静的晚餐了。

小机灵父子对于少年岳瀚的消失，及成年岳瀚的出现，丝毫没有露出惊讶的表情。岳瀚的神情也淡定自若得很，感觉不自然的只有李怜花，总有种秘密被他们看穿，自己无所遁形之感，这种感觉跟小瀚儿的那两只宝贝神兽给他的感觉是一样的。

"大公子，二公子，咱们的马需要重新上马蹄铁了，明天一早可能没办法赶路了，午膳后再走可好？"说话的依旧是小机灵，他爹安静地站在一边。

"没关系，我们不赶时间，本就是游山玩水来着，没有特别的目的地。这白河镇的水上风光不错，我们可以在这里玩上两天，顺便也需要补给一些生活用品。小机灵，我列单子给你，都交给你办，可行？"与李怜花时间久了，岳瀚说话也带了李怜花惯有的那种温和语态，配上他此刻成年时的仙人之姿，谁都乐意为他做任何事情。

"二公子放心，这件事就包在我和阿爹身上了。"小机灵拍拍胸脯，他爹依旧只是老实沉默地在旁边跟着点了个头。

岳瀚就着手边的笔墨，很快列下了一长串的单子。李怜花在一边看着一边从袖中取出两锭银元宝，岳瀚抬头看着他笑了一下，取过银子和单子放进小机灵手里说道："按照这单子上的数量和要求采买，剩下来的银子不用给我，你们留着买些你们需要的东西吧！"

父子俩这回都有些惊慌地看了看岳瀚，见他还是带着温和的笑容，才略略宽了宽心，难得这回开口的竟然是沉默的小机灵他爹，"谢二公子，我们下去了！"

岳瀚轻轻点了点头，这父子俩便安静快速地退出了他们的房间。

"瀚儿，你不觉得这父子俩怪怪的？"李怜花从身后搂着岳瀚，提出心中的疑问，"那孩子完全不奇怪你的转变，还平常般地叫你'二公子'，瀚儿竟然不觉得奇怪吗？还是瀚儿早就知道了些什么，不告诉大哥？"

"大哥，放心便是了。瀚儿并不知道他们的来历，不过这些天观察下来，看出一些端倪。总之，小机灵父子绝对不会伤害我们便是了，其他的我们就别多操心了。说好游山玩水的，大哥今天的笑容好少，瀚儿不喜欢呢！"岳瀚嘟起嘴，对李怜花撒娇道，完全忘记了现在的模样是个大人，还学孩子样！

偏生李怜花见他撒娇就没辙了，柔柔地捏捏他的鼻子，"都听你的！今天把你累坏了，看你的脸色，现在还是有些苍白。早点安歇吧，明天大哥带你游河去，好吗？"

"好！"岳瀚答应道。

第一缕晨光斜照到屋内时，李怜花已经醒了，看着不自觉地蜷缩在他怀中的岳瀚，就觉得整个心里都暖洋洋的。每日里早醒看岳瀚的

睡姿几乎已经成了李怜花的习惯，只静静地看着，就能让他从心底生出一种美好和宁静来。时间静静地流淌着，无声无息中天光已经大亮，窗外的白河上热闹起来，喧嚣的人声透过窗户终于喊醒了岳瀚。他慢慢睁开眼睛，习惯性地在李怜花的怀里揉揉眼睛，感受到胸膛主人的轻颤，一抬头便看到眼里满是笑意的李怜花正对着他宠爱地笑着。

小机灵父子一早就出门办事去了，岳瀚和李怜花却在房间里经过好一番的争论，到真正出门时都已经日上三竿。看着岳瀚穿着他的衣服，堂而皇之地走在大街上，接收着来往路人、商贾、特别是姑娘家的赞美和爱慕目光。而他却被小瀚儿以"容易招蜂引蝶""怜花一绝的目标太大""不能平静地游湖"等好几条名目为理由，逼着戴上了一张人皮面具，连长剑也不许佩带。按说这张面具的脸也还算英俊潇洒，面具也精巧得像是感觉不到它的存在，更不说戴上之后确实没人认识他是"怜花一绝"，行动也方便，自己实在不该有抗议的理由。然而问题就出在小瀚儿自己顶着一张不分性别、美绝天下的脸在大街上行走，这怎能不让李怜花打翻整个醋坛子？

"大哥，你还没气完啊！"岳瀚反而不以为意地道。

"瀚儿，我看'招蜂引蝶'的是你才对吧！"李怜花沉声道，所有人盯着岳瀚的目光让他的嫉妒上升到了极点。

"大哥，别生气嘛，瀚儿不习惯有东西覆在脸上的感觉嘛！"岳瀚并不忌讳这是在大街上，讨好地拉住李怜花的手。若非脸上有人皮面具挡着，李怜花那红霞齐飞的脸定然会暴露在众人面前。

"瀚儿，这是大街！"李怜花有些羞怯地道，倒也并不挣脱，任由他拉着。

"那又怎么样？我不过是不想别人看到我大哥娇媚的模样，才不是真的惧怕有人来找麻烦呢！"岳瀚突然靠近李怜花耳边说道。李怜花一下子怔住了，半晌连脖子边也红了起来，"瀚儿，你——"

岳瀚哈哈一笑，那带着几分坏意的笑，更是吸引了所有人的目光，自然也成功地让李怜花本就懊恼的情绪更加懊恼起来，真是恨不得就在这大街上把他纳进怀中。

笑过之后，岳瀚突然满含深情地看了一眼李怜花，轻轻地道："大哥，别恼了，哪怕天下人的眼睛都看着瀚儿，瀚儿的眼里也只有大哥一人而已。"

还有什么甜言蜜语比这句话更动听的！李怜花只感觉眼眶一热，有什么东西像要涌出来，好不容易按捺住了感动的泪，却按捺不住满心的欢喜，"瀚儿——"

"不气了，好吗？"岳瀚握紧他的手，眼里真的只有他。

李怜花点头，听到这样的表白，怎么可能还气得起来，连欢喜都来不及了，"瀚儿，大哥的眼里也永远只有瀚儿一人！"

"我知道，我早就知道了！"岳瀚轻轻地笑。正是因为知道，所以才接受。天下会爱上自己的人无可计数，但是会爱到不要心不要命不计后果的却只有眼前这个姓李的傻瓜了！

李怜花也反手握紧他的手，不顾他人的侧目与惊讶，享受着交心后的余韵。

租了一条小小的乌篷船，船主看来也是个风雅之人，船虽小，煮茶垂钓的用具倒是一应俱全。付过银子，李怜花便熟练地撑起了船，岳瀚则安静坐在他的脚边开始生小炉子烧水，"大哥，没想到你撑船的技术不错！"

小船晃晃悠悠地在水面前行，"大哥没跟你说过我小时候是出生于渔民家里吗？"

"那大哥又怎么学了武功，入了江湖呢？"岳瀚一愣，还真没想到会是这样的回答。

"因缘际会得了一本先人留下的武功秘籍和助长内力的丹药，又一心向往江湖的生活，于是便偷偷离了家。已经有十五年不回故里了。"李怜花的声音听不出任何情绪。岳瀚的心一跳，不由想起他的爹爹，口里也悠悠地问："家里还有什么人吗？"

"爹娘在我五岁时便已早亡，只有两个哥哥。"李怜花的目光落在远处又很快收回，"瀚儿好像也没跟大哥说过家在何方，家里都有些什么人呢！"

106

神仙掌〔I〕

东方另类武侠经典·

　　这时已经离岸边很远了，红红的炉火已经烧盛，小小的茶壶置于其上，船停在河中小洲旁，岳瀚沉默了好久，"我的家人？不是就只有大哥了吗？"

　　当日里黄山道上的不相认，岳瀚就已经决定孤单，如今多了李怜花这个"意外"，已经让他别无所求了。遗憾有时未必是件坏事，这样的决定对爹爹妹妹和自己都该是最好的选择了吧！

　　思忖之间，已经被纳进熟悉而又温暖的胸膛，"瀚儿，别难过，大哥永远在瀚儿的身边！"

　　知道大哥肯定是误会他是孤儿，但此时他却并不想解释了。

第十三章　岳瀚心疾

若单以脉象看，他根本不可能活到现在。他的心脉极其微弱，稍有外力都可能使之断裂。岳瀚的声音也变无力了起来，他努力使自己不至晕厥过去，不想吓坏这个看似坚强实则脆弱的大哥。

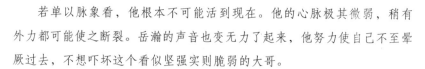

一艘华丽的大船从宽阔的河面过去的时候，岳瀚正侧躺在李怜花的腿上，看着水面的波纹。身边的小几上，茶水还冒着热气。李怜花一手持着香茗，一手拨弄着岳瀚的长发，面具早已摘下，那狭长漂亮的美眸如今正带着笑意看着岳瀚。

岳瀚舒服得几乎要睡着了，"大哥，好平静的感觉，连风都没有——"

他的话还没说完，就听见"轰——"的一声巨响，两人几乎立即站了起来。入眼的是高有五六丈的水浪，从那华丽的大船前方直冲向天空，大船被震得左右剧烈摇晃起来，不过只一会儿，便像是扔下了千金巨锚在河底一般，稳稳地停在水面上。而那漫天清澈的水柱过后是乌黑的浑浊、翻腾着白沫、鱼尸和水草浮萍的残骸，那残余威力的震荡竟然波及到了岳瀚他们，小船也跟着狠狠晃动了几下。若非隔了有五六十丈远，这么大的巨浪过后，小船必然会被震翻无疑。

"好大威力的火药！"

李怜花又忍不住接着赞道，"不过船上的更是个内家高手！"

"大哥，别说了，我们快救人！"岳瀚却顾不得那些，他们的船离得远，可是靠近那大船的其他船只就没那么幸运了。岳瀚入眼的全是被打翻的船只，以及在拼命浮出水面的人。好在生活在水乡的人或

深或浅都了解水性，一时之间倒也不至于有什么生命危险。只是这大冬天的，泡在冰冷的河水里，时间长了，不被淹死，也会被冻死。

李怜花也随即反应过来，单掌轻轻往水面一击，小船已经如箭般在水面上滑了出去，以极快的速度接近那些被浪击翻了的船只。

岳瀚站在船头，伸出竹篙："大爷，快上来！"

"谢谢，谢谢公子！"花白胡须的老大爷被救上小船后，感激涕零道。

"大家听着，年轻的赶紧把船翻过来，先把老人和妇孺救上船！"岳瀚微微一点头，一边伸手又拉上一个老人，一边道。

落水的人从最初的惊慌失措到看见李怜花和岳瀚急切的救人情景，也慢慢镇定了心神。附近水里的中壮年们都游到一起，合力一起把被打翻的船翻转过来，然后，把落水的人先救上去一部分。

岳瀚把竹篙插到一条翻了的大船下面，"大哥，来，加一把力！"

李怜花把手轻轻放到岳瀚手上，两人互看一眼，内力几乎同时发出，混合成一股，加在那竹篙之上，一挑之间，那被打翻的大船，立即被挑到了半空之间，在空中翻了好几个身之后，往水面上落了下来。又是竹篙轻轻地在船底一点，那么大的船身落在水面竟然一点水珠也未飞溅出来，简直是神乎其迹，众人发出一阵欢呼："万岁——"

这时，那华丽的大船上，也出来不少人，开始援救落水的人。

而这边，受岳瀚和李怜花救命之恩的老人和家人已经跪成了一片，还有许多其他被救的人，感激声汇成了一片。

"小船上的两位大侠，幸会了！不知是否有幸请二位上敝船一叙？"华丽的大船船头不知何时站了个身着金黄锦袍的中年男子，面目英气又不失清俊，两边的太阳穴高高鼓起，眼睛里精光四射，正对着岳瀚他们所在的小船朗声道。

语声豪迈不羁，想必之前用内力稳住船身的正是此人。

"瀚儿，可想上大船一游？"李怜花含笑问道。

"大哥，我正有此意。既然人家有意相邀，我们推辞就不免矫情了！"岳瀚也轻轻一笑。

"多谢船主相邀，在下兄弟就打扰了！"李怜花话一落，伸手揽住岳瀚的腰，不见有什么动作，人已经腾空而起。无论从哪个角度看，身姿都是那么的优美迷人。雪白的衣袂末见翻飞，两人已经气定神闲地站在了大船的甲板之上。

"好优美的身姿，好高明的轻功——"赞美声紧接着到来。

第一次看到这么风采绝伦，天下仅有的一对绝美少年，那锦袍男子也不禁愣了好半晌，"两位少侠不仅武功绝伦，更是风姿绝世啊！"

"船主谬赞了！"李怜花温柔一笑道。

"在下句句都是真心话，难得碰上投缘之人。在下柳清水，久居塞外，已经十数年不入中原了，不曾想刚入中原不久，就收到这么一份'大礼'，连累这么多无辜百姓。幸亏遇上两位仗义，不然清水的罪过就大了！"柳清水语态甚是诚恳，直来直往，是个真性情的男子。

李怜花和岳瀚也惊讶了半晌，没想到他就是位居"武林第一"十年之久的"清水神功"柳清水。看来天下还真是不大，转来转去，竟然还转不出一个武林榜。

"在下李怜花，这是舍弟林岳瀚。我们也没想到，今日会在这白河镇上结识'清水神功'柳大侠！"李怜花朗朗一笑。

"怜花一绝？"柳清水一愣，"我道是中原怎么会有这种轻功绝顶的高手，如果是'怜花一绝'李怜花的话，就一点也不奇怪了！早些年就听闻武林榜把我们同列在武林前几位的高手之上，没想到直到今天才有缘相见！"

说这话时，眼睛已经移向岳瀚的身上，"这位便是新在江湖上崛起的传奇人物'神仙公子'了吧！"

"船主刚入中原，听到的消息倒是不少啊！"岳瀚笑得云淡风清，并不承认也不否认。

"谁让两位的大名是如此惊天动地。在下刚踏入中原地界，就已经听闻了两位的壮举，佩服至极！"

知道他说的就是退出武林榜的事情，李怜花苦笑一下，"柳大侠就别提此事了，我原是想挣脱是非之举，没想到着了方生死的道，给瀚儿扣上了顶更大的帽子。"

"哈哈，两位老弟真是轻淡名利之人，更叫清水佩服了，不如今日我们三人结拜成兄弟如何？"柳清水听完后哈哈大笑了两声道。

李怜花看向岳瀚，发现他只是不置可否地笑着，就知道瀚儿是无意结拜的。虽然他认为柳清水是个值得结交的朋友，但是瀚儿的意愿是他更重视的事情。

"大哥尽可与船主结拜，只是瀚儿只想唤李怜花一人为大哥而已！"岳瀚知他为难，主动为他解难，"船主可会介意？"

柳清水似乎没想到会出来这么个答案，李怜花则是一脸动容。他的瀚儿总是在他略有不安的时候给他以更深的信心和鼓励，这么个冰雪聪明的人儿，怎么能不让人爱之若狂呢？

"哈哈，神仙公子好个心直口快的性子。怜花老弟，我们就口头兄弟相称，也别弄什么结拜仪式了，这样可好？"柳清水连忙道。

"恭敬不如从命了！怜花以后就唤你清水兄了！"李怜花一揖。柳清水也回了一礼，"怜花弟多礼了！"岳瀚含笑地看着这一幕。

"启禀宫主，所有的人员都已经得到妥善的安置和补偿，我们的船也有些损伤，恐怕暂时不能前行了！"这时一个精干的男子上前道。

"那就靠岸修船！"柳清水爽朗道，"正好本宫新结交了两个好友，正愁不能多多相交呢！"

"我和大哥在镇上最清净的客栈包了个跨院，船主若不嫌弃，我们倒是可以共谋一醉！"这回开口的是岳瀚，李怜花含笑在旁边点头。

"好！求之不得呢！"柳清水立即应了下来，开心极了。

"宫主不可啊，那暗中谋害宫主之人，还未查出，宫主不可如此大意，轻易落单啊！"那精干的男子听到柳清水的话后，一脸忧容。

"放肆，本宫还怕他不成！只会在背地里搞些小手段的魑魅魍魉，上不得大台面。若要论单打独斗，量他也不是对手。何况你可知道本宫身边这两位神仙般的人物是什么人？"柳清水面容一寒，立时肃穆三分，"只顾着打听人家的名号崇拜人家的豪气之举，怎么真神站在你面前，反倒有眼无珠了？"

那精干的男子转瞬成了木头疙瘩，惊讶地指着岳瀚他们，"他们，他们——"

"现在知道了？还不上前见过？"柳清水见到属下那副瞠目结舌的模样不由皱起了眉头，转身道，"鹰四自从进入中原就对两位神往已久，倒叫两位老弟见笑了！"

"鹰四见过李大侠，林公子！"鹰四恭敬地上前见礼，眼神带着崇敬须臾不离两人身上。

"这些个繁文缛节真是让人受不了。船主可还要喝酒？"岳瀚有些皱眉地看着他们礼来礼去的，他本活泼的性子，若非碍于此时大人的打扮，早就闲站不住了。

李怜花自然知道小瀚儿好动的天性又犯了，伸手握住岳瀚的手对柳清水道："清水兄，天色不早了，我们该回去了，镇上'雅客居'是我们的住所，随时欢迎清水兄前来一聚。"

"好，两位兄弟可先去，我把一些琐事安排了，随后就来！"柳清水又是豪迈地一笑道。

李怜花和岳瀚对他稍稍点头示意后，已经联袂腾空，丝毫不用换气就已经站在了他们自己的乌篷小船之上。竹篙轻轻一点，小船已疾驰而去了。

"怜花一绝果然名不虚传啊！南绝和西风他们妄想在中原得势，真是不自量力。鹰四，你说呢？"柳清水凝目看着岳瀚他们的小舟消失于视线之后道。

"这两个丧心病狂的贼子，总有一天我要把他们碎尸万段。可是宫主你何不把事情原委告诉怜花一绝他们，也许能得到他们的协助，这样我们的胜算岂不是要大得多？"鹰四咬牙切齿地道。

"那两人都是神仙般的人物，洒脱超群，从退武林榜的举动就可看出，他们是不想参与江湖事的。再说这是我们的家务事，怎可去劳烦他人？"此时的柳清水已经退去了几分豪迈之气，眉间多了几股轻愁起来。

"可是宫主——"鹰四还想说些什么，最后还是藏在了喉咙深处。

"本宫不在的时候，全员注意戒备，不可大意。那斯见一次未成，

东方另类武侠经典·

神仙掌[一]

保不准会第二次偷袭暗算。"

"宫主放心，已经做好了全面的准备！"鹰四坚毅地道。

小船远远地离开柳清水的大船后，岳瀚才让自己的虚弱显现出来。他疲累得半靠在李怜花身上，这个心脏是越来越不中用了，之前不过就是用竹篙翻转船身时用了三分内力，竟然让他快有喘不上气来的感觉。李怜花被他突如其来的苍白吓得心脏都快要停止了一般，"瀚儿，你怎么啦？"

岳瀚努力呼吸，半睁眼睛带着温和地安抚他："大哥，我没事，只是有些累了！"

"还瞒我？凭你的武功，即便是累了，也断不至如此苍白。瀚儿，你还是不信任大哥吗？还有什么是不能告诉大哥的吗？"李怜花用力地搂住他，眼神里流露出来的全是深情的爱意，还有些许的黯然。

"大哥——"岳瀚有些急切地想要解释，然而更深的疼痛感却突然袭来，心口处揪紧的抽痛让他一时间都说不出来话，"药——"

"小瀚儿，你别吓大哥，药在哪里？"李怜花见他痛苦的神情，以及顷刻间变得比纸还苍白的面容，恨不得自己去替他承受那痛苦。说话之间，手已经在岳瀚身上到处寻找，好不容易在腰囊里找到了好几个药瓶，颜色都不一样，"瀚儿，坚持住，告诉大哥，是哪一瓶？"

"白色的那个，一颗就可！"岳瀚的声音也变得无力。他努力使自己不至晕厥过去，不想吓坏这个看似坚强实则脆弱的大哥。

李怜花连忙放下其他的瓶子，颤抖着打开白色瓷瓶，倒出一颗药丸。那熟悉的气味正是小瀚儿曾经给他服过的那种，来不及思考，他就把药丸递到岳瀚嘴边。看着那连血色都消失的唇瓣无力地张开，吞咽下药丸，李怜花的心也紧紧疼痛起来。

服下药丸，岳瀚慢慢闭上眼睛。李怜花轻柔万分地抱着他，紧张地注视着岳瀚的反应。感觉到李怜花僵硬得快成石像的身躯，疼痛稍稍缓解一些后岳瀚的手便摸上李怜花冰凉的面容，"大哥，我没事了，你别担心。我休息一下，睡醒就会好了！"

按住他贴在脸上的手，李怜花的声音都不自觉地颤抖："瀚儿，你吓坏大哥了！"

岳瀚微微一笑："是瀚儿不好，让大哥担心了！"

"瀚儿，别再说让大哥心痛的话了，闭上眼睛休息一会儿。等你好了，大哥再跟你算账！"李怜花轻轻地道。

见李怜花的神色已不像之前那般恐惧后，岳瀚才轻轻地点头，听话地闭上了眼睛。他实在太累了，直到此刻他才放心地让自己陷入昏睡之中。

李怜花若有所思地抱着沉睡中的岳瀚，脸上的担忧并未减少半分。瀚儿的心脏问题显然不像是他说的那么轻描淡写，若仅仅是一点点小问题，会像这样突如其来地昏厥过去？回忆起第一次见到成年后的瀚儿的情景，那日使用过轻功之后，瀚儿的情况好像也是气息不匀。加上瀚儿自己也说，若保持孩子的身形会减轻一些心脏的负荷，可见成年后的瀚儿根本动不得半点武功。自己怎么竟然疏忽至此，李怜花深深地自责。

船靠岸后，他顾不得旁人的侧目，横抱起岳瀚便往落脚的客栈而去。

"小机灵，去吩咐小二准备香汤！要快！"李怜花刚踏入跨院就对着迎面而来的小机灵父子道。

现在已经是深冬季节了，小瀚儿的身子也冰冷得没有正常的温度。李怜花以极快的速度剥除彼此的衣服，把岳瀚抱进温热的澡桶之中，轻轻地搓揉着他的手臂，活络他的血脉，担忧如乌云盖顶般怎么也消散不去。

岳瀚像是真的累到了极点，泡澡、穿衣、被塞进已经烤热了的被窝里，在这一系列的动作下，他也未曾醒转过来。李怜花的眉头深蹙，坐在床边忧虑地看着那依旧没有血色的脸庞。

"大公子，要不要小的去请大夫过来？"小机灵父子谨慎地站在卧室门外，略微担忧地看着床上昏睡中的岳瀚。

李怜花轻轻挥了挥手。

"大公子，二公子先交给小机灵看护，大公子先用点晚饭吧！"小机灵这边劝说李怜花，那边他父亲已经沉默地在外面花厅的桌子上摆

东方另类武侠经典

神仙掌子【一】

放好饭菜。

"怜花弟可在？为兄的来了！"柳清水的声音从院子里传来。小机灵连忙跑去开门。李怜花也不得不打起精神，起身迎向门口。柳清水换了身绿色蟒袍，手拎着两坛老酒满面笑容地踏进屋子。

一见李怜花的模样，柳清水的笑容便收了几分，"怜花弟，出了什么事吗？怎么面有愁容？"

"不瞒清水兄，瀚儿突然晕过去了，现正躺在里间呢！"李怜花强作镇静道。

"中午时还好好的，怎么会突然晕厥？为兄对岐黄之术稍有涉猎，可否让为兄为岳瀚弟粗略查看一下？"放下两坛老酒，柳清水的笑容也完全收敛了起来。

"清水兄请！"李怜花对医术一窍不通，虽然瀚儿已经服下了珍贵丹药，但还不能让他略微安心。本打算瀚儿明早若依旧不醒，他就是寻遍天下名医也要把瀚儿治好，而如今柳清水此言一出，正中他的下怀。

掀开被子一角，李怜花轻轻地把岳瀚的一只手拿了出来。柳清水凝神搭脉，半晌，眉头越皱越深，表情也带着极大的困惑。

"清水兄，如何？瀚儿究竟是何原因会突然晕厥？"李怜花见他凝重的表情，心也跟着七上八下起来。

收回把脉的手，柳清水的眉头也未展开过，"若单以脉象看，他根本不可能活到现在。他的心脉极其微弱，稍有外力都可能使之断裂。这样的身体，别说动武，就是稍稍劳累都会让他有生命之危。"

听到柳清水的回答，李怜花的心揪到了极点。柳清水看他的样子实在有些担心，白日里他就看出他们的感情好得非比寻常，再见他处处小心轻柔的动作，以及满身哀戚沉郁的气息，连他也忍不住动容，就连亲兄弟也未必如此，连忙又接着道，"不过，奇怪的是，他的心脉周围另有一股暖流相护着，险中带着安，就像此时他人虽然在昏睡中，却正是最佳的养回体力的方式。怜花你也不必太担心，快则午夜，慢则明日天亮，岳瀚定能醒来。"

"清水兄，小瀚儿这心疾可有彻底根治的办法？"李怜花的眼须臾不离岳瀚的脸，口中轻轻地问。

"由他心脉的暖流来看，岳瀚身边必然已经备了上等的护心丹丸，即便是我清水宫最好的圣药怕也不及岳瀚服用的那些。说实话，为兄的对此无能为力！"

虽然柳清水的回答已在他的意料之中，但是真正听到，还是让李怜花备受打击。想想也是，瀚儿是天地四绝唯一的传人，以天地四绝那样的惊世绝才都没有办法彻底把瀚儿治好，又何况别人？

可是难道要他眼睁睁地看着瀚儿这样饱受心绞痛的折磨吗？那会比要他死还让他难过，他不自觉地喃喃道："瀚儿，大哥又能为你做些什么呢？"

第十四章　乾坤金剑

　　这一系列的变故把柳清水震撼得一个字也说不出来，一辈子的惊讶在今天一下子用了个干净。看着那四枚金光闪闪的小剑，整个人幻化成了石像，多少年的梦想和追逐如今轻而易举地就摆放在他面前，让他怎么还说得出话来。

　　柳清水看着这一坐一躺的两个人，突然有种奇怪的错觉，随后又用力摇头，告诉自己他们不过是兄弟感情太好，不会是他以为的那样。只是若是兄弟之情，也实在太好了一些，不免让他嫉妒。他再想想自己的处境，不由也愁云惨雾了起来。走向桌子旁，桌上摆好的饭菜早已经凉透了，他带来的老酒还静静地放在一边。

　　拍开坛子上的泥坯，柳清水转头对依旧坐在床边的李怜花道："怜花弟，可愿意陪为兄喝上几杯，解解忧愁？"

　　"是怜花怠慢了。若非瀚儿突然晕倒，今晚合该是不醉不归之夜，现在反倒让清水兄也跟着忧心。也罢，怜花陪兄长喝！"李怜花此刻也极需要酒精来镇定他的心神，遂坐到桌边拍开另一坛子老酒，酒香立即漂浮到空气之中，"二十年的花雕，真是好酒！"

　　"为兄船上多的是，等岳瀚弟醒了，我们一起上船喝个痛快！"也不用碗，直接用内力逼出一股酒箭，大口地喝下。

　　"清水兄为何突入中原？"李怜花也学他喝了一大口，突然问道。

　　"总之是一言难尽！"柳清水被他一问，顿时衍出一种英雄气短的感觉来，"不知怜花弟对清水宫的了解有多少？"

　　"怜花对清水宫一无所知，仅仅知道兄长的威名。传闻兄的清水神功已经练至第九重，若非兄常年居住在塞外，怕是挑战的人都可以踏破清水宫的大门了！"

柳清水哈哈一笑，声音里多出几分豪迈来，"怕是不服我排第一的人多得很，只是不愿千里跋涉去塞外一较高下罢了。名利之事，自古人人争之，其实争来争去最后又有几人落到好下场？可笑古往今来的人都自愿深陷在其中，像怜花和岳瀚这等豁达、视名利如草芥的人，才堪称真英雄真男子！"

"是兄长赞誉了！"李怜花汗颜一笑。若让他知道，最初瀚儿毁武林榜的动机，只是不满方生死的故作神秘后，还会不会说出这么高的赞扬之语，"倒是兄长创建清水宫，在塞外一待便是十年，才真叫人佩服！"

李怜花本是赞美的话，反而引发了柳清水的一声长叹："其实清水宫目前真正当家作主的已经不是我了！"

"此话是何意？"李怜花有些错愕地抬头看他。

"清水宫从五年前就已经出现内乱。为兄当时只顾着闭关练功，疏于防范，以至于等到发现情况不对，为时已晚！现在真正控制清水宫的人是我的堂弟柳南绝和柳西风。不怕怜花你笑话，我此次回中原有两个目的，一是搬救兵，二是想破坏西风和南绝妄想图谋整个中原武林的野心。"

柳清水的这番话大出李怜花意外，但仔细一想，倒也有迹可寻，"那水里的炸药怕是人家故意安排好的，只差几丈的距离，就会把清水兄的船炸个粉碎。好歹毒的手段。船上那些人是清水兄仅剩的实力了吧！"

"怜花果然敏慧，鹰四一干人的确是仅剩的还效忠为兄的人了。犬子以及一干女眷如今尽数落在叛徒手中，怕也凶多吉少了。为兄一路小心隐匿行迹，扮作商人，狼狈躲入中原，没想到还是泄了行踪。今日之后，怜花弟还是带岳瀚尽快离开，免得被为兄牵累在了其中。"

"清水兄这话说得未免见外了，你我既已兄弟相称，大哥有难，为人弟的不帮反躲，兄长倒是把怜花比作何人？"李怜花难得面有愠

色。虽然他知道柳清水是一番好意，只是这事他不知道便罢，既然已经知晓，就断无可能置身事外。

"怜花别恼，本来此事为兄确实曾有意求助两位，只是岳瀚如今的身体情况实在很不乐观，怜花弟又一心想脱离江湖纷争，为兄的横想竖想还是不希望两位插手其中。"

见他提起了瀚儿，李怜花一时也愁眉深锁，不知如何是好。瀚儿目前的身体状况连过多的劳累都不宜，何况动刀动剑？再加上他们自身的麻烦也络绎不绝，前日里刚打发了"祁连兄弟"，虽说后面的麻烦有祁连兄弟挡着，但总有直接找上他们的时候。怕是这边还未帮上柳清水的忙，那边反倒要他帮忙应付麻烦，一时间也踌躇不决。

"可是如今我们已经插手其中了！"突如其来的声音，清朗中还带着几分虚弱。

"小瀚儿，你醒了？"李怜花一听到这声音，惊喜之情立现，眨眼间人已经坐到了床边，狂喜地看着不知何时醒来的岳瀚。

岳瀚的脸色已经恢复了些许血色，眉目中带着温柔的笑意看着李怜花，"让大哥担心，瀚儿没事了！"

"岳瀚小弟，你可算醒了，你这一晕倒，可把怜花吓了个面无人色！"柳清水此时也站到床边，高兴地笑道。

"大哥，不用紧张，一点小问题而已！"岳瀚一边安慰一边伸出双手，李怜花自然而然地把他连人带被整个抱了起来。

"还敢拿小问题这样的话来搪塞大哥？"李怜花半带责怪道。

"大哥——"岳瀚拉长了声音撒娇地唤道。

"撒娇也没用，什么事大哥都可依你，唯独事关你的身体，半点讨价还价的余地也没有。"李怜花抱着他坐回桌边，"肚子可饿？大哥叫人重新做些新鲜的饭菜过来！"

"瀚儿不饿。大哥，你竟然未吃晚饭就空肚喝酒？"岳瀚这才注意到桌上的菜分毫未动，不由恼怒了起来。

柳清水看着这两人旁若无人地关心着对方，真情真意在语声动作间自然流露，真是羡煞他了，"你们的感情真好，真叫为兄羡煞！"

两人同时脸色一红，差点忘了还有柳清水在旁边。想起之前的话题，岳瀚正色道："我和大哥要帮宫主对付叛徒，这不仅仅是宫主自己的家务事，也关系着中原武林。我和大哥虽然不想参与江湖纷争，只是明知他们有可能做危害到江湖和百姓的事，我们又怎么可以置身事外呢？再者，白日里我和大哥河上救人之举已经传了出去，再想置身事外也是没有可能了，所以这事我和大哥还掺合定了！"

柳清水听了岳瀚的话，不禁喜忧参半。李怜花也面带矛盾地看着怀中的岳瀚，"可是瀚儿，你目前的身体实在不宜过多劳累了！"

"岳瀚，怜花，你们的好意为兄心领了。此刻还不到绝路，为兄此行中原也并非毫无计划而来，若能找到祖上的话，重回清水宫应该不成问题。"此番话是柳清水慎重考虑过后才说的。

"清水兄的祖上不知是哪一位高人？目前隐居在何处？"李怜花之前就听他说过来中原搬救兵，料想他的救兵就是他所要找寻的祖上高人了。

"他老人家隐迹武林已有百余年了，也不知道是不是还仙在，目前隐居在何处更是不知道了。不过从先父遗留的手本来看，祖上年轻时游历黄山，曾说过那是个隐居的好地方。不管如何，黄山我是必然要去寻上一趟的。"柳清水苦笑了一下，连他也觉得这样去找寻一个已过百三十岁的人希望渺茫。

"宫主欲找的是何人？"岳瀚和李怜花相顾一眼，彼此心中都升起了一股奇异的感觉，若没料错，这事他们还非管不可了。

"百年前的天地四绝之南地绝，袖里乾坤火乾坤正是为兄的曾曾祖父。"

半晌无人说话。柳清水一抬眼，才发现岳瀚和李怜花的表情实在是可以用别扭来形容。正疑问间，只听岳瀚突然问道："宫主，有什么可证明你是火家后人呢？"

柳清水似是没反应过来岳瀚会问这个，半天才把左臂上的袖子拉高到臂膀处，上面一簇火红的焰火正开放在手臂中央，"这是我们火家子孙每代必有的标记。"

看到那簇盛放的火焰，岳瀚最后的疑虑也落了地，转头对李怜花道："大哥，这事看来我们想不管也是不可能的了！"

东方另类武侠经典·

"瀚儿，不会这么巧吧！"李怜花也觉得不可思议。

"就是这么巧，天下的事还真是冥冥中注定好了的，想不服老天的安排都不可能。"岳瀚感叹地道。

"那瀚儿你打算怎么办？你的身体？"瀚儿决定怎么做，怜花都支持他，唯一担心的只有他的身体。

"大哥难道忘了，我只要恢复成'小瀚儿'的模样，这种情况是不大可能发生的。所以以后大哥想看瀚儿现在的模样的机会大概会很少，大哥可介意？"

"瀚儿，你还在考验大哥的决心吗？再说这样的话，大哥可要打屁股了。你明知只要是你，无论什么样，大哥都喜欢的，偏还拿这样的话来让大哥难受。"

眼见，这两人又开始陷入旁若无人的境界之中了，这边还一头雾水的柳清水实在是忍不住打断他们："怜花，岳瀚，你们是不是又把为兄的忘记在一边了？谁给我解释一下，眼下这是什么状况？"

"既是火家后人，那宫主姓柳该是从的母姓可对？"岳瀚不答反问。

"是的，先父曾受先母大恩，执意让我从母姓柳。"柳清水虽感疑惑还是回答了。

"你管三师父叫曾曾祖父，'灵、辛、明、清'，难道你已经是清字辈了？"岳瀚想了想，伸出手指算了算后问道。

"正是，我原本的名字的确是该叫火清了！岳瀚弟你又是如何得知的？等等，三师父？这，这怎么可能？"终于反应过来的柳清水陷入僵化中，手还指着岳瀚说不出话来。

"清水兄不必惊讶。事实上，我和小瀚儿也意外竟然有这么巧合的事情。小瀚儿的师傅正是百年前的奇人天地四绝，换个方式说吧，也就是清水兄你不用再满中原找寻救兵了，因为你找的救兵现在已经坐在你面前了。"见柳清水还处于呆愣中，瀚儿又一副不打算解释的模样，李怜花只好自己主动给柳清水说明了。

"银雪？"岳瀚突然喊了一声，接着一道银白的光芒便从窗口闪入，银白的兔子赫然站在李怜花的肩头上，冲着岳瀚"吱吱"地叫着，欢喜异常。

"真的？恭喜你们！"岳瀚连忙抱过她，横看竖看也欢喜得不得了，"鬼魅呢？"

银雪又是一顿"吱吱"声，岳瀚一边点头，一边笑，"真是值得高兴的一件事。银雪，看你们幸福，我就好高兴！嗯，以后不给你任务做了，你需要好好休息呢！"

银兔竖起两只长耳朵，小小的脑袋在岳瀚的颈边磨蹭，逗得岳瀚直笑。李怜花见他那开心的笑容，心头就涌现出一股满足感。

两人亲热了好一会儿，岳瀚才道，"哎呀，差点忘记了正事。银雪，我交给你的那些东西，你藏哪里去了？现在要用到了，帮我拿来吧！"

银雪毫不犹豫地点头，一闪又不见了，当真是快逾闪电。不一会儿，一个鼓鼓囊囊的包裹凭空出现在桌子上方，然后银雪紧跟在后面出现，跳进岳瀚怀里。包裹轻轻的落在桌子上，岳瀚一笑，"银雪，你的空间挪移术有进步哦！"

银兔子骄傲地点头。岳瀚一手抱着银雪，一手解开包裹，里面的东西很多，光瓶子就有十五六个，还有两把精巧的匕首，手柄处用蛇皮包裹着，像是故意要遮掉匕首的名字，不过那黝黑寒冷的光芒是掩盖不掉的，绝对是一双上古神器。接着是代表了天下财富的翠玉佩、可号召武林的千佛珠以及十二枚金光闪闪的乾坤金剑，还有许多李怜花和柳清水他们叫不出名字的奇怪物品。这包袱里无论哪一样东西落到江湖中，都够人争得天昏地暗、日月无光。没想到小瀚儿却丝毫没把他们当成一回事，竟然就用这么一件旧衣服，随意包裹成了一团。

李怜花简直无言，天下会这般对待这些宝物的，怕也只有他的小瀚儿了！

只见岳瀚从里面拿出四枚金光闪闪的小剑，放到桌子上，然后道："三师父曾经说过，若他日遇上火家后人，传他四枚乾坤金剑。咯。明天开始，宫主就先学那心法吧！"

这一系列的变故把柳清水震撼得一个字也说不出来，一辈子的惊讶在今天一下子用了个干净。看着那四枚金光闪闪的小剑，整个人幻

神仙掌子〔一〕

东方另类武侠经典·

化成了石像。多少年的梦想和追逐如今轻而易举地就摆放在他面前，让他怎么还说得出话来。这小小的金剑代表着的不仅仅是侠义和公正，更是一种精神。他以为今生无缘得以见到，真没想到，他非但能见到，还能拥有其中四枚。他激动得不可自抑地摸着那纯金的表面，带着无数的崇敬和向往。

岳瀚看他还没从这个震撼中恢复过来的样子，一时又起了作弄他的心思，"宫主，你现在该叫我太爷爷了哦！幸亏没真正结拜做兄弟，不然岂不是乱了长幼顺序？"

李怜花一见小瀚儿眼里那熟悉的灵动光芒，就知道那个爱作弄人的瀚儿又回来了，不由也微笑起来。接着让他惊讶的是柳清水的动作，只见他突然跪了下来，恭恭敬敬地朝岳瀚磕了个头，"火家玄孙火清叩见太爷爷！"

岳瀚被他这措不及防的一跪吓了一跳，一看这家教就知道都是三师父传下去的家训惹的祸，"算了，跟你开玩笑来着，你还当真了？三师父的后人真是一点都不好玩，还不快起来！"

柳清水一愣，还是听话地站了起来，却不再坐下，只恭敬地站在一边。

"清水兄，快请坐，你这样真是折杀我们了！"李怜花连忙打圆场，顺便看了岳瀚一眼，像是在说玩笑开大了吧！

"火家家训第二条：有长辈在，晚辈就没有落座的资格。"柳清水倒是一板一眼起来。

这下把岳瀚给气得眼珠子瞪得老大，"气死我了，你给我坐下！"柳清水听话地坐下了，不明白岳瀚为什么生气。

"听着，我只说一遍啊，以后我依旧叫你宫主，你依旧叫我岳瀚，你和我大哥依旧以兄弟相称，我们各交各的，什么辈分之类的扔一边去。再让我看到你这样，可别怪我对你不客气。"岳瀚挣扎着恨不得下地去戳柳清水的脑袋，无奈被李怜花搂得死紧。

"可是——"柳清水刚想辩驳。

"还可是？可是什么？没有可是！"岳瀚狠狠地瞪了他一眼，语调也上扬了好几度。他决定再让他见到那个可恶的三师父，第一件事就是揪光他的头发，亏他想得出来这么古板的家训。此时正在云山大泽的火乾坤感觉背心一阵发寒，他又怎么招惹小瀚儿了？

柳清水看了一眼面色不悦的岳瀚，以及岳瀚脑后不停给他示意的李怜花，轻轻地点头："是！"

"好了，瀚儿别气了，清水兄是压根儿没看出来你是在跟他开玩笑来着，这回踢到铁板了吧！"李怜花戏谑道。

岳瀚嘟起了红唇，"哼，都是讨厌的三师父的家训惹的祸。当年二师父曾经给我看了一本三师父年轻时列的一本可笑的家训，我还以为是二师父故意抹黑三师父呢，现在看来还真是确有其事。下次他们吵架，我绝对要帮着二师父，可恶的三师父！"

听了他的话，李怜花简直哭笑不得，这般孩子气的小瀚儿哪有半分身为大人的自觉，"好了，好了，不气了，气坏身子，大哥可是会舍不得的。"

"清水兄，时间也不早了，这个跨院隔壁还有空房，不如今夜就在此过夜吧！"李怜花转而对柳清水道。

柳清水对于岳瀚孩子气的一面还有些傻眼，之前还疾言厉色训他的人转眼像个孩子般对着李怜花撒娇，这转变太快了，让他有些适应不过来。不过他可没忘记点头，生怕再惹岳瀚不高兴，"那就恭敬不如从命了！"

"时候不早了，宫主你先去休息吧，明日一早，就开始学乾坤金剑！"好在岳瀚脾气来得快也去得快，转眼又带着笑容了。

"是，太——岳瀚！"差点又想叫太爷爷了，太字出了口，才急忙生硬地转叫岳瀚的名字。即便如此，李怜花看他对着岳瀚还是三分拘谨带着七分恭敬，不由感叹，以后这样的相处模式是改变不了。

第十五章　传绝艺

岳瀚各自传授两人心法，柳清水学的自然是"袖里乾坤"火乾坤的内功。李怜花因为以轻身功夫见长，惯用的兵器是长剑，正好东天绝"玄心大师"曾结合少林的金刚指和西域的拈花指合创过一套新指法，配合剑法使用简直是如虎添翼。

该来的总是要来，逃避不是办法，"大哥，在我告诉你之前，你先答应我，不管未来如何，你都会坚强地好好活着！"

曾经以为若有一天自己先他而去，会让他伤心痛苦，那样即便自己有不舍、有愧疚、有不甘，只是想到终有一天他会忘记伤痛，重新找一个更爱的人一起到老，也能释然。可是如今他才蓦然发现，他对自己的爱远比他认为的要深得多，短暂的一次晕厥，却让他比自己看上去还要憔悴和虚弱，自己受伤受痛的是身体，而他是心灵。这样的他，若知道自己的生命如风中残烛，随时都会有陨灭的可能，他还会坚持下去吗？

想要从他口里求得一个让自己安心的答案，自私地不想自己带着愧疚感离开人间，他想带走的只是他的爱。

李怜花从他的眼里读到了决绝、黯然、担忧以及许多未知的恐惧和遗憾。他害怕，突然间不想知道这一切。他会留不住瀚儿的，从他的眼里他已经看到了最后的结果。瀚儿他自己知道吗？他的眼睛泄露了太多的秘密，"不要！瀚儿，我不答应，不答应！"

"大哥，求你了——"岳瀚的泪突然涌出眼眶，用力地搂紧李怜花的脖子，"求你了，大哥，答应我吧，答应瀚儿吧！"

"不，瀚儿，不要求大哥答应根本做不到的事情。瀚儿，大哥也求你了，不要离开我，永远不要——"瀚儿的泪灼痛了他的眼，也灼痛了他的心。从他绝望的泪中，他已经明了一切，"瀚儿，我们会有多少时间？"

"大哥，不要这么傻，瀚儿不值得的！"

岳瀚的泪湿透他的衣服，紧贴着他的皮肤，让他感觉到了那泪的温度，是那么的冰冷与绝望。

"我们还有多少时间？瀚儿，告诉我！"明明痛得快要死去，他却没有泪，连一滴泪也流不出来。他就这么抱着怀中的泪人儿，像是抱着全世界。

"大哥，我不知道，也许很久，也许明天！"岳瀚的声音透着疲惫和无能为力的伤怀。

"瀚儿，别哭了，好吗？若是上天不会给我们一辈子的时间，那在我们有限的日子里，我只愿记住瀚儿的欢笑。"对命运的安排，李怜花并不放弃，不管有多少的可能，他都不会就这么放任瀚儿离去。只要是病就该有治的办法，目前他还没找到，但他不会放弃的！绝不！

"大哥，瀚儿错了。我不该贪恋大哥对我的好、对我的爱、对我的呵护。若从来不曾接受大哥，现在你也不必这么痛苦了，是我把大家都推入煎熬中！"他真是后悔了，悔自己一时的自私和贪心，让李怜花跟着自己痛苦。早知道会陷得如此快，爱得如此深，当初就不该开始。

"我却不悔！认识瀚儿，拥有瀚儿，是李怜花这辈子唯一的收获。在这之前我的人生是失败的，空虚得快要腐烂，是瀚儿你的出现挽救了我。我不悔，我也不认命，不求千年万年，只争朝夕！"李怜花的声音出奇的坚定，深深地感动着岳瀚。

"罢了，大哥，为着你，瀚儿答应你，不到生死关头，绝不弃你而去！"岳瀚自己妥协。早就料到自己的结局了，不是吗？从前毫不在意何时会走到生命的尽头，如今因为有了他，日子竟然显得如此珍贵。每一个星辰日出一起入眠苏醒的感觉是如此温馨，让他无法割

舍。看来真要跟天争了。争就争吧，多争一天，便也是多一天幸福。

"生死关头，也休想弃我而去，上天入地，都改变不了你小瀚儿把自己许给我的事实。"李怜花用强硬的态度昭示着他的决心已不可更改。岳瀚已经无言，刚刚止住的泪水瞬间又若断线的珍珠，散满衣襟！

天亮的时候，李怜花亲眼看着岳瀚幻形成十三岁的模样，那红肿不堪的双眼已经隐去了忧郁和伤怀。李怜花也带着温柔的笑意，昨夜两人说好了的，这夜过去后，再不许有眼泪，未来就算再痛苦，也只给对方笑容。

柳清水再见到岳瀚时，惊讶得眼珠子差点掉落出来，"怎，怎么……"

岳瀚调皮一笑："宫主不用惊讶，你昨天看到的是我长大后的模样，见过的人可不多。你运气算不错，从今天开始，以后你见到的就会是现在的模样了。"

柳清水还是有点消化不了这个消息，转头看李怜花，看到他的表情很自然，对比之下不由觉得自己太大惊小怪了。再看岳瀚时，发现除了身形缩小一号之外，其他的地方和原来并没有什么区别，也慢慢接受了。

"好了，我们的时间不多。从今天开始，宫主你只有三天的时间记住心法和招式，我只演练一遍，能吸收多少就看你的造化了。"岳瀚的话立即让柳清水紧张得连连点头："是！"

"瀚儿，大哥已经把右边的跨院也包下来了，我就在那边。饭菜每日里小机灵会送到跨院门口。这三天里，大哥为你们护法，不让任何人接近这个跨院，瀚儿你安心传清水兄武功吧。注意不要让自己太累，你答应过大哥的，嗯？"李怜花微笑着交代着，准备离开，即便是他和瀚儿这等亲密的关系，门派间传授武功这样的事还是要避开的。

"等等，大哥，我临时决定，这三天里你也要学一套指法，所以你不用搬出去住了！"岳瀚连忙抓住李怜花的一只袖子。

"我？瀚儿，不行！我怎么可以学你的武功？"李怜花错愕了一下，连忙推辞道，"再说没个护法的人也是不行的。"

"四位师父才没有所谓的门户之见呢，传我武功时也未说不可以传给别人。或是大哥觉得面子重要，不屑学瀚儿的武功？"岳瀚面色一正，很有几分严厉的模样，接着顿了一下后，又道，"至于护法的问题，大哥不用操心，瀚儿一会列个'九天玄阴阵'就足够挡住千军万马了，何况大哥昨夜里承诺瀚儿的话，难道忘了？"

李怜花被他这软硬兼备的话堵得一时找不到拒绝的理由，何况知道瀚儿也是好心一片，以他现在的武功固然已经不俗，可是比之天地四绝的武功又相差甚远了。自己昨夜里又要求瀚儿从此不得与人动手，全由他出面，此刻瀚儿要他练武，还为他找足了理由，他若再不识好歹就真的辜负瀚儿的一片真心了，"瀚儿，你这张小嘴真是叫人又爱又恨，大哥都听你的还不成吗？"

"这才是我的好大哥！"岳瀚立即舒展面容，笑了起来。

一个早上，岳瀚各自传授两人心法，柳清水学的自然是"袖里乾坤"火乾坤的内功。这套心法是火乾坤八十岁时在原有心法的基础上，又增加了一些新的心得混合而成，很多套路和原先的已经完全不同了。火乾坤在三十岁不到就离家隐匿于江湖，留给幼子火灵的除了一本家训外，就是现在柳清水修习的清水神功的秘籍。所以到如今，身为正宗的火家传人的柳清水，对祖上的成名绝技"乾坤金剑"还无缘窥见其门槛。

而李怜花因为以轻身功夫见长，惯用的兵器是长剑，正好东天绝"玄心大师"年轻时曾结合少林的金刚指和西域的拈花指合创过一套全新的指法，配合剑法使用简直是如虎添翼。岳瀚早就有心把这套"逍遥指"传给李怜花，只是为了顾全李怜花的自尊，一直没找到合适的借口。此次适逢柳清水学"乾坤金剑"，这么好的机会，岳瀚自然不会放过。

彼此都是聪慧敏捷之人，入门根基都扎得极为牢靠，饶是如此也花了一天的时间才稍稍消化了岳瀚传授的心法口诀，完全吸收掌握精髓就不提了。对这样的进度，岳瀚已经很满意了。

神仙学子【1】

东方另类武侠经典·

小机灵父子定时把三餐放在跨院外，第一天还算平静。

"乾坤金剑乃是一套以乾天坤地，配合八卦九宫的阵式，即生、死、休、伤、杜、景、开、晦八门，以及六十四步法为主的剑阵。练成之后，单剑出即可御敌伤人于无形，若十二枚齐出，足有毁山裂石之威力。三师父成名江湖百多年，十二枚金剑齐发的情况也不过一次，就是百余年前对付苗疆"蛊月教"的一战中。三师父嘱我传你四枚，若你练成也足够傲视武林了。稍后我会把这四枚金剑的使用招式逐一缓慢演练，宫主，你可要瞧仔细了！"岳瀚翩翩而立，缓缓地道。

"是！"柳清水恭敬地道，眼光须臾不敢轻离岳瀚的一举一动。

原本缩在袖中的手慢慢伸出，只见莹白秀美的双掌眨眼间就各躺了两把金光闪闪的小剑，"看好了！"

话落，那四枚金剑像是有生命一般脱手而出围绕着岳瀚周身打转。岳瀚身姿一展，上半身前倾，呈一个优美到极点的曲线，食指和中指并拢，一挥之间，其中一枚向前飞出，第二、三、四枚呈云追月之势紧跟着第一枚。"这是第一招'乾坤追月'！"说话间，另一只手稍稍往身后收撤回，那第一枚金剑在空中轻微抖动一下后，竟然转了直往岳瀚的门面而来，其他三枚竟也呈"品"字型飞往岳瀚的左右肩井穴和膻中穴，认穴之准速度之快，就像是剑上本就长了眼睛一般。只见岳瀚仰面、下腰、回旋、凌空，一系列的动作从容优美，"第二招'众星拱月'！"

柳清水看得双眼连稍眨一下都不敢，他知道岳瀚已经把速度放到最慢了。即便如此，他还是有应接不暇之感。不难想象，若练至成熟辅以内力，这四枚金剑该是怎样的所向披靡，催魂夺命。一炷香后，岳瀚才把所有的招式演练完毕，柳清水已经迫不及待地开始回想练习，生怕稍一耽误就会忘记。

岳瀚站在台阶上，看着柳清水一边回想，一边练习，偶尔练到不连贯处还要停下来回想，专心得完全忘记了岳瀚在一边看着。挥汗如雨间已经渐渐顺利起来，几遍过后，岳瀚便不再观看了。果然不愧为武林第一的"清水神功"，若是旁人，仅只一遍的话，能记个十之三四，已属极为不易了，而他却能凭着回忆，记了个十之八九。虽然目前还没全部贯通，但假以时日，练成是必然的事情。

这边李怜花也已经把"逍遥指"的心法口诀融会贯通起来，加之之前曾服过小瀚儿的护心丹，内力大增。如此一来，境界自然不能以常理而论了，比之柳清水的进步，岳瀚更是欣喜李怜花的所得。

李怜花功行十二周天，圆满从入定中醒来时，对上的正是岳瀚晶亮的眼眸，"瀚儿，你什么时候进来的？清水兄那边结束了？"

"大哥进步神速，瀚儿真为大哥高兴。宫主那边已经差不多了，今晚就可以传大哥招式。明日再练一日，尽量把指法与大哥的剑法融会贯通。若是我料得不错，明日起这白河镇怕是不能平静了！"岳瀚的手摸上李怜花的脸，满眼都是爱意。

"小瀚儿，还好吗？若累别勉强，你答应过大哥的，永远要记住！"接收到他的心意，李怜花握住他的手，满心温暖，语带恳切地道。

"嗯，大哥放心，现在的瀚儿不会像之前那般脆弱的。大哥也不用太过紧张，若有哪里不舒服，瀚儿定然第一时间告诉大哥！"岳瀚钻进他怀里，撒娇地磨蹭他。

晚饭的时候，三人的面色都有些凝重，因为小机灵放在院门口的不仅仅是饭菜，还有一张写着外面形势的小笺。小笺上说，今天傍晚时分白河镇涌进了成百个武林人物，武林榜上的高手几乎来了大半，连一向不怎么参与江湖事的明月双剑，也在之前住进了他们旁边的"清雅居"，现在整个白河镇可说是群英聚会。

虽然李怜花有些疑惑小机灵父子是如何打探到这些消息的，却一点也不怀疑这个消息的真实性。没想到这一切让小瀚儿料中了，这白河镇看来即将要来一场"山雨"了。耐人寻味的是这么多江湖人出现在这里的原因。

岳瀚不认为这么多人是因为他毁武林榜之事而来，若说是为了柳清水，那就更没有理由了。那么这么大规模的武林人物聚集，究竟所为何来，倒是值得深思一番。

"瀚儿，不如晚些时候大哥出去看看？"李怜花打破沉默道。

"不用，现在外面布了'九天玄阴阵'，外人根本接近不了这个跨

东方另类武侠经典·

院。小机灵父子不过是车夫，若是冲着我们来的，想来还不至于为难他们，等过了明天再说。"岳瀚略一思索，沉着地道。即便真是冲着他们而来，那明天的一天时间对他们来说就更显得重要，毕竟多一分武功就多一分胜算。

"太爷，呃，岳瀚，有没有可能是柳南绝和柳西风兄弟使的阴谋？"柳清水生怕是自己给大家带来了危机，若真是如此，他就是拼命也不肯连累岳瀚和李怜花的。

"应该没有这种可能。他们刚入中原，根基还未扎得太牢，即便有阴谋也只会在暗地里进行，不可能发动这么大批人物。何况清水兄好歹还是武林榜上的头号人物，若真是冲着你而来，也该掂掂自己的分量。"李怜花颇有几分不以为然的架势，他虽然不屑于在武林榜上留名，却也不是能任人欺负的主儿。

"大哥说得好，瀚儿就喜欢大哥的这股豪气！"岳瀚大笑一声，"宫主，你太战战兢兢了，别说此刻情况不明，即便真是冲着我们三个人来的，我们又何惧之有？"

柳清水见他二人言谈间一派洒脱不羁，也不免觉得自己英雄气短了许多，哪还有半分少年时的豪气？这人越大，反而让框框条条把自己束缚死了，亏得自己还长他们十几岁，惭愧之余，不由振作精神，豪气顿现了起来，"岳瀚，怜花你们都说得好，明日之后，我倒要好好见识一下这个'群英会'。十年不入中原，估计别人都快要把我柳清水忘干净了！"

"哈哈，这才像是'清水神功'的柳清水！"岳瀚赞誉道，李怜花赞同地点头。

"等这事一了，岳瀚和怜花一定要到我的清水宫去小住一段日子，也去欣赏一下我们塞外草原的风光！"柳清水诚挚地道，语中颇有几分自豪。

"清水兄放心，我和瀚儿一定前往，到时怕住得清水兄想赶也赶不走呢！"李怜花温润的语声带着笑意，"值钱的家当可得收好了，可别怪为弟的没提前知会兄长，瀚儿的破坏力绝对比他的武功更胜一筹！"

"哈哈——"柳清水一愣后，立即回以惊天大笑。

岳瀚有些恼红了脸，"臭大哥，竟然抹黑我！也看我的'一痒指'！"说着手指已经往李怜花的腰间软麻穴伸去。李怜花一边笑，一边挡，一顿饭竟然吃得无比开心和融洽。

今晚是个月明夜，站在跨院的花坛边抬头看天，竟然还能看到零落的几颗星子，这在冬天的夜里还是比较少见的，"大哥，你知道吗？师父说我是紫薇星降世，所以我生就不可能平凡，可是不平凡的人通常也不长寿，若早知道我这辈子会遇上大哥，瀚儿就是——"

话只说了一半，就被李怜花捂住了嘴，清朗温润的声音在这冬夜听着就如一股暖流包围着全身，"傻瀚儿，不用说了，反正不管如何，大哥早就认定了瀚儿。瀚儿也是一样，对吗？"

掌心透来的温热，让岳瀚舍不得离开，不能说话，但是可以用力地点头。李怜花见他那可爱的模样，在月夜里越发清秀，就愉悦地浅笑了起来："既是如此，就不需要假如，更不用'早知道'，不管是天还是人都无法分开我们！"

这是一句诺言，更是一生的誓言！

第十六章　怜花惧

岳瀚首先会注意到他们则是因为李怜花，从对上那对年轻男子的目光时，李怜花的情形就让岳瀚的心里打起了小鼓，别人可能不会注意，但是岳瀚却分明感觉到牵着自己手的李怜花不可自抑地轻颤，感觉到了李怜花的害怕。

第三日，小机灵父子没有送过一顿饭菜，三人便知这群武林人物极有可能真是冲着他们而来。只是这九天玄阴阵实在是厉害，别说人影，连声音也是隔绝的，外人无从得知他们的情况，而他们也同样无法得知外面的事情。

这一日对于李怜花和柳清水来说是至关重要的一天。一个跨院，两人各占一半，演练着新学的武功，以求最大程度的熟练。岳瀚站在院子中间，不时纠正两人的问题。月上中天之时，两人已经完全练熟了。

"现在所欠的只是火候和实际经验了，具体怎么运用，你们以后在实际动手过程中灵活安排，自我取舍该如何才能把招式发挥到最大的威力即可。"

两人眉间都带着微微的喜色，新学的武功比他们想象中更为凌厉。特别是李怜花，他觉得这套"逍遥指"像是天生就是为了搭配他的剑法而创似的，加上体内连绵不绝的内力相辅，他清楚地知道他的武功又迈进了一个全新的境界。这是多少练武人毕生的梦想，没想到他轻而易举就得到了。

"瀚儿，玄心大师不愧是一代高人，这套'逍遥指'果然是变化莫测、威力无穷啊！"

感染了李怜花的兴奋，柳清水也上前认真给岳瀚行了一个礼，"清水在这里也要多谢岳瀚了！"

岳瀚带着淡定从容的微笑，"大哥，宫主，我想很快就会有机会让你们试验新学的武功的，眼前我们是不是还有更重要的事摆在面前啊？"说完还眨了眨眼睛。

李怜花立即知道他说的是什么，轻声一笑道："瀚儿，肚子饿了吧？我们此刻出去应该还来得及叫小二给我们准备一顿迟到的晚餐！"

李怜花对即将可能面对的危险也表现得毫不在意，他更关心的是他的小瀚儿饿了一整天了。

虽说如此，但是当三人潇洒地走出跨院，跨进大堂时，看到面前的场景，还是不由有些惊讶。虽说今天依旧月色灿烂，但此刻毕竟已是午夜时分了，但整个"仙人居"却仍然灯火通明。

四周的桌子都坐满了人，而这些人中又属靠近正中的三张桌子上的人最招人注目，其中一张坐着的竟然是"彩虹金钩"薛竹、"明月双剑"司徒明月、武林盟主慕容英宏以及当今少林掌门普悔大师。这四人在武林的声名没人怀疑，无论哪一个站出来其号召力都足够动摇半个武林，却没想到此刻却神情肃穆地共坐在一张桌子上。

第二张坐着的竟然是"祁连兄弟"，小机灵父子此刻正站在他们身后。七人剑拔弩张地看着薛竹他们一桌，手都按在兵器之上，随时都有动手的可能。看来在他们没出来之前，这样的对峙已经维持了不短的时间。

第三张桌子上坐着的则是两个面容淡定，气质奇特的陌生男子。一个年约三十上下，一个只有十八九岁，他们的目光从岳瀚他们三人踏进大堂开始，就不曾稍离李怜花的脸。岳瀚首先会注意到他们则是因为李怜花，因为从对上那对年轻男子的目光时，李怜花的情形就让岳瀚的心里打起了小鼓。别人可能不会注意，但是岳瀚却分明感觉到牵着自己手的李怜花不可自抑地轻颤，仅一会儿，他的手心已经全是冷汗。他在表面上虽然还维持着平静的面容，但是，岳瀚却分明感觉

到李怜花的害怕。

能让他大哥害怕到浑身冒冷汗的程度，岳瀚想不注意到他们都不可能。这种害怕绝对不是在碰上比自己武功更高的人时的害怕，反而像是有什么重要的把柄落在别人手里时的那种惧怕。这两人到底是什么人，跟大哥又是什么关系？大哥又为什么怕他们？岳瀚此刻比任何人都想知道答案，然而却不是问的时机。岳瀚用力在李怜花的掌心按了一下，稍稍唤回李怜花已经有些恍惚的神智。他不着痕迹地站到了李怜花的面前，挡住那两人注视李怜花的目光，然后缓缓扫视全场，轻笑一声："大哥，没想到这深更半夜的，和我们一样没吃饭的有这么多人啊！真是热闹，你看我们没位置了！连薛爸和明月公子也来了呢！"

从他们踏进大堂开始，本就肃穆宁静的气氛就更加沉寂起来。岳瀚这声轻笑立即划开了僵持着的局面，薛竹面有愧色地避开了岳瀚的笑脸，司徒明月依旧一脸淡然地冲岳瀚微微点了点头。

李怜花心不在焉地点头，也不说话，视线还是不由自主地往那两个男子看去。

祁连兄弟突然全部站了起来，大家以为他们要动手，周边的桌子一阵紧张，有人已经按捺不住拔出了兵器，没想到祁连兄弟只是站到了一边，把桌子空了出来，"公子请坐！"

"多谢了，阿大！"岳瀚挂着愉悦的笑容，拉着李怜花便坐了下来，柳清水也从容就座。

小机灵父子此时不知从哪端来了两个托盘，里面放了好几盘精致的小菜，两壶花雕，恭敬从容地摆到桌上，"大公子，二公子，柳老爷，请用餐！"

"小机灵，多谢了！你们去休息吧！"岳瀚就像没注意到这紧张诡异的气氛一般，率先举筷夹了一口牛肉吃下，咕哝着招呼李怜花和柳清水道："宫主，大哥，你们也吃啊，很好吃呢！"

"公子——"祁连老大刚刚开了个口，岳瀚已经挥了挥拿着筷子的手，"阿大，我在吃饭，天大的事等我吃完饭再说，好吗？"

话说得很客气，祁连老大却认真地躬身一礼，恭敬地回答："是，公子！"随后退后一步，等候岳瀚他们吃饭。

对于一向正邪不分、生死不惧的祁连兄弟对岳瀚如此恭敬的态度，很多人虽暗自不解却都感觉心里一凛，看岳瀚他们三人的目光就更多了几分戒惧。

柳清水对于祁连兄弟的大名也听说过，若在以前，他肯定也会惊讶不已，但是在知道岳瀚的身份后，他对于这样的情景就丝毫不感到讶异了，"岳瀚，可要喝酒？"

"要，大前日里，宫主带来的酒瀚儿一口也未喝到，今天当然要补回来啊！"岳瀚理所当然地道。

按住酒壶的是李怜花修长的手指，"瀚儿，你的身体不好，不可以喝酒！"

岳瀚看着李怜花有些苍白的容颜，连声音都有些发抖，分明是慌乱惊惧到了极点，难为他还操心挂念着自己的身体，不由心疼万分，恨不得此刻就揪住那两个男人，逼问原因。

他在克制自己，告诉自己要冷静，要先弄清事情原委再动手，只是他实在忍不住了，筷子倏地用力放到桌子上，"哪位来解释一下，这深更半夜的，上百英雄好汉不睡觉，聚集在小小的'仙人居'所为何事？该不会是雅兴好，赏月来的吧！"

本来紧绷的气氛此时更是达到了极点，虽然岳瀚的脸上依旧带着几许轻笑，但是此刻的笑容除了让人心里直发寒之外，再也找不出之前丝毫纯真的影子。李怜花不是没有感觉到岳瀚压抑的怒气，只是此时此刻坦然让他面对瀚儿都不能够，更何况安抚他。对面那两道由始至终都注视着他的目光让他如坐针毡、惶恐不安到了极点，原以为已经过去的梦魇竟然活生生再度出现在他面前，这才知道十年来他没有一刻忘记过那让他耻辱、恶心的一切。

回忆一片一片在他眼前闪过，黑色的药汁、旖旎的香气、被缚的手脚、可怕的金针、狂乱的交媾……

李怜花的脸色越来越不好看，这回连柳清水都注意到了，岳瀚自然也看在眼里，握成拳的手指指甲已经生硬地嵌进掌心。自下山以来，岳瀚第一回有了杀人的冲动，恨不得把在场的人全部都杀掉。大

神仙掌【一】

东方另类武侠经典·

哥还有什么是不能告诉他的吗？他不够资格为他分担痛苦吗？他这是在嫉妒吗？

是，他真的是在嫉妒。在他以为已经完全了解这个男人的时候，竟然发现他有个惊天的秘密不曾告诉自己，不被信任的挫败感让他怎么都不能自欺下去。他承认他自私，自己先有隐瞒在先，却不允许李怜花对自己不透明，更何况那两个男人看李怜花的眼神像是在看一份美味的食物一般，看似安静却无时无刻不显露出觊觎和贪婪，种种的一切都让他想要发狂大叫。碰上李怜花，他的淡定、从容、不强求统统消失了。

强烈的情绪起伏让他的心脏紧缩了一下，痛得差点又要晕厥过去，这是在他恢复成孩子体形时从来未曾出现过的情形，看来他还是太高估这个身体的承受能力了。他咬了咬唇，环视四周草木皆兵的情形，"怎么，没人要回答这个问题吗？那各位就在此慢慢赏月吧，岳瀚等就不奉陪了！"

岳瀚刚站起身子，就听一声佛号："阿弥陀佛！林施主请稍等！"

"大师有何见教？"岳瀚站在原地淡淡地道，那锐利的视线毫不掩饰地表露了他的怒火和不耐烦。

"数日之前，包括老衲在内的武林各大门派均收到一封匿名信，里面所书之内容足够震惊整个武林！"普悔大师慢慢地道。

"这与岳瀚又有何干？"知他必然有下文，岳瀚反倒不急了起来。

"林施主看一下这封匿名信便知老衲等的来意。" 普悔从宽大的袈裟僧袍内取出一封油纸信封，缓缓地加注内力，信封便缓缓飞到岳瀚面前，落到岳瀚伸出来的手中。

岳瀚利落地展开信笺，才看了几行，嘴角就露出讥诮的笑容，并不再看下去。他两指稍稍一弹，信已完璧归赵回到普悔大师手中，"岳瀚不觉得这信跟我有什么关系？"

"阿弥陀佛，既然林施主不屑看信，那老衲就把来意向施主表明，请教林施主与天魔是何关系？"普悔大师慢慢垂下眼眸，不怒不惊，出家人的定力和气度自然是不一般的。其实在他见到岳瀚的一瞬间，他已经肯定这个少年不会和天魔有所牵扯，因为此刻他虽然在震怒中，但是周身环绕的气息依旧透着清癯和几分超然物外。若非见他年纪实在太小，否则真的会以为他是参修佛道多年的高人，这样的人实在无法把他和"天魔"联系到一起。

普悔大师的话一出，在场的人几乎都屏住了呼吸，等待着岳瀚的回答，盯着岳瀚的视线更是须臾不离了。"天魔"便是蛊月教的教主，百年前给武林造成怎样的浩劫，虽然在座的都不曾经历过，但是上一辈传下来的训言实在太深刻了，以至于听到"天魔"的名字都不寒而栗。百年前整个武林以天地四绝为首对"蛊月教"围剿的一战，很多人至今都传诵不已，匿名信的出现让原本安定的武林陡然掀起了惊天巨浪，生怕百年前的惨剧重演。

李怜花本来恍惚的心神也被"天魔"这两个字拉回了心神，怒意立上眉心，怎么也没想到这些人会把"天魔"和瀚儿同日而语，不是诚心要瀚儿成为人人都欲诛杀的对象吗？

"大师身为一代高僧，出言之前不曾三思吗？"对于一向给人温柔和善印象的李怜花会说出如此不客气的话，而且对象还是少林掌门普悔大师，众人也极为意外。

见李怜花为他出头，岳瀚欣慰地一笑，心情突然大好。其实此刻他只要表明他是天地四绝的弟子，眼前的风波虽不至于立即平息，至少他的嫌疑会被完全洗清，然而偏偏岳瀚是个倔强性子，不屑借师父们的名头，"敢情上百英雄好汉是冲着我林岳瀚来的？那倒真是荣幸之至啊！就凭一封莫名其妙的信，各位就不辞辛劳、日夜兼程地到这小小的白河镇来兴师问罪了？在下倒是想知道，各位又是凭什么作如此认定？"

"岳瀚，信上指名道姓说你是天魔的后人，莫名其妙出现在江湖就是为了再度挑起武林浩劫，为天魔报仇。"清冷的嗓音缓缓道出匿名信上的重点，司徒明月眉都不动一下只是用陈述的语气继续道，"信上你的罪状不少，蛊惑怜花一绝做你的靠山在先，毁武林榜公然蔑视中原武林在后、收祁连兄弟与魔道勾结为三等。大大小小罪状有二十一条，除非你有证明自己清白的证据，否则，这个黑锅你不背还不行。"

听司徒明月的口气，分明对这封匿名信也是很不以为然的。会来这里，估计也是看笑话，岳瀚听到他波澜不惊的声音说完上述话后，大笑出声。那笑容如幽兰暗放，径自妖娆到了极点，那夺目的美让众人根本移不开眼睛，"我还以为自己人缘虽然不至于好，但总不至于坏到哪里去。现在看来，我的人缘何止不好，简直是坏到了极点。这红尘俗世才待了一个多月便遭来这众多英雄好汉的讨伐，简直是失败到极点！不过好在明月公子总算还是知己！"

见他不为自己辩白，反而说着风马牛不相及的话，柳清水和李怜花都有些焦急起来，上前一步，"那写信之人简直是无中生有岂有此理，岳瀚，你堂堂天——"

"住口！"岳瀚截住柳清水欲暴露他身份的话语，"这区区小事也要借师父的名头吗？也不嫌害臊！"

柳清水还想辩白却终于没再敢出声，只难为情地低下了头。

"瀚儿，你这又是使哪门子小性子，跟大师他们解释清楚便是了！"李怜花也没想到在这种生死攸关的场面下，小瀚儿的倔强性子还这么肆无忌惮，真是皇帝不急，急死太监。

"我说他们便信了吗？"岳瀚反问一声，眼睛看向普悔大师。从头到尾，这个少林掌门表现出的气度和风范不失为一代高僧的典范。因为大师父的关系，岳瀚对出家人也一向敬重有加，对于普悔的尴尬处境，岳瀚自然也是了然的。一夜之间，凭空而降的匿名信披露出令全江湖为之胆战心惊的消息，生为少林掌门武林泰斗，不出面也是不行的。

"老衲相信林施主。未见到施主之前，老衲所抱的念头也不过是亲自求证一番，并未认定信中之言的真实性。武林好不容易平静了些许年，老衲实在不想因为这凭空的信件坏了难得的和谐。"普悔实事求是的态度，让岳瀚暗自点头，遂也诚恳地道："在下林岳瀚在此郑重声明，在下与天魔并无任何关系！"

"老衲相信！"普悔大师双掌合十道。

一时间交头接耳议论声不断，"彩虹金钩"薛竹此刻慢慢走到岳瀚桌前，"瀚儿，薛爸从头到尾都是相信瀚儿你的。"

"谢谢薛爸！"

正当大家以为一场隐患将消弭于无形时，突然——

"我们也相信，因为那封信根本就是冤枉了神仙公子，真正跟天魔有关系的应该是怜花一绝李大侠才是！"

此语一出，众人又是一阵哗然惊呼，同时惨白了的还有李怜花的脸！

东方另类武侠经典·

神仙掌子〔一〕

蒲沁著

说话的赫然是那两个陌生的男子之一的年轻少年，那两人面带笑容表情愉悦地看着面色比纸还白的李怜花。

"放肆，两位是什么人，在这群英聚集之地岂容你们信口雌黄？"柳清水怒斥一声，用足了内力的"狮子吼"把众人震得气血翻滚，内力差的已经瘫坐到了地上。柳清水的这一手精纯的内力，把原本只关注在岳瀚和李怜花身上的目光吸引过了大半，纷纷暗自猜测这个一身绿色蟒袍的中年男子又是何方的高手。

那两个陌生男子竟然像完全未受到影响一般，犹自坐着，可见也不是一般之人。只听那年长的温儒男子气定神闲地道："清水神功柳大侠好精纯的内力，如意的气血现在还在翻滚呢！只是柳大侠与其冲着我们兄弟发火，怎么不回头问问怜花一绝李公子？"

这话一出，又是一阵轩然大波。这个着绿色蟒袍的男子竟然会是清水神功柳清水，这晚的震惊实在太多了，众人的目光已有大半开始在打量柳清水。这个十年未曾入过中原的武林榜第一，虽然现在已经退居到了第二，可是威名犹在，谁敢轻易撩其锋芒？

岳瀚从头到尾关注着李怜花非但苍白更夹杂痛苦的神情，听到那两人的话，他非但不为自己辩白，反而像是被剥夺了所有的力气一般，低下了头，身体如风中树叶不可自抑地颤抖。岳瀚见他这模样，心痛到了极点，哪还顾得了这大庭广众的，用力地抱住李怜花的腰身，"大哥，你别这样，别吓瀚儿，不管怎样，瀚儿绝对是站在大哥这一边，永远相信大哥的，大哥，你抱抱瀚儿好吗？大哥，大哥——"

奈何李怜花像是根本没听到岳瀚的声音一般，他的神智已经完全陷入了过去的回忆之中。任岳瀚怎么抱他，怎么喊他，怎么摇晃他，

他就如已经灵魂出窍一般，只剩下一具空的躯壳。这突然的变故把众人也愣在了原地，让他们相信李怜花是天魔的后人比让他们相信岳瀚是天魔的后人更为困难。毕竟李怜花一直代表着的是一种完美、优雅、从容以及正义，可是如今李怜花的失魂落魄、痛苦恐惧的模样又不禁让他们怀疑，难道真的有着什么不可见人的关系在其中？

岳瀚这回是真动怒了，轻轻点了李怜花的穴道，小心把李怜花的身子交到身边的柳清水手中，脸上的神情静如死水，"清水，一会若动起手来，你只管护好我大哥就行！"

见岳瀚连称呼都变了，柳清水知道，今天这事没法善了了。岳瀚和李怜花的感情之好，他这几天是亲眼所见亲耳所闻的，稍稍委屈对方都不舍得，哪容得被人如此欺负着。何况现在李怜花的情形实在让人担忧，他看了都觉得不忍不舍，何况是和他朝夕以对，感情深厚到了极点的岳瀚？

"两位见不得人的东西，是不是该把脸上的皮给剥下来了？"岳瀚冷然的眼睛直直看向那两个男子。他承认这两人的易容术极为高明，连他也差点被骗了，不过假的还是假的，骗得了大哥和众人，又岂能瞒得过他？只是他更想知道的是这两张面孔原来的主人跟大哥是什么关系。

岳瀚这话一出，众人先是一惊，很快又恢复了原来的脸色。

"公子，这两人自称是'天地四绝'中水前辈的弟子！"祁连兄弟的老二突然上前道，眼中的不屑毫不掩饰地看向那两人。

若非手里抱着李怜花，柳清水简直想跳出去大喊"无耻"了。难怪被岳瀚说破他们掩盖了真面目，依旧镇定自若，敢情早就找好了退路。想来也是，若非众人被他们的假身份蒙蔽，怎么可能让这么两个陌生的从未在武林现过身的人坐在这大堂之中？只是他们怕是怎么也没料到正主就在他们面前吧！

柳清水也冲着那两人冷笑一声："竟然敢假借'天地四绝'的名头，阁下胆子不小啊！"

"阿二，岳瀚有个大大的出名的机会送给你可要？"岳瀚突然笑了起来。

祁连老二也阴森森地一笑道："公子送的自然是要的！"

"这两人既然宣称是不老神仙的门下，武功必然是极为高明。阿二，你们如打败于他，岂不是一个大大的出名的机会？"岳瀚的脸上在笑，眼里可是半分笑意也没有。

"遵公子命！"祁连兄弟整齐躬身道，随后全部往那两人走去。

"放肆！慕容盟主，这就是你们表达对家师的仰慕之道？竟然眼睁睁地看着这几个不知死活的跳梁小丑辱及家师的声誉？"那年轻的少年稍露紧张之色，嘴上却还一副义正词严的模样。

"这，这个……"慕容英宏不由也有些为难。情势发展完全出乎他的意料，是非真假都很难分辨。对于这两人的身份，他也有些怀疑，但他们所使用的水千月的独门轻功也确实是真的，真是左右为难，让他这一时之间不知道是帮还是不帮的好？

"怎么，怕了？虽然我觉得祁连兄弟教训你们实在是绰绰有余了，但是既然你们都把不老神仙的名号抬了出来，我若不给点面子好像也说不过去。如今这中原武林排名最高的就是我神仙公子林岳瀚了，本人亲自请两位'赐教'应该不算辱及声誉了吧！"

故意把"赐教"两字说得极重，竟然博得司徒明月的一阵轻笑，慕容英宏也因为岳瀚的话得到了解围，"两位公子，神仙公子若亲自讨教的话，的确算不得对前辈不敬！"

说话之间岳瀚已徐徐往他们桌前走去，而祁连兄弟在他跨出第一步时已经退到那两人的身后，以防他们逃脱。岳瀚的每一步都走得很缓慢，脚步过后的地方，留下的是深过五寸的脚印。原本想说些什么的"彩虹金钩"薛竹，见到那脚印后，便闭上了刚张开的嘴。慕容英宏以及其他众人，也都呆了，岳瀚真不是天魔的后人便罢，若真是，凭这等内力，在场的人谁又能奈他何？

神仙掌【一】

东方另类武侠经典·

第十七章　生死殁

所有的人一阵胆寒，在知道李怜花和林岳瀚是这种关系之后，谁的心里没有想法？有鄙视、有猥亵、有唾弃，然而此刻看到岳瀚谈笑间杀人的情景，怎么都有种杀鸡儆猴的感觉。

"哈哈，好你个林岳瀚，是本座太低估你了！"那自称叫如意的年长男子突然仰天大笑，接着从脖子后面缓缓一撕，一张极为妖媚的芙蓉面露了出来，竟然不输李怜花半分。那年轻的少年也缓缓撕下人皮面具，竟然是个妙龄女子，却发出"桀桀"的阴森笑声："小子，我们又见面了！"

对于面具后的这两张脸，岳瀚本人也有些惊讶，不过惊讶的不是那男子的面容，而是那阴笑不已的女子，"竟然是你！"

这个女子正是那日在险龙地被侥幸逃脱的"千变鬼女"，岳瀚以为她即便不死也断无机会恢复得这么快，没想到竟然在此地又见到她，想必帮的便是她身边那个妖媚男子了。

"不错，小子，今天我们新账旧账一起清算！"那少女自己看上去不过二八年华，却一个劲叫岳瀚小子，让旁人看得突兀不已。岳瀚却知道她看上去虽然年不过二八，然而实际年龄恐怕倒过来都绰绰有余了。上次见她还是浑身溃烂，一时不慎让她逃了，没想到短短一个多月，竟然完全恢复，还变得如此年轻，不知道又是害了多少条人命才会如此？

"千变鬼女，你什么时候脱离冼月教改投了蛊月教？那日你侥幸逃脱后，不知悔改，竟然又造下无数杀孽，今天我定然饶你不得！"

岳瀚此话一出，众人慌不其然退后了一步，"蛊月教"三个字就像是瘟疫一般，被传染了的众人一脸灰绿色。

慕容英宏、司徒明月、薛竹和普悔大师也都露出了凝重的神色，到此刻才意识到遭了人家的利用，踩进了一个大圈套。再看那两人依旧神色张狂，似有所持，不由也心神一凛，暗自戒备到了极点。

"黄口小儿，不知死活，你们以为今天还能活着离开这白河镇？"说话的正是那妖媚男子，"他们早就中了本座的'魔蛊'，除非向本座投诚，否则谁也休想生离此地！"

这话刚完，人群中已经传出惊叫，好几个人突然倒了下去，四肢抽搐，转眼就命赴黄泉，从那些人耳朵里都飞出一只黑色翅膀的小虫，慢慢飞到了那妖媚男子的手上，然后转眼间钻进了他的手腕里面。众人看得一阵恶心胆寒，想到自己的身体里面也有这么一只催命魔鬼，恐惧就不可抑制地蔓延开来。

"阿弥陀佛！阁下好阴险歹毒的手段，那封匿名信也是阁下的杰作了吧，目的就是为了把在场的人聚集到一起，一网打尽！"普悔大师的话如一声惊雷，震醒了所有的人，如今即便知道上了人家的当，但是已经来不及了。

"大师不愧是得道高僧，生死面前也平静如常。不错，那封匿名信确是本座所写，目的也正如大师所说。一切都很顺利，各位站在这里就是最明显的证据不是吗？"罪魁祸首妖媚地笑着，供认不讳地道，让人恨不得撕毁他脸上的笑容。

"你一开始的目的就是要毁了我，为什么又改变主意害我大哥？"岳瀚此刻并不关心别的，他的心思全部都在李怜花到底有什么过往瞒着他，而眼前这个男人显然掌握了这些秘密。

"哈哈，林岳瀚，你现在伤心吗？心痛吗？本座也想让你尝尝心痛的滋味，你竟然毁了本座苦心培育了多年的'三叶草'，更毁了我的'血蛊'，这只不过是让你付出小小的代价而已。你好奇吗？你好奇这两个面具的主人与李怜花究竟是什么关系吗？为什么李怜花见到他们就失魂落魄？你想知道李怜花到底瞒了你什么样的过往吗？对于李怜花奇怪的癖好，你不想知道是怎样造成的吗？所有的这些我通通

144

神仙掌子 [Ⅰ]

东方另类武侠经典·

都知道，但是我都不会告诉你。怎样？被心爱的人瞒着的痛苦很不好受吧！与其打击你，不如直接打击李怜花，那样造成的痛苦远比打击你的效果更好，不是吗？"

那人的每一字每一句都深深敲打在岳瀚的心上，让他恨到极点怒到极点却什么也说不出来，握紧的拳头，铁青的脸色都在显示着那人的目的达到了。

所有人都用不敢置信的目光看着铁青着脸的林岳瀚和已经被点了昏睡穴的李怜花，连柳清水在内都觉得像是被人敲了一闷棍一般，原来不是他的错觉，他们竟然真的是——

"还有吗？何不一次性说个够！"岳瀚的背挺得笔直，清冷的语调冷得让人发怵，不理会众人落在他身上有鄙夷、有恶心、有惊讶、有猥亵的目光，"若阁下说完了，是不是也该让岳瀚回敬一下？"

"下"字出口，人已经到了他们面前，水袖一甩，柔嫩的掌心便已迎面而去。似乎没料到岳瀚会突然出手，两人一慌之余立即极快阻挡反击，双掌相接之后，没想到岳瀚反而倏地倒退三尺，站到了一边，轻蔑地一笑，"果然是你，我早就怀疑你了！"

岳瀚手里不知何时多了一只墨玉黑笔，"难怪你知道这么多不为人知的秘密，难怪你可以冒充不老神仙的弟子而没人发觉，也难怪你有如此猖狂的资本。你苦心经营多年，本指望顺理成章站出来一呼百应的。没想到张家村险龙地的秘密无意中被我发现，你想以救世主的姿态出现的计划无奈胎死腹中；接着我大哥退出武林榜之事大大削弱了武林榜的威信，你就故意把我的名字列上武林榜首，指望引起武林纷争械斗的场面也没有如你愿发生，反而让祁连兄弟大大出了风头。你熬不住了，怕再这么下去，多年的经营会完全毁于一旦，所以你迫不及待地要除去我，我说得可对？如意阁下？或者我该叫你方生死更妥当一些！"

又是一声更大的惊雷！

众人已经被这一连串的、一件比一件让人震惊意外的事情骇得完全不知所措了！

方生死？没想到在执掌武林笔的就是这么一个妖艳的男子，每个人见到他的表情都或多或少地有些回避，谁没有个几桩见不得人的勾当无法暴露在光天化日之下？李怜花的例子便摆在眼前，谁又敢说自己比别人清白干净到哪里去？

被岳瀚叫破身份的方生死自己也是一愣，"果然是低估了你，既然如此，今天是断不能留你性命了！明天整个武林就都会知道，神仙公子林岳瀚与天魔后人李怜花有染，并且勾结清水神宫的柳清水一图血洗中原武林，慕容盟主和薛大侠以及少林掌门普悔大师带领上百英雄好汉力抗魔道，不幸全部丧生在三个魔头之手。适逢最最公正无私的武林笔方生死目睹，不忍武林就此落于魔人之手，联合了同样不忍目睹如此惨烈的杀戮的清水宫的其他有良知之辈，共同对抗三个魔人，在经过千辛万苦的血战之后，终于力挽狂澜，除去了武林的魔星。对于这样的说辞，在座的认为可好？"

众人一阵胆寒，看来今天他是打算把知道这些秘密的人全部除掉一个也不留了，群情一阵激动。

"卑鄙的小人，老子先劈了你——"一声大吼后，一条壮阔的身影从人群中飞掠而出，直冲向方生死的所站之地。

只见那千变鬼女手一挥，人还未到身前，就见"砰——"的一声掉落在地，抽搐一下，转眼死去。

"不自量力的东西！"千变鬼女看也不看地上的尸体一眼，不屑地道。

"阿弥陀佛，女施主好恶毒的手段！"普悔大师的面上也有了怒容，袈裟拂动间人已直往两人而去，紧随其后的便是"彩虹金钩"薛竹和慕容英宏两人。

"大师且慢！"既然阴谋已经被揭穿，岳瀚自然没有轻易放过他们的打算，只是此刻他们还不能死，否则他将从何去解开李怜花的心结？所以眼见普悔大师他们的动作，连忙上前阻挡。

"瀚儿，你为何挡住我们？"薛竹顿住身形，满是疑惑，最应该恨方生死的人不应该是岳瀚吗？怎么此刻反倒拦住他们？

"薛爸，你们个个身上都中了他的蛊，此刻动手无疑是送死！"岳

神仙掌子【一】

东方另类武侠经典·

瀚的话让薛竹在内的所有人都泄了气。

"难不成就坐以待毙不成？"薛竹愤愤地道。

"还是林岳瀚识相，本座劝你们别做无谓的挣扎了，若没有万无一失的计划，本座岂会如此胸有成竹？各位不妨打开窗子看看四周。"方生死妖邪狂妄地大笑了起来，笑容美艳，却没人欣赏。

本就慌乱的人群，纷纷打开窗子，原来不知何时，周围房顶四周早就聚集了成百的手握弩弓火箭的黑衣人。领头的两个男子穿着黑色水靠，正站在正中间，此刻也翩然飞落，大而皇之地快步到了方生死面前，恭敬地道："启禀主上，所有的人员全部准备好了，只等主上下令，保证连一只苍蝇都休想飞出去。"

柳清水一见这两人，眦眦欲裂，怒吼一声："柳西风，柳南绝，你们这两个叛徒，竟然与这斯狼狈为奸背叛清水宫？"

"我们要的是辉煌的武林，而不是跟着你住在只有牛马的塞外，死守着那座破宫殿。那有什么意思？"柳西风阴鸷的嘴脸满是讥消。

"我们兄弟不止一次跟你提起回中原称雄，奈何你就是冥顽不灵，如今就别怪我们心狠手辣了。如若你此时杀了你手里的怜花一绝，我们兄弟可以代你向主上求情，放你一条生路，还把嫂夫人和小侄子一并放了。怎么样？这个条件很优厚吧！"柳南绝也一脸阴笑着补充道。

"你该死——"岳瀚在他提到李怜花的一刹那，目中杀机尽现，双脚无声息地一滑之间，手臂一伸，修长的五指已经扣住了柳南绝的脖子，再一滑一缩之间，柳南绝已落到了岳瀚手里。这一瞬间如电光火石，让柳南绝根本连防备都来不及，要害已经落入他人手中了。

柳南绝张大了嘴，瞪大了双目，眼中露出求饶之色，岳瀚仿若不见，手指稍稍用力了一下，只听到清脆的"咯嘣"一声，柳南绝的头已经软软垂下了。他毫不犹豫地松手，任由尸体倒在脚下，看也不看一眼就拿出手巾擦了擦手，头也没抬淡淡地道："以后只要被我听到有谁妄想打李怜花的主意，不管他是谁，眼前的就是榜样！"

所有的人一阵胆寒，在知道李怜花和林岳瀚是这种关系之后，谁的心里没有想法？有鄙视、有猥亵、有唾弃，然而此刻看到岳瀚谈笑间杀人的情景，怎么都有种杀鸡儆猴的感觉。特别是柳清水，总觉得岳瀚这话是说给他听的，因为有那么一瞬间，他差点动摇了。虽然只是一瞬间，他依旧觉得对不起岳瀚和李怜花对他的信任。

柳西风气得浑身发抖，却不敢再放厥词。面前这个漂亮到极点的少年哪是什么神仙公子，分明是个冷面杀星，不动声色间便夺人一条性命，比之方生死不遑多让。

方生死饶有兴味看着这一幕，仿佛死的不是他的手下一般，"还真看不出来，林岳瀚，你倒也是个心狠手辣的主儿！有意思，看来为了李怜花你还真是豁出去了。可惜他现在根本不能感受到你对他的一片真心情意，说不定此刻在梦中他正和别的人在翻云覆雨呢。枉费你为他顶着这许多人的鄙视目光，不如弃他跟本座好了，本座保证在床上也绝对让岳瀚你称心如意，如何？"

这番话端的是猥亵下流到极点！他是吃定岳瀚暂时不会把他怎么样的！

"方生死，你写了大半辈子武林志，整日里钻营在不可能实现的妄想之中，权谋着用别人的隐私控制人心，你可曾为你自己也书上一笔？"岳瀚的表情有些耐人寻味，不动不气冷笑了两声。

本想留他一条命好解开李怜花的心结，可是如今他改变主意了。他相信他的爱足够唤醒李怜花，即便不能，他也决定不管李怜花变成什么样，都是他爱的人。只要他活着一天都不会允许有人欺负他，既然如此，眼前这个碍眼的家伙就完全没有留下的必要了。

主意既定，杀意自然毫不掩藏地露出。方生死也敏锐地发现了岳瀚比之先前的不同了，他料到岳瀚因为爱李怜花，短时间内不至于对自己下杀手，可是他没料到的是，也正因为岳瀚太爱李怜花，反而激起了他鱼死网破的决心。

"林岳瀚，你以为在这样的形势下，你有胜算？"撇去岳瀚的杀气对自己的影响，方生死把握十足地道。

"何不试试？"随着话语落定，岳瀚的周身突然围绕了一整圈的白色烟雾，似有若无地消散到了空气中，"方生死，你可知道这是什

么？"

"小子，你又在故弄什么玄虚？"千变鬼女忍不住插嘴道。

"普悔大师，薛爸，慕容盟主，以及在座的大家仔细听好了，适才的烟雾足够暂时克制住你们体内的蛊不受方生死的召唤，不想坐以待毙的，就行动吧，等灭了方生死，岳瀚再设法为大家排出'魔蛊'！"岳瀚的话声不大不小，正好让全部的人都听见。

"不可能！小子，你别信口雌黄了，谁要信你只会死得更快一些！"千变鬼女怪笑着，像是在听天方夜谭一般。

方生死也笑得妖娆娆媚到了极点，"林岳瀚，别说是你一个乳臭未干的小子，即便如今天地四绝站在本座面前，也未必敢大放厥词说能克制住本座的'魔蛊'！"

众人都一阵犹豫，蝼蚁尚且偷生，何况是人，再怎么英雄好汉，在死亡面前一样都会恐惧，如今他们的命就像是人家砧板上的肉，根本由不了他们自己。

"岳瀚，我相信你！"此刻月已西斜，离天亮不会太远了，月亮的光芒已经不再盛大，但这说话的清朗男子却有着比皓月还明亮的风华。

"明月果然是好朋友！一会儿这个千变鬼女便交给明月兄如何？"岳瀚好整以暇地开始分配任务了。

"吾所愿也，不敢请耳！"回答他的是司徒明月揶揄的语声。

"瀚儿，还有薛爸，你不会把我忘了吧！"彩虹金钩双目一瞪，故作不快地道。

"怎么会忘记薛爸呢？外面那么多的龟子龟孙真等着薛爸好好去教训呢！"岳瀚指指四周屋顶上的黑衣人。

"任务不少嘛，可要把薛爸这副老骨头给折腾散了！"薛竹嘴上如此抱怨，可他表现出来的蠢蠢欲动说明真实的心情正好相反。

"薛兄，你胃口太大了，总得分一些给老弟我啊！"慕容英宏连忙接口道，那表情更绝，像是生怕被抢光了，一个没留给自己。

薛竹稍一错愕："啊？哈哈！好，盟主老弟你都开了口，老兄也不好不给面子，左边的归你，右边的归我！"

"阿弥陀佛，老衲是出家人，本该遵守戒律，不过此刻看到两位老友如此豪气，老衲今日也想破戒一次。林小施主，不知道可否给老衲也分配一下任务？"普悔大师一脸正经地自动请缨。

"愿为公子战！"祁连兄弟声震云霄。

他们这几人在那一唱一和的，完全把方生死他们当成了瓮中之物，饶是心机深重的方生死，此刻也忍不住怒气滔天，"林岳瀚，本座今天会让你付出代价的，动手——"

"方生死，你马上就会知道，你死就死在你没查清楚我的来历就下了这样的判断！"岳瀚清冷一笑，回头看了一眼柳清水怀里依旧苍白昏睡着的李怜花，"清水，退后，我可不想让这些人的脏血污了我大哥的衣裳。"

"是！"柳清水抱着李怜花的身子毫不迟疑地腾身退后，落到了柜台后面。

薛竹在第一时间人已往外掠去，金钩已经在手，紧随着的是正是姑苏慕容老爷子，两人如大鹏展翅般地迎向漫天的火箭。

司徒明月白衣一展，明亮的双眸如炬地盯着千变鬼女，几乎同一时间，两人都出手了。

比较倒霉的是柳西风，刚回身，便落进了祁连七兄弟的包围圈之中，自然落不下什么好。

普悔大师的金刚指显然也练到了登峰造极，每次指风过后，都有人从高处掉落。

方生死静静站着，面色有些灰暗，不复妖娆。任他怎么催动"魔蛊"，无奈"魔蛊"就是纹丝不动，像是睡着了一般，更别提杀死在场的众人了。岳瀚嘴带讥诮地看着他，"怎样？是不是发现你的蛊不听你的召唤？"

本来踌躇在原地的一干武林人物，眼见慕容英宏他们杀得酣畅淋漓，蛊毒也未曾发作，不由也心痒难耐起来，如今一听岳瀚的话，心更是整个落了地，不知是谁大喊一声："大家上啊，杀了这帮兔崽子，出口恶气——"

场面乱如一锅粥，桌椅破碎，兵器乱飞，火光满天，血和尸体到

处都是。

伫立在场中静止不动的唯有林岳瀚和方生死，只一刹那，两条人影便破顶而出，四手相错，掌指相接，凌空间已经交换了好几十招。岳瀚在恨和怒的激发下，自然招招不留情，方生死也抱定主意不是你死，就是他亡。广神飘忽之间，气流激荡，震碎无数门棂窗框，两个妖娆美艳到极点的男子一个为天下，一个为情人，各自馨尽武学拼得是日月无光。

方生死不愧为武林笔的执掌人，这些年几代传承下来，不知道得了多少武林成名人士的招式武功，加上后天为之整合，吸收为己用，难怪他有称雄的资本。不过正是因为方生死的很多招式都是偷来整合的，所以并不能完全领会那些武功的真正要领，就像他如今所用的轻功，看似真的和不老神仙水千月的独门轻功很相像，实际还是没得要领。如今在真正的天地四绝弟子岳瀚的对比下，明显就能看出其中的差距。

"林岳瀚，你到底是什么人？"方生死自然也看出来了，口中厉声问道，手中的招式分毫不慢。

"你说呢？你在正主面前冒充正主的时候，不曾三思过吗？"岳瀚回击的招式越见猛烈，"本来你要做你的武林皇帝我不管，可是偏偏你要自己招惹到我的头上。你最最不该的是，居然伤害我的大哥。这是今天导致你失败的最大的原因。"

两人已经转战到了白河之上，凌空定形，足不沾水。天色此时已经微亮，迎着远方的那一抹暗白，白衣墨发，无风自动，岳瀚的招式越见行云流水酣畅淋漓，而方生死却已有内力不继，真气不畅的迹象，应对之间已经开始勉强。

"原来你是天地四绝的弟子！"方生死的雄心壮志被灭了大半，自己苦心经营多年，没想到竟然要毁在今天。多年等待，以为天地四绝早该是作古的人了，未曾想到他们还收了个传人。难道真的是天意？他不甘心啊，眼看一朝过后，富贵权势转眼将得，没料到却要落个竹篮打水一场空。

既然注定是失败的结局，那么他也要拉个垫背的。方生死妖媚的脸上绽放出绝美的笑颜，倾尽全力，毁天灭地！

岳瀚震撼于那绝美一笑，毫不躲闪迎上这地动天摇的一击，掌心相触，激起千层狂浪，鲜红的血雾喷出，两条白影各自倒飞了出去，其中一条慢慢往河中落去⋯⋯

岳瀚一惊，努力抑制住也欲喷吐的血腥之味，电光火石之间已经抱住了方生死即将下坠到河里的身体，足尖轻点，踏水临波，已落到岸边草地上。

轻轻放下他，岳瀚也不知道为什么突然要救他，明明心中恨海滔天，全力一击的时候也是抱定要他死的决心的。也许是他那绝望不甘心的笑容震撼了他，那么不甘服从上天的安排，欲挣扎出全新命运的笑容，让他无意中已经抱住了他。

大口的鲜血狂涌而出，其间夹杂着暗黑的血块，妖艳的面容已一片青白。岳瀚知道他的内脏已经碎裂，纵使华佗再世，扁鹊重生，也无力回天了。看着他的表情，岳瀚也不知是喜是悲。

"为什么，又，又要救我？"方生死挣扎着想要坐起，眼中有着迷惑和道不明的情感。

岳瀚轻轻扶起他，眉头微皱，"我也不知道为什么会救你！也许是因为你终究是个可敬的对手，只是你选择了一条错误的路。"

"哈哈，林岳瀚，我，我真不该选、选你做对手，若、若我们，不是今天这样的场面下认识，我们会、成为知己吗？"方生死嘴角勉强的笑容映衬在鲜血下，透着诡异的妖媚神采。

"也许！"岳瀚自己也不知道，对于自己的前路他也透着些许迷惘，今日之后，他又该如何？

方生死却像是很满意他的答案，一直强睁的眼睛，无力地微闭上，嘴角一直带着绝美的笑容，"死在你手里，我认命！香山筑，武林志，李怜——花！"

朝露慢慢消失在叶片的时候，狂妄的方生死终于结束了他短暂的一生，死在他为之认命敬佩的对手怀里。可叹他的死留给后人的除了喜悦之外就是安心了，那些秘密都将随着他的死去而深埋入土。

第十八章　梦魇

李怜花知道接下来将要发生什么，却无力阻止。他说的任何话，年少的自己都听不见，不想再去面对那不堪的一幕，可是发现自己的腿不受控制地跟着少年时的自己往前进。悲哀的自己、淫荡的自己、低贱的自己、残喘活下来的自己……

"仙人居"的店堂里完全是一副恶战过后的场景：坏人固然死了大半，好人也伤残不少；被俘虏的投降的则灰头土脸被点了穴道扔在一边，从他们脸上的伤痕来看，投降后还是遭了不少恶待的。

又是一场正义战胜邪恶的光辉之役，虽然正义这方受伤也很惨重，但是每个人的脸上还是挂着开心的面容，至少对参加这场大决战的人来说，留给后代子孙的将是光辉的侠义形象。即便此刻狼狈地躲在角落里裹伤，还是不忘记彼此恭维称赞。

而对身为这场胜利的最大功臣岳瀚来说，他完全没有半点开心。这就是名利的本质，不管是哪边胜利哪边失败，代价都是无数鲜血。岳瀚第一次深思自己的存在到底是解救了这武林的一场罹难，还是催化加剧了更多的血腥。

带着迷惘与困惑，当岳瀚只身走进店堂时，无数目光同时聚集到他身上，是敬仰，羡慕，带着希望的目光。唯一一张完好的桌子边四个人几乎同时全部起立，迎上前来，又不约而同同时开口。

"瀚儿，你怎么样？方生死那厮呢？"彩虹金钩薛竹一脸关切，担心地看着岳瀚白衣上的刺目血迹。

"岳瀚，你还好吧！"其次说话的是司徒明月，这个一贯淡定的男子唯独对岳瀚一再失了他的从容。

"林小施主，可有受伤？老衲身上带有一颗少林大还丹！"普悔大师从袈裟里拿出一个精致的瓷瓶。

"老夫这里也有疗伤圣药，林公子可要？"慕容英宏也毫不吝啬地递上红色的小瓶子。

岳瀚有些百感交集地看了他们一眼，只轻轻摇头，表明他没什么大碍，然后眼光便急切地寻找他想念的人的身影，却没有看见。

"岳瀚，可是找李兄？他在后面跨院，柳大侠在守着他！"司徒明月见他的表情连忙道。

"多谢！"此刻岳瀚才开口说了进门的第一句话，声音竟然不复清脆，而是低沉的沙哑。

见他匆匆往后院走去，被留下的四人面面相觑，想到的都是岳瀚和李怜花的关系。这是一种尴尬的对视，无法认同却又无法指责，如今更是不能提起。谁都没有忘记方生死的"魔蛊"还留在体内，而方生死是死是活都有待岳瀚给他们解答，那死去的柳南绝的尸体还扔在角落处，谁敢在这微妙关头提起那"禁忌"的话题，连在心里偷想一下，也觉得心慌不已。

祁连兄弟七人中伤了四个，包扎之处还映出血迹，却依旧神色严峻地持着兵器站在一扇打开着的门外。门内两边是小机灵父子沉默地站着，床边正襟危坐着的正是柳清水，那床上躺着的自然不用说了。见到岳瀚的身影，每个人的表情都有些不同，但是相同的都是如释重负地轻叹。

祁连兄弟收回了兵器，小机灵父子也松开了拳头，柳清水也放松了僵硬的身体。他们虽然同是守护着李怜花，却是谁也不相信谁。祁连兄弟防备着柳清水，柳南绝大堂上的那番话，让他们多少猜忌着柳清水的清白；柳清水则防备着小机灵父子，这对父子虽然是对车夫，可是未免也太处变不惊了，岳瀚既然把怜花交给自己守护，自然容不得有半点闪失；而小机灵父子则也在暗中防备着祁连兄弟，二公子既然会把大公子交给柳清水，说明柳清水起码是值得信任的，这个祁连七兄弟虽然自战败后，一直对公子很忠心，但毕竟不是正道之人，保

不齐会出什么乱子，自然是要防一把的。

外人看见，只以为他们共同守护着李怜花，又岂知他们各怀的心思？除非见到岳瀚，否则这种对峙将一直持续下去。

"大哥，瀚儿回来了！"岳瀚轻轻地抚摸着李怜花苍白的脸颊。

"岳瀚，要不要解开怜花的穴道？"好半晌，柳清水只静静听着岳瀚的低诉，看着那交握着的手为之动容。这两人啊，合该是要相爱的，他不忍打断这宁静的画面，但是一个失魂落魄的李怜花已经够让人焦心的，若再多个自言自语的林岳瀚就更让人受不了了，他只能小心翼翼地插嘴。

"啊？我这个样子不能见大哥的。小机灵，快给我烧水，我要沐浴。"像是刚刚才回过神，岳瀚的样子有些慌张，看着自己满身的鲜血，有方生死的，也有他自己的，他没忘记承诺过李怜花从此轻易不动武，怕醒来的李怜花看见会心疼，急切盼咐道。

"二公子，热水早就备妥了，就在隔间里，公子随时可以沐浴，干净衣裳也已经准备在了里间。"小机灵连忙回答。

岳瀚走进隔间，果然看到一个被架高的巨大澡桶，底下还有未燃尽的柴火，隔着一定的距离，不会烧破澡桶却也不会让水冷却。果然是早就备下了，叫他小机灵还真是没有叫错。他踩着板凳，跨进澡桶，一阵菊花香料的味道，足够把他身上的血腥味完全掩去。

放松自己后，一直被他压抑的血气再度翻涌一口血雾喷出，屏风上尽是点点艳红。方生死的那一掌果然不轻，他有百年内力护身，依旧被震伤了内腑，这伤怕不是三天五日便可以恢复过来的。

心口处也隐隐作痛起来，经过这一役之后，这个少年模样的身体怕是同样变得脆弱不堪了。他努力平息了一下血气，仔细洗过身上的每处，确认不会留下血腥的气息，才离桶而出。

一身淡淡菊花香的岳瀚小心翼翼地扶抱起李怜花的上半身，所有的人都已在他的示意下退出了这个房间，留下一室宁静给他们。

颤抖的手指几次欲解开那被点的昏睡穴，却又几次缩回，昨夜大哥那即将崩溃的脸到如今仍让他心有余悸。他不知道会看到怎样的大哥，这让岳瀚的心里满是挣扎。

　　方生死死前的那九个字分明是在告诉他，所有关于大哥的秘密都被他书在武林志中，那他是不是该先去一趟香山筑？

　　岳瀚陷入犹豫之中，李怜花却陷入了十年不曾回想过的梦魇之中。以为早被遗忘了的过去，竟然无声无息潜回了他的梦里。知道自己是在梦中，却无力让自己醒转，眼睁睁地看着少年时的自己拿着剑在浴血奋战之中，而他只是个旁观者。

东方另类武侠经典·

　　这是他进入雁荡山魔宫的第几天了？他自己也不知道，只知道一路上鲜血不断。到底杀了多少人他自己也不知道，杀人杀到手都软的感觉原来是那么的糟糕，人的性命到了这里就变得什么都不是了。突然间他对自己多年来除魔卫道的决心有些动摇起来。也许他根本不该来这里，这一路上机关重重，箭林毒雨不断，鹅黄的公子衫早就染上了许多血污，幸好自他半个时辰前进入这条甬道以来，一个敌人也没见到。只是这条甬道也未免太长了一些，这么久的时间还没走到尽头。

　　李怜花一直拦在少年的自己面前，不断用力冲他喊道："不要再往里走！停下！"他知道接下来将要发生什么，却无力阻止。他说的任何话，年少的自己都听不见。他不想再去面对那不堪的一幕，可是发现自己的腿不受控制地跟着少年时的自己往前进。

　　甬道尽头的那道石门出现在眼前时，李怜花的泪水也先一步流下。悲哀的自己、淫荡的自己、低贱的自己、残喘地活下来的自己……一切的一切都让他无法坦然面对，"不要进去！求你——"

　　话落时，那石门已被推开，不可逆转的命运再一次袒露在李怜花面前，提醒他不许忘却——

　　粉红色的绢纱罗帐里一对对身体交相缠绕，中间的石台上衣不遮体的少男少女旖旎的歌舞风光，情欲散发着浓浓的诱惑，催生着糜烂任满室飘散。

　　年少的李怜花面红耳赤，进退两难。单手握剑的他像是个傻瓜，被完全隔绝摒弃在外。鼻息间不断吸入浓郁的香气，眼睛里竟然开始出现幻影。几曾想过闯过重重机关后，见到的竟然是这番酒池肉林、

春色无边的场景？

一个冰冷的身体从背后搂抱住他的时候，内心分明要反抗挣开的意念竟然完全指挥不了自己的手脚，手中的剑也在越来越沉重中，滑落于地，未发出半丝声响。惊慌失措中他清醒地意识到自己上当了，却已是来不及。

浑身软绵绵的，连声音也发不出半分，身体的触感却加倍敏感起来。那冰冷的双手缓慢却强势地解开了他的腰带，除去了他的外衣……年少的李怜花拼命地想要挣扎，想要呐喊，却什么也做不到，他甚至连身后的人长什么样也看不到。

而站在他面前的李怜花却早已泪水满面。嘶吼、怒骂都无济于事，除了泪水和无力，他什么也做不了。他就站在少年的自己面前，看着他的恐惧和挣扎，也看着他身后给他制造了恐惧和梦魇的男人，颤抖得不能自己。他蒙住自己的眼睛，即便不去想，那些场景依旧如画卷般展现在他面前。

"大哥，你醒醒！求你睁开眼睛，看看我！我是瀚儿！你做噩梦了，大哥，大哥——"身子被一种力量用力往回拉扯，远处那一声比一声凄厉的"大哥"声让他的心揪成一片。是瀚儿，是瀚儿在喊他，那么撕心裂肺，可是如此这般的自己，怎么配得起他纯洁无垢的瀚儿？

岳瀚恐惧地看着已经被解了穴道，却犹自不醒的大哥。他的表情是那么哀戚和痛苦，他的泪不停流淌，沾湿了头下的羽毛枕。他知道他陷入了梦魇之中，遂用力地摇晃，用力地呼喊，却怎么也无法让他醒转，他就要失去他了吗？

心口处的疼痛来得那么剧烈，可是却不想吃药，他的痛比得上大哥的痛吗？看来他再也不能犹豫，无论如何也该亲自走趟香山筑。他必须知道，在大哥的身上曾经发生过什么，他无法看着他如此痛苦、如此流泪而无动于衷。那些让他痛苦的过去，他无法帮他抹灭掉，但是他愿意帮他重新站起来。只要他还爱着自己，没有什么苦难是渡不过去的。他只知道现在的自己根本不能失去他。岳瀚觉得自己已经形同疯狂了，而方生死临死前说的那九个字，则像魔咒一般不停地在他脑海里翻滚："香山筑，武林志，李怜花"！

不再迟疑，他从怀里的瓷瓶中取出一颗护心丹吞服下，再取出一颗，喂进李怜花口中，强迫他吞下。此去香山筑一来一回最少也需三天以上的时间，这颗护心丹可保大哥三天不需进食，只需喂食少许水便可。三天，三天之后，不管大哥愿不愿醒来，他都会把他弄醒，即便去跟阎王爷夺命，他也绝不退缩。

东方另类武侠经典

把大哥交给了柳清水和祁连七兄弟照看，同时暗中把鬼魅和银雪留在大哥身边，以防他若不在有什么变故。大哥此刻无力自保，有鬼魅和银雪在，就万无一失了。紧接着岳瀚不顾内伤，当即就离开白河镇去找寻那令李怜花噩梦不已的真相。

一夜飞驰八百多里，终于到了香山。这香山百多年前不叫香山，叫无名山。突然有一日，这满山皆被粉红色的桃花瓣覆盖，散发着浓浓的香味，传说十里之外都闻得到，从此，这无名山便改叫香山，当地人也叫桃花山。

其实这香山也不过就是个比普通的山丘大上一些，比之黄山的奇伟，华山的陡峭，这香山根本可算是一个土堆一般，谁又想得到这小小的香山竟然藏了武林两百年来的秘密呢？

岳瀚披星戴月到达香山脚下的时候，正值午夜时分。他还未来得及喘口气，便感觉到从四面八方传来的阵阵杀气，不由立即敛神而立，冷眼扫看一下四周，"不用藏头露尾了，既然来了，就全部给我出来！"

话刚完，只见四面八方一闪之间，数十条黑影已捷如鬼魅幽灵一般把岳瀚重重包围在其中，其中一把阴恻恻的声音厉笑道："来者何人，深夜擅闯香山所谓何来？"

"我是谁，你们没有必要知道，识相的最好不要拦我的路，否则耽误了我的时间，怕你们赔不起！"岳瀚冷冷地看了他们一眼，已猜到这些人多半是暗中守候在这里的护卫，不容许有外人闯入。此刻方生死已死的消息不知道有没有传到这里？反正不管有没有，这些人敢阻挠他探知真相，就别怪他心狠手辣。

"小子好狂妄的口气，我等倒要领教一下，怎么个赔不起法？"话落，那说话之人已挟着劲风和杀气而来。岳瀚身形一闪，不退反进，素手轻翻间，两指已经疾速点了出去，那强劲的内力瞬间便化做一道利刃，划过了那人胸前。"哗啦"一声轻响，那黑色的外衣已经裂开，露出了里面的胸膛。若非那人闪得快，这一指怕是当胸而过，哪是划破衣服这般简单？

"好小子，看不出还是个深藏不露的主，老夫倒是大意了！"那人心惊肉跳之余，却丝毫不肯退缩，转眼间再度挟掌而来。掌风所到之处，发出阵阵雷鸣之声，且带着炙热的热量。岳瀚表面上气定神闲，内力早已蓄势以待，丝毫不敢小觑。看不出这人语声阴恻，练的竟然是这等刚烈掌法，且看掌风起码已浸淫三十年以上了。若换平日岳瀚自然不至于如此慎重，奈何他刚与方生死大战了一场，元气已经大伤，再加之星夜兼程，八百里地，也耗费了大量内力，此刻再迎战这样的高手，自然需万分小心。更何况这还仅仅是山脚，这数十个人打发掉了，山上不知还隐藏了多少。看来，今天非速战速决了，必要时候，少不得也得让那些药粉派派用场。

思忖之间，人已经踏中宫挺身而进了。他双掌齐出，步履飘摇，即便近身交接，那人也丝毫未占到半分便宜。炽烈的掌势每每到岳瀚身侧时，就有一股寒冰之气传来，使得他的"惊雷掌"威力大打折扣，之前最后一丝轻敌之心也消散了个干干净净，越发认真凌厉起来。

转眼间，两人交换了数十招，岳瀚已基本把他的套路摸熟，也不再迟疑，轻啸一声，人如雷奔电掣般而来，掌如陨星流矢般轻扫而过，端的是快速绝伦，根本容不得他有更多的反应。那人一个懒驴打滚躲过一掌，另一只莹白皓腕就以更诡谲无伦的速度而来。那人只觉得满天都是密布的掌影，心胆俱裂之间差点大喊，我命休矣！

其他的黑衣人眼见自己的领头陷入生死关头，立时飞身围上，明晃晃的剑影中夹着刀光，闪电般袭来。岳瀚不慌不乱间猝然回身，素手轻弹间，一缕粉末已飘散到了空中，顿时瘫倒了一大片，侥幸躲过毒粉的人也被惊得汗流如雨了。

紧接着，在他们还未缓过神的同时，岳瀚那瞬息万变的掌影，已如秋风扫落叶般，横扫了一大片。不多时，壮观的数十人，便只剩下那领头一人在苦苦强撑了。

岳瀚早已看出他已是强弩之末，更是凌厉逼近，劲风如啸间便结果了他的性命！

看着满地凌乱的尸体，岳瀚稍稍调息一下，再不迟疑，立即如流星闪电般，往山顶而去。不过盏茶功夫，人已到了香山之顶。看着三十丈开外的竹制建筑，岳瀚并没有立即冲身前往，而是仔细看了看四周的几个石堆，以及若干棵杂乱无章的小树，也听了听周围的动静，看来除了方才那几十个人之外，这里附近不再有别的人埋伏其中了。也难怪方生死那般放心，这香山筑门前摆下了这等"毁天灭地阵"，别说等闲人，若是不懂天地玄黄，不通九宫玄通之术之人，即便武功高如他的四位师傅，进到此阵中，也只有送命的份。

可惜这阵式虽属于早就失传之古阵式，然而岳瀚却刚巧懂得解。他仔细再勘察了一番后，便举步踏入阵式之内。果然一步踏入，之前还朗朗皓月，转眼间已经漆黑一片，且阴冷刺骨，还伴有阵阵奔雷之声，间歇间又夹杂着鬼哭狼嚎的尖叫，光这等声势就足够把不懂阵式的人吓个方寸大乱。

岳瀚踩着沉稳的脚步，左三，右四，踩中宫，离坎位，破死门……每移动一步，风便更大了一些，那似风声似哭声的响动也更凄厉刺耳，还伴有沙石袭面而来。岳瀚却沉稳如山般依旧往前踏，而那些沙石便总是顺着他的耳际擦过，半点未曾伤到他的人。

约摸过了小半个时辰，凄厉之声已渐退，传入耳中的竟然已变成了悲壮豪气的啸声，似云顶龙吟般，气冲河霄，悠悠不绝，阴风在这时也完全不见了。本该是漆黑的深夜，此时也如白昼般明亮，岳瀚甚至可以看到桃花片片，一条溪流横在其中。溪边岩石之上，他的大哥李怜花正执箫坐于其上，对着他招手微笑，薄薄的红唇轻启间，温柔的呼唤已传到耳边："瀚儿，快来！"

岳瀚差点忍不住心旌荡漾踏出一步，蓦然间想起他的大哥还正躺在白河镇客栈内的床上等他，如何会在这里冲他招手？自己差点一个大意中了这阵式内的幻想，真若一脚踏出，之前的万般小心和努力，

东方另类武侠经典

神仙堂子〔一〕

皆化为泡影了。

他连忙敛尽心神，闭上眼睛，继续踏着口诀移动，每走一步，那似大哥的声音就呼唤得越加急切，然而岳瀚却不再动摇了。

终于前脚踏出阵式，后脚一阵硝烟，阵式已破。这毁天灭地阵也是个自毁之阵，只要有人能安然出阵，这阵便自己破了，否则除非沧海桑田，千百年也安然无恙。

出得阵式，岳瀚业已一身冷汗，不敢稍停，大步推开香山筑的大门。

看着这被贯通的三大屋子的书架卷轴，每一层每一个书架都被仔细地分门别类过：世家、奇药、兵器谱、秘籍、武林志等大大小小足有几十类；每一类中每一幅卷轴都用厚厚的防水油纸包裹好，并在最外层记录了卷轴的内容和书写的日期。这整个屋子少说也有几万幅卷轴，这么庞大的资料库得花几代"方生死"的毕生心血，又得花费多少的人力和财力才能收集齐全！这些资料，记录着整个武林近两百年来所有大大小小的事件的发生和结局；也记录着许多武林人不想为人知的秘密。谁要是掌握了这些，就等于掌握了全武林的动态。每代方生死就是在这样的地方默默地看尽繁华和沧桑，抵御着内心的欲望与偏见，以一个旁观者的目光注视着芸芸苍生，如实地记录他们的一言一行，而自己却永远是被排除在外的那一个，甚至终身就在这默默无名中死去，想到这岳瀚的心底油然生出一种钦佩之情。

他的手轻轻地抚着有些发黄的油纸外层，不由有些后悔杀了方生死。三间竹屋、几张香案、两鼎香炉，隐在这山野竹林之中，没有见到这样的所在，谁又能体会到他的孤寂？这样一代又一代的传承，没有自己的名字，只有一个共同的代号"方生死"，谁又曾问过他们的意愿，只因为他们是第一代"方生死"的子孙吗？也许对于方生死来说，称雄武林的意义也不过是为了证明自己的存在，证明除了他是"方生死"外，他还是个叫"如意"的全新的人。如今这个孤寂的灵魂终于散去了，对他来说也算是一种解脱吧，至少再也没有下一个"方生死"需要继续承受这份孤寂了！

站在"武林志"的那排架子前，循着日期的先后，找到了十年前的所有卷轴，又从那整排卷轴的"人物"类中找出了写着"李怜花"三个字的卷轴。

展开，目阅，震惊！

握拳，颤抖，愤怒，卷轴灰飞烟灭！

这卷书写着大哥毕生秘密的卷轴，记录了大哥从入江湖开始的所有活动，甚至大哥惯穿什么衣料的衣服也巨细无遗。恐怕大哥自己也不知道，在这么一个不为人知的地方，竟然有着这么一个人如此详细地了解他的一切。而这一切都是在什么情况下被了解的，却无人知晓。而岳瀚震惊的却不是这些生活细节方面的叙述，而是雁荡山一战中大哥所受的遭遇。

那样的大哥——清风玉露仿若谪仙般的大哥，整整三个日夜，不断被灌入催情药汁，遭受着被针扎、被强暴和被迫强暴别人的对待……光是想象就已经让岳瀚痛彻心扉，愤恨入骨了。大哥是怎么熬过来的？若换成是自己，这么多年来，他是否还能熬过来？岳瀚自问，却无法自答，原来知晓真相比不知道更痛苦！

如何才能让大哥脱离那恐怖的噩梦，重新回归自信的人生？岳瀚没了笃定和自信，这是自他的生命以外的第二件他无法控制之事。

看着满屋子的卷轴，这里面记载了更多或丑恶、或可怖、或隐私到了极点的各种秘密，然而他已经没有意愿去知晓。如今方生死已经去了，这些秘密也该随着他灰飞烟灭了。

岳瀚站在屋外不远处，看着熊熊大火逐渐吞没了整个竹制的建筑，那明亮耀眼的火光几乎照亮了半个天空。从今之后，这香山筑伴着武林志都将成为过往……

又是星夜兼程，原本来回三天的路程，硬是被他缩短成了两天一宿，内力用到了极至的结果便是心疾发作，疼痛不已，要用三颗护心丹才勉强让他支撑到回到李怜花身边。

"岳瀚（公子），你回来了？"柳清水和祁连七兄弟同时迎了上来，岳瀚无力地点了点头，"我大哥怎么样了？"

"我没敢给他解穴，还是你昨天早上走时的模样！"柳清水迟疑了一下才道。

"我知道了，你们都出去吧，外面那群武林人都交给你们了，别来打扰我和大哥！"岳瀚轻轻挥了挥手，脸上满是疲累和静默的哀伤。

步履间摇摇欲坠地晃到了床边，他终于无力地瘫倒下来。看着李怜花依旧苍白痛苦的脸，他的泪不禁涌了出来，轻轻拂开他的睡穴，"大哥，瀚儿好累！大哥你醒醒吧！你抱抱瀚儿！大哥！"

银雪鬼魅忧心不已地上窜下跳着，岳瀚勉强让自己笑了一下，"鬼魅，银雪，谢谢你们，我没事，休息一下就好了！你们也出去吧，我想和大哥静静待一会儿！"

两只跟了他多年的小神兽虽然不放心，却依旧听话地一闪就不见了。岳瀚抚紧再度开始绞痛不已的心脏，"大哥，瀚儿的心好痛，好痛！大哥，你快醒来吧！"

此刻梦境里的李怜花，已经重复看着年轻的自己被虐待了数十次，痛得哭得已经完全麻木了。他不知道自己还要站在这里多久，他不知道为什么自己还不能醒来。耳边听到瀚儿的哭声和话语声似乎已经快要消失了一般，那般脆弱和疲累，那般沧桑和凄楚，让李怜花的心也快碎了。他不能再待在这里自怨自艾了，他和过去不同了，他现在是瀚儿的依靠了，他一定要离开这里。

他毅然地拔起脚步，发现自己的身子已不再被钉在原处了，身子立即往瀚儿的声音传来的方向奔去。

李怜花的眼皮微微动了一下，是即将苏醒的征兆，可是此时的岳瀚却已经被心疾发作的疼痛折磨得快要晕厥过去，连掏出药瓶的力气也没有了，嘴里依旧不放弃地喊着："大哥，醒来吧，噩梦该过去了，天该亮了！"

正当岳瀚快要承受不住疼痛之时，一声低弱的呼唤把他即将散失的神志从痛楚中稍稍拉了回来。

"瀚儿，大哥没事，让你担心了！"李怜花终于睁开了无力的双眸，语调低弱，神情却舒缓了许多。而岳瀚见他睁开了眼睛，立即激动地握紧他的手，几度欲语，却哽咽得说不出口。终于醒来了，他以为大哥会这么抛下他，他真的以为大哥熬不过他自己那一关了。李怜花贪婪地把岳瀚同样苦绝哀痛到极点的面容映入心灵深处，努力想要安慰一下他："瀚儿，没事了！大哥只是做了个噩梦！"

"哇——"终于未能控制住，回应他的是岳瀚的号啕大哭。岳瀚死死揪紧李怜花的衣服，肉体再痛，也比不上心灵上的恐惧之痛，"对不起，大哥，我答应你不哭的。可、可是，我忍不住，我、我以为你不要我了。大哥，求你了，不要放弃，不要——瀚儿承受不住。"

太过急切的哭泣和凌乱的话语，终于让岳瀚本来就抽痛至极的心脏不堪负荷，一下就休克过去。李怜花大惊，身体因为被点穴太久一时有些血脉不通，但是却怎么也比不上他对岳瀚的担忧。他极快地翻找出"护心丹"想要喂他吃下，却发现瀚儿带泪的嘴角抿得死紧。他毫不迟疑地吞下药丸，低头吻住岳瀚冰凉的双唇，用力翘开他的牙关，用舌尖将护心丹送入。原以为面对过去已经让他痛彻心扉了，可是比起看到瀚儿的昏厥，他更感到痛不欲生！

怜花紧紧地抱着岳瀚，几乎要把他的身子纳进怀中。痛苦、绝望和矛盾得不知如何是好，只想着昨夜里的一切怎么跟瀚儿解释才好，却不知道他已经睡了两天两夜了。

那两个人怎么可能还活在这世上？当年，他醒来的时候明明已经看见他们死去了，可是为什么他们又会出现在他的面前？

记忆中那冰冷阴寒的眼睛至今仍让他如锋芒在背一般，是坦然承受过去的一切噩梦和污秽，还是逃避现实独自远走？可是承诺瀚儿的一切又算什么呢？轻易就抛开了？不，他真的做不到。又是一个选择。要么战胜心魔，取得心灵的自由；不然便沦落梦魔永不超生。

时间在焦急和挣扎中过得分外缓慢，岳瀚费力睁开眼睛，在他稍稍恢复一丝丝神智的时候，那坚定的目光便紧紧地落在了李怜花的身上，"大哥——"

"瀚儿，你醒了？还痛不痛？"李怜花欣喜的泪珠在狭长的眼眶之中晃荡。

"大哥，你听我说，瀚儿依旧是那句话，大哥若觉得说出来，心

里会舒坦，大哥就无须有任何的担心；若大哥觉得痛苦，瀚儿永生永世不会追问大哥半句。那两人是方生死和千变鬼女伪装的，不管过去曾有过什么，那些也早已经湮灭在了过去。大哥，只要你自己坚强起来，没有任何人能打倒我们。或者是大哥你决定要放弃了？在得到瀚儿的心之后不屑一顾弃我而去了？"

虽然岳瀚很希望怜花能够亲口对他说出一切，因为唯有真正说出来，那些伤口才有可能复原，然而在看到那卷轴上所书的一切之后，岳瀚连稍稍想到都觉得心痛不已，如何忍心让怜花讲一遍？何况那些痛楚都是他曾经经受过的，想必比他心里的感觉更痛，更觉得羞辱！

然而对李怜花而言，岳瀚的每一句话都仿若敲在他的心上。人生得一知己足已，何况瀚儿不仅仅是知己，更是唯一懂他爱他的人。

"那两人当年……"李怜花终于能平静下来，把所有的过往，别人知道的，和别人所不知道的，他曾遭受过的，和心灵上一直承受着的所有的痛苦，不掩分毫摊到了岳瀚面前。

岳瀚听着李怜花用平静得仿佛叙述他人故事般的口吻，诉说着他自己曾经遭受过的痛楚，心里就抽疼阵阵。这些他已经都从卷轴上得知了，然而此刻从他这高傲如九天飞翔的苍鹰般的大哥嘴里吐出，依旧让他感到了更深的痛。若可以，他真希望自己能出现在十年前，替他阻挡所有的屈辱和伤害。可是他不能，他甚至都不能告诉大哥，所有的这些他都已经知道。他唯有用力地捂住自己的嘴，才能避免自己痛哭出声，但却阻挡不住汹涌的泪水。这是为他心疼的泪！

"别说了，大哥。一切都过去了。瀚儿会在你身边，一直陪伴着你！"岳瀚扣紧他的右手五指，与他十指相缠，再抬头时，脸上泪痕犹在，泪水却已绝迹，"我活一天，你便陪我一天；我若先你而去，大哥便随后来陪瀚儿。瀚儿怕寂寞，大哥一定要记住！"

不管了，抛不下他一个人独活，而这个男人离了自己终是活不下去了，就让他们许生死相随的诺言吧！

"瀚儿，大哥记住了，生死大哥也要陪在瀚儿身边！"李怜花那一滴晶莹泪终于掉落，落在岳瀚带着血丝的唇间，那是带着馨甜的回馈。

第十九章　不辞而别

柳清水简直瞠目结舌到无以复加的地步，岳瀚故意暴露他是火家子孙的身份，让他的身份更足以震住人心；也制定了详细的计划，分别写在信中告诉了慕容英宏他们，却单单什么也没告诉自己，让他在莫名其妙中被众人委以重任还推卸不得。

解开心结再度交心后的彼此，更珍惜在一起的时光。特别是岳瀚，他比任何人都感觉到时间的紧迫。他不敢坦白他这个身体还能撑多久，也不愿意让李怜花再度面对众人质询的眼神，那么此刻最好的选择就是静静与大哥一起离开。

李怜花看着岳瀚认真地在纸上又书又画，旁边已经放了好几个封好的信封，细致的脸上依旧带着几许苍白。李怜花静静站在他的身边，看着那绝美的脸庞透着坚毅的神情，见他终于收笔，把最后一封信塞进信封。

"累吗？瀚儿？"李怜花轻柔地捏着岳瀚纤细的肩头。

岳瀚微微摇头："不累！这样我们就能安静地离开了！"

"瀚儿，我们就这么一走了之行吗？"李怜花还是有些担心。

"我们哪有一走了之？瀚儿这不是把解决之道都分别给他们写在信里了吗？再说了，大哥答应陪瀚儿去看世界的承诺还没兑现呢！大哥想反悔？"岳瀚双目一瞪，大而明亮的眼睛里闪烁着怜花所熟悉的古灵精怪。

李怜花知他全是为了怕自己还未完全放下过去，怕自己见到众人会不自在才会如此决定的。瀚儿本不是那种做事会半途而废的人，现

神仙掌【Ⅰ】

东方另类武侠经典·

在这般，若非全为着他，瀚儿定是要把余孽都扫除干净才会离开的。

"何况我还把柳清水留给他们了呢！堂堂清水神宫的宫主为大家善后，应当不至于辱没了他们吧！何况大哥你忘记了？他们一开始是来找我们麻烦的！哼！我们不帮忙都是应该的呢！"岳瀚揉了揉小鼻子，复又撒娇地到李怜花肩膀处磨蹭了两下。

"瀚儿，小鬼灵精，就你理由多，大哥都听你的，还不行吗？"李怜花失笑一声。瀚儿虽大方，但也喜欢记仇。这些个江湖大侠们此次寻衅虽然是遭人利用，不过瀚儿心里怕也不容易就这么轻易地饶了他们，难道那些药里？

"瀚儿，你在药盒里没放什么不该放的东西吧！"李怜花指了指信封前面那两个圆柱状的药盒，总觉得未免太大了一些。瀚儿其他药粉药丸都是分量小却功效十足，故而他怀疑这么两大盒东西里面到底有多少是后加入的。

"还是大哥了解瀚儿。我哪能就这么放过他们，我拼死拼活挽救他们于危难之中，但这又不是我的义务，何况谁让他们冤枉我们。大哥放心，瀚儿不过是在魔蛊的解药里加了那么一点点小玩意儿，给他们一点点惩罚而已。"岳瀚比出小半截小指头的形状，强调他真的只加了"一点点"的"料"。

李怜花凤眸了然地一扬，无奈一笑，小瀚儿的"一点点"料绝对不会真的只有一点点。那所谓的一点点的惩罚，自然也不会是一点点的反应，不过此刻他也顾不了他们了，"瀚儿说怎么办就怎么办，只是对不起柳兄了，留他一个人应付之后的场面！"

"有事弟子服其劳嘛，何况清水宫也有叛徒加入其中，他这个宫主负责善后也是理所应当的！"岳瀚不以为然地一撇嘴道。

"瀚儿怎么都有理，大哥说不过你！"李怜花点了点他的小鼻子，"那我们走吧，只是瀚儿你的身体，可支持得住？你的脸色实在很不好看，昨夜那场恶战，大哥非但没能帮上你的忙，反让你操够了心——"

"大哥，你又来了，过去的事情不许再提！瀚儿没事，不过有一点累倒是真的，离开这里好好休息两日就行了！"岳瀚面现不悦之色，不喜欢怜花满带愧疚的表情。能够保护自己心爱的人，是每个男人的成就感，他不希望怜花觉得这是对他的一种愧疚。

"是大哥又说错话了！"李怜花连忙道。

不大的包袱，一把长剑，是他们所有的行李。用瀚儿的话说既然是偷偷地溜走，自然就不能带太多碍手碍脚的东西，反正只要有钱，东西哪里都可以买得到。

李怜花自然是没有异议的，把包袱长剑都背到肩上，然后一把抱起岳瀚，"我们走吧！"

"嗯！"岳瀚带着甜甜的笑容，更用力地搂紧李怜花的脖子。

当第二天早上众人苦等岳瀚和李怜花不出现而去敲门时，发现房内早已人去楼空。此时岳瀚他们早已坐船出长江口，入海而去！

被陷害而留下的柳清水只得无奈地开始善后工作：几代方生死在江湖上不知道培植了多少势力，如今虽然阴谋败露，但是还有大部分的势力隐在暗中，并未全部暴露。现今当务之急就是要把这些黑暗中的势力挖掘出来并给予彻底消灭，否则一旦又有新的头领出现，极容易死灰复燃，再度为祸江湖。

然而这事说起来容易，做起来可就没那么容易了。谁会在这关头主动站出来说自己是方生死一伙的？而且这么多年下来，指不定那些安插在江湖中的暗桩早已经成为名动一方的大侠也未为可知。如此情形下，困难自是不用说也能想象。岳瀚倒好，毛笔一挥，留下几封信和怜花两人逍遥而去，把这摊子留给了自己。这样的事情怕也只有岳瀚才敢做吧！

再度展阅了一下岳瀚留给自己的信，然后再对比别人看信后的表情：慕容英宏和普悔大师是惊喜不已的神情；而明月双剑司徒明月则是无语凝目中带着几许笑意；彩虹金钩薛竹更是发出豪迈不羁的大笑之声……这些都让柳清水暗暗怀疑岳瀚到底在给他们的信里写了些什么，怎么人人都笑起来，偏偏只有他的信让他看得冷汗直冒，脊背发麻，还不敢给别人瞧见，甚至他都不敢露出异样的神情。

实际上岳瀚给他的信就写了短短一张纸，比起写给慕容英宏和普悔大师的洋洋洒洒好几张来，他的简短得有些可怜。信里总共只有五

句话，还一句比一句让他摸不着头脑。

第一句就跟他说那两盒魔蛊解药不可服用，说并不解毒。那既然不解毒，留下来干吗？

第二句又吩咐他和慕容英宏共同把那两盒"解药"分发给大家，并确保在场的每个人都服下。这就更让他不解了，不解毒，却还要分给大家吃，岳瀚到底打的什么算盘，吃下去不会出什么问题吧！想起他二师傅可是制药方面的大师，特别是制作那种会让人不上不下、不死不活的玩意儿更是得心应手，岳瀚是他唯一的弟子，这方面的能力怕是只高不低！不由又小心翼翼地看了那两个圆柱盒子一眼！

第三句话就是要他把中原的问题彻底解决好再回塞外。这个所谓的"彻底解决"要解决到什么程度才算是好？他简直是欲哭无泪啊！比起留在中原，他更想趁着柳南绝柳西风兄弟死去的消息还未传回塞外之时，赶回去清理门户。还有他的家眷妻儿，如今也生死未卜，岳瀚却要他留在中原，怎么能不把他急得跳脚。但他却还抱怨不了，火家家训第八条便说师长的话就是金科律令，不容违背。

第四句话更离谱，让他看完这封信后，偷偷把这张信纸吃下肚子。若说前面三条多多少少还有些道理的话，这一条完全像是在作弄他了。柳清水连苦笑的力气也没有了。

第五句话也没头没尾的，只有"见机行事"四个字。见什么机，行什么事？他完全没有概念，所以看到别人一副见到救世主的模样，柳清水满脑子都是迷惑与问号，不由有些感叹认识岳瀚到底是件好事还是坏事？

正在寻思之间，慕容英宏已经朗笑一声："原来柳大侠不但是清水宫的宫主，更是"袖里乾坤"火老前辈的后人，老夫等真真是失敬了！后续的除魔重任，还要多多仰仗柳大侠才是！"

"正是，柳大侠把我们大家瞒得好紧，若非小瀚儿点破这个秘密，我们大家到现在还被蒙在鼓里呢！"彩虹金钩薛竹拍拍柳清水的肩，"老夫痴长柳大侠几岁，就托大叫你一声柳老弟了。柳老弟，老夫绝对听从瀚儿的建议，以柳老弟你马首是瞻，你只管吩咐便是！"

少林普悔大师也含笑地点头："少林也愿意听从柳大侠调遣，共同排除武林的危难。"

柳清水简直瞠目结舌到无以复加的地步，岳瀚故意暴露他是火家子孙的身份，让他的身份更足以震住人心；也制定了详细的计划，分别写在信中告诉了慕容英宏他们，却单单什么也没告诉自己，让他在莫名其妙中被众人委以重任还推卸不得。这种种的一切都让他措手不及，却还得硬着头皮跟众人寒暄打哈哈："众位前辈英雄客气了，我们大家群策群力，共同进退便是！"

"共同进退！"众人异口同声道！

而正当柳清水在那边焦头烂额的时候，此时岳瀚正舒适地倚趴在李怜花的胸膛之上，吹着微冷咸湿的海风，闭目养着神。身下的李怜花则躺在一张铺着厚厚毛毯的躺椅上，稳稳抱着岳瀚的身子，拢紧着岳瀚身上同样厚实的毛毯。

这是一艘四根桅杆的大船，若满帆行驶，一日可航行数百里，却因为瀚儿的一句"喜欢在海面上慢慢漂的感觉"，李怜花便下令船家落下所有的帆，加之本就是逆风行驶，所以这艘船现在几乎是毫无目的地飘荡在空旷的海面上了。

也因为岳瀚的一句"想和大哥一起看海上日出"，天刚透一丝亮色的时候，李怜花已经抱着他躺到甲板上，陪他一起看旭日从海天交接处升起。

水天一色间除了微微的海水撞击船板声之外，再没有其他声音，微微轻晃的船身仿佛像一只巨大的摇篮，让处在这个摇篮中的李怜花和岳瀚舒服得昏昏欲睡。他们总算脱离了混乱，回归到一片宁静之中。李怜花无疑是最开心的，从离开白河镇开始他脸上的笑容便一直没收起过。

"大哥！"岳瀚慵懒地唤了一声。

"嗯？"李怜花也呢喃着发出一个音节，抱着岳瀚的手轻轻拍着他，像哄一个说梦话的孩子一般。

"我们以后倦了累了，就在大海中间寻一个小岛，造一间房子，然后在房子周围种些花花草草，大哥再给瀚儿搭个秋千，一起终老。大哥说可好？"岳瀚悠悠描绘着他理想中的家园。

神仙掌子【1】

东方另类武侠经典·

　　"当然好，不但要有花有草，还要有山有水。一切美丽的东西，大哥都要给瀚儿找来，就叫神仙岛好不好？"李怜花的眼睛闪闪发亮，他的眼前仿佛已经出现了一座他理想中的家园。

　　岳瀚皱了皱眉头："这个名字是不是太俗了一些？我不怎么喜欢耶！"

　　"可是大哥觉得不错啊，我的瀚儿是神仙公子嘛，叫神仙岛才名副其实啊。再说了，大哥就是要让神仙都羡慕死我们，瀚儿你说呢？"李怜花戏谑地笑道。

　　"这样啊，既然大哥是想要气死真正的神仙，那好吧，就叫神仙岛好了。大哥，等我们周游完天下，我们再乘船出海，去找我们的理想家园。"岳瀚说。

　　"大哥，我想去你家乡！看看大哥小时候长大的地方，可好？"岳瀚调整了一下姿势，让自己躺得更舒服一些后突然道。

　　李怜花的手稍稍顿了一下，"怎么突然想去大哥的家乡？"

　　"看到海，就不由自主想象大哥小时候的模样，突然间就很想看看大哥生活了十多年的地方是什么样的。大哥不是也十五年没回故里了吗？难道不想回去看一眼？"岳瀚轻飘飘地道。思绪间他不由迟疑，自己是不是也该偷偷回林家堡看看，毕竟此去云游，再回之日，又不知是何时。

　　沉默了好久，李怜花才喟然一叹："是该回去看一眼了！"

第二十章　芙蓉镇

瀚儿这等冰雪聪明之人，岂能不懂这个道理，聪明之人硬是做了傻事，让李怜花是又气又痛。此时再不明白李怜花的打算，他就不是林岳瀚，而是天下第一笨蛋白痴了。

东方另类武侠经典·

大船在烟波浩渺中行驶了五天，当他们登陆上岸时，已经完全进入北地，气候明显较之南方要冷许多，码头上随处可见穿着厚实冬衣的行人。李怜花早已给岳瀚穿上白色狐皮坎肩，衬着泼墨般的黑色长发，更显出他那冰雪般的容颜绝世倾城。怕他的脑袋吹风着凉，不顾岳瀚反对，硬给他戴上一顶银色狐裘小帽，即便如此还是担心迎面的干冷空气会让瀚儿受冻，紧紧把他纳进自己的宽大披风里面，只露个脑袋在李怜花的肩膀上看东看西。

他们不菲的衣着，出尘的风姿无不让过往的妙龄女子驻足贪看，心跳不已，这等绝世公子是多少人心中的如意郎君啊。

"臭大哥，又招蜂引蝶了不是？"岳瀚嘟哝着小嘴，不喜欢男男女女落在李怜花身上的爱慕眼神。他的大哥只能是他的。

"我们搭马车再赶上一夜，就能到芙蓉镇了！"李怜花笑笑重新拢好披风，"要是累就在大哥肩头睡！"

"不睡了，在船上睡够了，快成小猪了！"岳瀚摇了摇头，"真想马上就到芙蓉镇，看看大哥的家是什么样的。"

李怜花凝目看了他一眼，什么也没说，只是收住了本欲往前去市集中心雇辆马车的脚步，侧身便往旁边走去了。

岳瀚对此地的环境并不熟悉，直到被李怜花抱着到了郊外，错愕

间忍不住才问："大哥，我们不雇马车吗？"

"瀚儿不是想早一些到芙蓉镇吗？"李怜花浅笑间轻道，"这里有条近路，翻过这座山要比走官道缩短近一半的距离！"

"大哥准备用轻功带瀚儿赶路？"到此时再不明白李怜花的打算，他就不是林岳瀚，而是天下第一笨蛋白痴了。他不由再次动容，这个傻大哥就为他无意中的一句话，便舍弃舒适的马车不坐，打算耗损内力用轻功赶路。

李怜花点了点头："瀚儿不想重温一下当日里黄山道上初遇的情景吗？大哥可是很怀念呢！"

李怜花知他会反对，故意提起初遇时的情景，果然让瀚儿一时不知如何拒绝。

"那大哥放瀚儿下来，我们一起飞！"岳瀚退而求其次道。

"瀚儿有伤在身，大哥抱着妥当一些！"李怜花轻怜蜜意的一句话却让岳瀚刹那间僵化了。大哥知道他受伤了？他什么时候知道的？他以为自己隐瞒得很好！痴愣间，李怜花已抱着他踏草而行了！

怜花一绝的轻功果真独步天下，华灯初上之时，他和岳瀚已经出现在芙蓉镇最热闹最繁华的"醉再醉"酒楼前。

楼前的店小二一看李怜花的穿着打扮，立即飞似地迎了上来："公子爷，您请高升！"

李怜花宽神轻挥之间，一锭银子便已落到小二掌心，继而抱着岳瀚徐徐登上楼梯。小二得了那么大锭银子的赏钱，越发热情周到，把李怜花和岳瀚引向视野最好的临栏小包间。从这里看出去，整条街景尽收眼底，包间门口一道竹帘半放下，正好又阻隔了其他客人窥探包间里的视线，的确是个不错的位置。

"大哥，我喜欢这里！"岳瀚从李怜花的怀里探出整个脑袋，那小二这才看见岳瀚的模样，呆在了原地。好个漂亮到极点的小公子，这对兄弟一看就知出身富贵人家，这个大公子已经长得俊俏至极了，没想到那小公子更是绝美逼人。

"好，我们就坐这里！小二，拣清淡雅致的小菜给我们上几盘！"李怜花先是宠溺地点头，接着淡淡地吩咐小二。他轻轻解开披风，替岳瀚摘下小帽，理顺发丝，回头一看，小二还痴愣在原地，不由有些不快，"小二！"

"啊！对不起，公子，小的马上就去！"小二如梦初醒般连忙躬身后退，然后是一阵"蹬蹬"下楼之声。

"哈哈！"岳瀚大笑出声，开心极了！

"瀚儿，你好像很开心啊。我们好像还有账未算，可还记得？"李怜花此时过于平静的面容让岳瀚的笑脸一下子僵化一般，刚刚只顾着看大哥吃醋的模样，一时太过得意忘形，居然忘记了自己隐瞒受伤这件事，"大，大哥，你听瀚儿解释——"

"瀚儿可曾记得答应过大哥什么？"李怜花故意装做没看见他示软的小脸，平和地问。

"大哥，瀚儿记得，瀚儿知错了，大哥原谅瀚儿一次，瀚儿实在不想让大哥担心，大哥——"岳瀚撒娇地扯着李怜花的袖子，用力摇晃他的手臂，娇嗔道。

每次他有求于怜花或者做错事的时候，用这一招都百试不爽，可惜今天却不管用了。

李怜花还是纹丝不动地看着他，"既然瀚儿知道错了，那瀚儿你自己说，该如何办？"

"大哥，你真要不理瀚儿三天吗？"岳瀚见他还真是半点没有软化的迹象，不由有些慌了，语调不由带上了几分哭意。怜花那时心灵创伤未愈，岳瀚怎敢再让他知道自己身受内伤不轻？可是如今既然未能瞒下，怜花已然知道，眼下又是这等表情，让他心里不由也没底。

李怜花看似平静地看着岳瀚有些凄楚的小脸，心里其实已经是一万个不舍了。他几时对着瀚儿狠下过心，可是瀚儿也就是仗着自己狠不下心，才屡次偷偷隐瞒自己的身体情况。殊不知他越是瞒他怕他担心，他知道后就更担心。这让李怜花是又气又痛，觉得该是给他点冷脸的时候，要不一味纵容的结果以后恐将越演越烈。

"大哥，瀚儿真的知错，下次再不敢隐瞒大哥了！"眼见那般可怜的模样都无法让李怜花软化，这回岳瀚是真的哭腔声都起了。

李怜花叹了一口气，终于忍不住狠狠把他纳进怀里，"瀚儿可不

东方另类武侠经典·

许掉眼泪，只此一次，下不为例，记住没？"

"大哥，瀚儿记住了！"见他终究对自己心软了，岳瀚也抱紧李怜花的身子，满满都是喜悦。还是温柔的大哥好，不说话的大哥看上去有些疏离和可怕。

"两位公子爷，您的菜来啰！"小二在帘外唱道，接着掀开帘子，把红木托盘里的几盘精致小菜一一摆放在桌子上，"爷，菜齐了，可还有别的需要？"

"没什么事了，你先下去吧！"李怜花挥了挥手，小二道了声"是"后便要往外退去。

"等等。小二哥，这芙蓉镇有什么热闹好玩的，可否给我介绍一下？"岳瀚突然叫住他。虽说是大哥的家乡，不过大哥都已经十五年没回这里，估计不会熟悉到哪里去，还是问问店小二更妥当一些。

"两位公子爷是外乡来的吧！您二位敢情来得正是时候。芙蓉镇首富李员外家，后天绣球招亲，李家小姐长得那叫漂亮啊。周围百里十八乡的，凡是家世清白、尚未婚配的男子这两天都已赶来芙蓉镇了。您二位瞧瞧这楼上楼下坐着的，可不都是以年轻男子居多？"难得见到岳瀚这样的美少年，小二自然更是发挥了他十二分的八卦本领，口沫齐飞。

岳瀚和李怜花透过竹帘往外一看，可不正是很多年轻人。有富家公子哥，也有江湖镖师之类的青壮大汉。岳瀚的神色是好奇加好玩，李怜花却多了几分古怪的深思。

"绣球招亲？听起来很好玩的样子！"好不容易摆脱了江湖俗事，岳瀚自然想大玩特玩一下。老百姓的生活他还没怎么体验过呢，这次难得有热闹可凑，他自然不想错过。

笑到一半的时候，岳瀚突然想起了什么一般道："大哥，明日里我们回你家去看看，然后后天去看热闹好不好？当然了，我们不住你家，我们依旧住客栈，大哥觉得可好？"

岳瀚直觉地认为大哥的哥哥嫂嫂定是对他不好，否则大哥不会年纪轻轻就想学武然后离家十五年都不回来。他在脑海里描绘出才五岁的大哥在父母去世后被哥哥们欺负的场景，然后嫂嫂进门后更加虐待他可怜的大哥，以至于大哥在偶然中得了武功秘籍后背井离乡独自生活。想到大哥这些年受的苦，岳瀚就好心疼。他用力抱了抱怜花，温软地道："大哥，你若实在觉得不想见到他们，我们便不去也行，千万别委屈了自己！"

"瀚儿，你多虑了，大哥没有不想见哥哥嫂嫂，也没有委屈自己。只是离家时日太长，不知如何面对罢了！"李怜花好笑又感动地看着岳瀚气愤中带着心疼的表情，不知道他的小脑袋瓜里又想到了什么，这么一脸义愤填膺的神情。

"这位公子，原来您也是本镇人士啊。这次是回家探亲来的吧？芙蓉镇这些年变化可不小。公子，您是哪家公子？兴许小的可以给您带个路！"小二这时机灵地插话。

"那敢情好，大哥，你——"岳瀚正想点头，李怜花已经摇头拒绝，"多谢小二哥了，在下还记得回去的路！"

"是，是，那小的告退了！"小二连忙点头，缓缓退出。

"大哥，你就肯定你哥哥嫂嫂十五年还住在原来的地方？也许他们搬家了也不一定！"岳瀚并不知道李怜花心里的笃定，只觉得一个渔民家庭，再怎么不济，十五年换个大一些的房子总还是有能力的。也许早就不做渔民了，或者大哥根本见不见家人都无所谓的。一想到有可能是这个原因，岳瀚心里便有些后悔，不该任性地要大哥带他来看他的家乡。

"他们不会搬家的。今天天色已晚，我们就在这住一宿吧，明日一早大哥再带你回去看看！"李怜花此刻大致明白了岳瀚的想法，不由有些失笑。瀚儿大概以为他从小吃尽苦头被哥嫂虐待以至于不愿回家了吧！想要跟他解释，却又怕一时说不清楚。罢了，反正瀚儿明日里便能知道事情不是如他想的那般。

"嗯，大哥，我们吃完饭逛夜市好不好？下面看上去好热闹！"岳瀚的注意力很快被楼下各式的商贩吸引住，不由有些坐不住了。

"不行，天已经黑了。这里已是北方，比不得南方温暖。再者，今晚大哥要为你运气疗伤。你这几日趁着我休息的时候小心运功疗伤成效如何？"李怜花半是担心半是责怪道。岳瀚知错地垂下了头，软软

唤了一声，"大哥！"

"好，大哥不说了，吃饭吧！"

饭后，他们要了一间厢房，李怜花写了一封信，托小二去送。信封上的地址让小二惊讶得看了李怜花两眼才离开，李怜花则神情自若地关门转身。

"大哥，写信给谁？"岳瀚一边脱着衣服一边问。

李怜花看他白皙的脚踝，不由一阵恍惚，"啊，写信给家里，告诉他们明天回去！"

"大哥，过来！"岳瀚脱完外衣中衣，只穿着雪绸的亵衣站在床中央，朝李怜花招招手。

"该死的，瀚儿，你别再挑逗大哥的底限了。等你伤好，看大哥怎么惩罚你！"李怜花几乎有些气急败坏地拢上他的衣襟，用力抱紧他的身子急切地颤抖着。

岳瀚无奈地在他肩后撇了撇嘴。

思忖之间，李怜花的气息已经平静下来。岳瀚知他是准备给自己行功运气，也连忙收敛心神，摒弃杂念，盘腿坐到床中央。一只温暖的手隔着薄薄的雪绸贴上他的背心，一股热流流进体内，岳瀚立即导出自己的真气与之融合，缓慢地流转于受伤的内腑之间……

第二十一章　首富之家

活生生一个"执手相看泪眼，竟无语凝噎"的场景，看得岳瀚也感动得挂满泪痕而不自知。这便是大哥的亲人了吗？血脉真是件不可思议的东西，谁也割舍不了。

行功结束之时，天已经渐亮，不知不觉一宿竟然就这么过去了。岳瀚的脸色明显好了许多，李怜花竟然也不觉得疲累，反而感觉真气比以前更充盈了，甚至有生生不息之感，惊喜不由中大是奇怪："瀚儿，有件事好奇怪，一晚上的运气行功，大哥不觉得疲累反而精气充盈，不知是何缘故？"

"大哥，可还记得我传你的'逍遥指'内功心法？那套心法与瀚儿所修习的心法是双修心法，当彼此的内力融合为一的时候，心意相通的两人的内息是共有的！"岳瀚睁开双眸，如水温柔。这双修之法若非心意相通，有为对方贡献所有决心的人，不可修习。反之，若全心全意为对方着想，那原本弱的一方反而会受益匪浅。怜花此刻体内充盈着他五成的内力，自然感到精气充沛不已。

"瀚儿，我体内的内力难不成全是你的？"李怜花大惊，之前的惊喜全部一扫而空，满面俱是担忧，"瀚儿，快，重新坐好，待大哥——"

"大哥，怎么，你嫌弃瀚儿的内力？"岳瀚略带责怪地道。

"瀚儿，你明知不是这个原因。瀚儿你身体本就不佳，原是为你疗伤，怎么反而窃取你的内力！"李怜花凤目里满是忧愁，言辞间自责不已。

"大哥，瀚儿很高兴！真的！"岳瀚握住他手，眉目间满是爱怜，"我的伤已经无大碍了，再有两日定然能痊愈。双修之法对我的内伤极为有帮助，再说内力太多之于我的心脉并不是好现象。如今大哥愿意为瀚儿分担，瀚儿高兴都来不及呢，大哥怎反而自责？"

"瀚儿，哪有习武之人嫌自己内力太多的。你这般体贴，大哥明知你是安慰于我，却也只能收下了。不过你可得答应大哥，下次疗伤可不许再如此！"李怜花轻叹一口气，拥他入怀道。

岳瀚嘴角溢出无声的笑，在他怀里用力点头。如今他们内力相当，凭大哥的武功足够傲视天下了，这可算是疗伤之外的意外收获了。

"叩—叩—叩"，门上传来规律的敲门声，打断了床上互拥着的两人。

"什么人？"李怜花一边为岳瀚着衣，一边问。

"三少爷，老奴李季，来接三少爷回府！"门外传来一把恭敬的老人声音。

李怜花手未停地给岳瀚穿鞋，岳瀚却一愣："三少爷？大哥，不会是在说你吧！"

李怜花却只淡淡一笑，并不回答，抱起他，放到地上，取过妆台上的梳子，细细给他梳理满头长发，然后再用丝巾沾湿，用内力焐热，为岳瀚拭面擦眼后，才含笑道："好了，这下干净了！"

岳瀚有些不满他的避而不答，见他开始打理自己的时候，转身便打开了门。门外是个青衣小帽的矍铄老人，此刻那老人也正用惊讶的眼神看着岳瀚。两人互相打量半晌，还是岳瀚先开口："老人家找的可是我大哥李怜花？"

"啊？正是我家三少爷！小少爷可是我家三少爷在外认的弟弟？老奴李季见过小少爷！"老管家显然也是个懂得察言观色的人，一看岳瀚的模样再加上对李怜花的称呼，连忙躬身行礼。

岳瀚开心一笑："我叫林岳瀚，叫我岳瀚就行了，别叫什么小少爷，别扭！"

"是，岳瀚少爷！"老管家一本正经地点头。

岳瀚还想说什么的时候，李怜花已换好衣裳出来了。那老管家一见李怜花，激动得当场老泪挂满两腮，上前紧紧揪住李怜花的双手便要跪下来，口中直呼："三少爷，您可回来了，老奴以为这辈子都见不到三少爷了！"

"季伯，你起来！我这不是回来了嘛。我大哥二哥可还好？"李怜花连忙扶住老管家，话中也有了几分晦涩悔意。

"大少爷和二少爷出门去了白桦镇。昨夜接到三少爷的信后老奴便已着人去追了，现在怕已在赶回来的路上！老奴先来接少爷回家！"老管家连忙道，言辞中还是一片激动之色。

"嗯，瀚儿我们走吧！"李怜花牵住岳瀚的手，踏出房门。岳瀚大大的眼睛不时在他和管家身上移过来又移过去，却也不说话。李怜花知他心里奇怪，却也故意卖关子，不给他解释。

两人随着老管家走出店堂，门口左首已然停着一辆皮篷马车，虽然不新，但却极为考究，一望而知是富豪之家的车子。

老管家趋上几步，打开车厢说："三少爷和岳瀚少爷请上车。"

李怜花先一步把岳瀚抱上车厢，然后自己再跨了上去。老管家拉上车篷，再绕到前面和赶车的坐在一起，马车立即上路。岳瀚坐在车中，又开始打量车中的情形，车篷两边有窗，座位也宽敞舒服，马匹虽然撒开四蹄，"嘚嘚"奔行，但车中却丝毫不觉颠簸。

正在思忖之际，马车已经停了下来，举目看去，原来车子已经停在一座巍峨的门楼前面。

老管家急忙下车，打开车厢，含笑道："两位少爷请下车。"

岳瀚被李怜花抱下了车子，但见门楼前面是一片青石板铺成的广场，广场上搭建了个很高的竹台，不知派什么用处，四周种着垂杨，宛如一片绿云。两扇朱漆大门已经大开着，门口仆佣站成两排，见到李怜花他们，立即躬身齐唤道："躬迎三少爷回府！"

岳瀚此际再也忍不住质问李怜花："大哥，你不是出生在渔民之家吗？"

看这架势，哪是渔民之家，是这镇的首富怕也不及了。等等，首富？岳瀚灵光一闪，突然想起昨夜店小二说这芙蓉镇的首富便是姓

李，再看看这高建的竹台，突然轻柔道，"管家，这该不是芙蓉镇的首富之家吧！"

"那是，我们李家三代都善于经商，芙蓉镇的首富之家是当之无愧的！"老管家言中颇有几分自豪感。

李怜花却看着岳瀚越见暗沉的脸孔暗叫"糟糕，瀚儿像是生气了"，连忙唤道："瀚儿！"

"大哥，你是不是该给我解释一下是怎么回事？"岳瀚觉得自己之前真是有些傻，倒不是真的希望大哥小时候被虐待，只是他一直以为的事实和亲眼见到的情景让他一时有些接受不了。

"瀚儿，大哥没有诚心欺骗瀚儿的意思，只是没有说清楚，让瀚儿误会了。我们家三代都以渔业为生，只不过是比普通人家多了几只破船而已。那个，这个广场和牌楼，我离开家的时候好像还没有，那个原来的房子也不过是比普通人家好那么一点点……"李怜花急切中的解释让所有人都睁大了眼睛愣在原地。

三少爷也实在太会谦虚和粉饰太平了。北三省的所有渔业几乎都被李家垄断，大型海上捕鱼船和运输船，李家大大小小有上百艘，更别提还有多少依附李家为生的小渔船了。提起"渔王"李家，东北境内谁人不知？怎么到了他家三少爷口中变成了"几只破船""普通人家"？

再就是关于房子的问题，李家这房子确实不算太大，因为是祖宅，百年前的祖宗留下的，李家子孙一直住在这里。可是少爷是不是忘记跟人家说，这芙蓉镇大半地皮产业均是李家所有？包括他们之前住的"醉再醉"？

岳瀚本是非常气愤的，见到李怜花比他更急的模样，不由心软，转念一想，大哥家里有钱又不是件坏事，大哥说他出身于"渔民之家"，自己就自动把他定性为穷苦人家，如今闹出误会也的确不能全然怪罪大哥。想通了他再看向众人呆愣的神情，以及老管家那几分委屈想为李家争辩，却又不敢开口的神情，不由"扑哧"一笑："算了，也怪瀚儿自己没问清楚，差点闹出笑话！大哥，还不请我进去啊？"

"啊，瀚儿，来！"李怜花见他笑了，才算放下心来，真怕瀚儿这个倔脾气一生气转身便走，连忙牵紧他的手，率先走进大门。

走过三进大院，李怜花还再往里走，岳瀚这才算知道什么叫"庭院深深深几许"。看来他又被这房子的外表骗了，它看似不大，其实深广。这样的房子只比普通的人家大一点点？岳瀚拿怀疑的眼神看李怜花，李怜花连忙红脸别过头，假装没见到岳瀚的眼神，岳瀚却停住脚步，"大哥，还有多远，我走不动！"

"大哥抱你好不好？"说完不待他回答，李怜花已经把他抱了起来，"快到了！大哥喜静，所以大哥的院子在最里面。"

老管家跟在身后，急忙道："三少爷，坐软轿吧！"岳瀚这才看见每个院落门边都有软轿在一边，想来平日里就是用这个在各个院落中穿行的。

"不用，大哥二哥回来，铜铃通知便行！"李怜花说完直接飞身上了屋顶，几个腾空便消失在原地，留下被惊呆的仆佣和管家。

这是个清净雅致的院落，在整个大宅最里侧的左边角落。虽偏僻，却不小。围墙处全种满了墨竹。竹子在北方很不容易成活，但这院落周围的墨竹却长得异常粗壮高挺。现在已是十二月的天气了，若是在三四月时，这满院墨绿浓郁的竹叶装点之下，这个院落又该是另一种风情了。院子极大，房屋却只有一幢三间的小楼，楼前是太湖石围成的一池绿水，回廊拱桥，颇有几分江南的味道。

推开屋门，迎面便是一阵清幽的花香，桌明几净。虽然十几年未曾住人，屋子里却还维持着主人离开前的模样，甚至连梳用过的发梳都随意被搁在面盆架边。十五年如一日般的打扫整理，为的便是让他这个不知何时会回家的任性孩子，回来后不至于有生疏感。所有的这些，让李怜花一直强忍住的思绪情愁终于无法再掩饰。在老管家面前还能强装的平静淡漠此刻全数瓦解，崩溃了个彻底。他的眸中微红，波光闪动中有思念、后悔、感动。

岳瀚无言抱紧他，眼圈也有些发红。他明白怜花的感受，不是不想家，只是情怯。一年拖过一年，就越加怕回家。如今真正回来了，看到这番场景，如何能不伤怀后悔？

"瀚儿，我错了吗？我早该回来看看的，是不是？"李怜花终于

没能忍住哽咽，把头埋进岳瀚胸前，"我觉得自己好对不起大哥和二哥！"

感觉到他无言的颤抖，岳瀚更紧地抱着他的身子，柔声劝慰他："傻大哥，现在回来也不晚啊。大哥的大哥和二哥一定能理解大哥的，都是自己的亲人不是吗？"所以爹爹和妹妹，你们也一定会理解瀚儿的是不是？

"谢谢你，瀚儿，若没有你，我这一辈子都觉得没脸回来看这一眼了！"李怜花模糊的声音不知是不是在哭泣，岳瀚轻摸着李怜花的头，学他无数次安慰自己时的样子，在他头顶发间落下一吻，"傻大哥，我们之间说什么谢！"

一连串急促的脚步声从远处传来，李怜花和岳瀚同时抬起头，站了起来，"大哥，想必是你的大哥二哥来了！"

李怜花僵硬地点了点头，紧张的情绪怎么也挥散不开，只有些呆呆地看向那进院落的石头拱门，听着那急促中伴随着凌乱的脚步声越来越近。

"小三——"

"小三——"

人还未到，焦急的语声便已传来。李怜花的身体越加僵硬了，眼睛一眨不眨地盯着门口，脚步移动不了半分。岳瀚也感染了他的紧张，呼吸也变得小心翼翼。

藏青色的宽摆儒衫之旁紧跟着的是月白色水神公子衫。一个明眸善睐，一个如绿水春波，全是风流儒雅至极的人物。见到李怜花时二人几乎是同时奔上前来，一人执一手端详间，未语颤抖。

"大哥，二哥，小三回来了！"这句话说得异常艰难和缓慢，语尽三人面上均布满泪痕。

"该死的三儿，你竟然不辞而别，一去十五年，狠心得连一字半语也不寄回，你真是想痛死大哥啊！"月白水神紧紧地盯着李怜花，口中说的虽是恨话，却满目都是思念心疼，若非真真想到极点，哪会如此！

"大哥——"

"回来就不许再走了，我们兄弟总算又在一起了，大家都不许哭，应该高兴！"宽摆儒衫泪中带笑道。

"二哥！"

活生生一个"执手相看泪眼，竟无语凝噎"的场景，看得岳瀚也感动得挂满泪痕而不自知。这便是大哥的亲人了吗？血脉真是件不可思议的东西，谁也割舍不了。那相似的眉眼，如今执手间的温暖气息，都让岳瀚在高兴感动之余滋生出了另一种失落。看着被关切目光包围着的怜花，岳瀚的心竟然感觉到一丝丝抽痛。

他默默地退到房间的角落，暗自吞下一颗"护心丹"，不想在此刻打扰了大哥亲人重逢的喜悦。

暗自调息片刻，再度睁开眼时，发现三人竟然都站在了他面前。还未来得及开口，李怜花已经握住了他的手，凤目含忧，"瀚儿你的心脏又不舒服了吗？"

"啊，没事，大哥，我很好，只是太感动，不想打扰大哥和亲人团聚。"岳瀚连忙道。

"说什么傻话，我的亲人就是瀚儿的亲人！"李怜花不悦地道，揽抱过岳瀚的身子，对着他面前的两个儒雅男子道，"大哥，二哥，这位便是林岳瀚。小瀚儿，这位是我大哥李拈香，这是二哥李惜玉！"

拈香、惜玉、怜花？大哥的父母亲还真是风雅至极的人物，居然给自己的三个儿子取了如此的名字，却偏偏个个人如其名，俊雅合宜到了极点。

"好贴切的名字！"岳瀚忍不住赞叹！

"好漂亮的娃娃！"拈香、惜玉忍不住异口同声道，同时伸手欲抱岳瀚。他们的热情把岳瀚吓了一大跳，呆呆地也不知道躲避，任由他们摸摸自己的头发，又摸摸自己的小脸，直到李怜花看不下去，一把拉过岳瀚藏进怀中道："大哥，二哥，你们别吓坏瀚儿！"

"哎呀，太漂亮了，好可爱的孩子！瀚儿，别怕，拈香哥哥是好人，我带你去玩，好不好？"月白水袖公子衫的李拈香虽已年近不惑，却仍保有童真童趣。论沉稳他不及李怜花沉静若水，论长相他看上去也只有三十左右。若非听怜花说过他与他大哥相差十岁，岳瀚都不敢

184

相信这大小孩一般的人已经三十七岁。反而是他身边着藏青宽摆儒衫的李惜玉比他更像做大哥的。只不过这也只是相对而言，总之，李家的男丁都得天独厚，都有一副好相貌，尤以李怜花为最。

"拈香，娃娃会一直住家里，多的是时间好好培养感情，你现在别吓坏他了！"说话的是李惜玉。岳瀚忍住翻白眼的冲动，暗道，你之前也对我动手动脚的，还说他呢！

李怜花一见岳瀚的表情，便知他在想什么，不由大笑了起来，"瀚儿，我大哥二哥自小就喜欢美丽的事物，我小时候可没少被他们骚扰。瀚儿此刻也算体验了一把大哥小时候遭受的'虐待'！"

岳瀚一听，脸顿时垮了下来，难怪呢，这毛病原来是天生的啊，看来以后他得离他们俩远些，他们的热情还真有些让人吃不消呢！

"小三，你怎么可以在娃娃面前说我们的坏话。娃娃，你可别听小三乱讲，他小时候可一点都不好玩，个性别扭得很，你想不想听他小时候的糗事？拈香哥哥都可以告诉你哦！"李拈香不顾李怜花黑了大半的脸，径自诱惑着岳瀚道。

大哥的糗事？岳瀚忙不迭地点头。

"瀚儿若感兴趣以后大哥讲给你听也是一样的。"李怜花连忙道。

"小三，你故意的是不是？"李拈香大有要跟李怜花拼命的架势，"娃娃，明天广场上绣球招亲呢，你要不要看热闹啊！"

一说起这个，岳瀚的兴趣立即上来了大半，差点把这茬子热闹给忘记了呢！

第二十二章　李家畸恋

岳瀚的每一字每一句都若重锤敲在他的心上，知瀚儿说的每一句都是拈香他们的艰难处境，其实也并非完全不能接受，只是这个一贯体贴的瀚儿在这件事情上却出奇地不给他这个过渡期，逼得他此刻不得不立即摆出立场，支持或否决。

神仙手【一】

东方另类武侠经典·

岳瀚听到招亲眼睛发亮，李怜花却突然发现从他回来到现在，竟然不曾见到两位嫂嫂，就连这个传闻中明日里绣球招亲的侄女也未曾见到。依照两位哥哥的个性，应该在刚才就一并带来与自己相见才对。

"大哥，二哥，怎么不见两位嫂嫂？"李怜花的话一出，就清楚地捕捉到两位哥哥同时闪避慌乱的眼神。虽然仅仅只一闪而过，但多年江湖生涯岂会错漏这点？

"啊，今天三儿刚回来，娃娃身体好像也不怎么好，想必很累了，今天好生休息一下，我们先回去了。娃娃，明天给你留个好位置啊！"李拈香热情细致地吩咐完，转身便往外走去，只有从跨出楼门时差点被绊倒的脚步能端详出他的心慌。

见他差点被绊倒，李惜玉着急得手已经伸出了一半，看见他只跟跄了一下，又复飘远消失的衣襟，才暗自松了一口气。这一幕自然也分毫不差地落入李怜花之眼，那关切中似带着疼惜责备的眼神，以及完全是神经反射下的伸手欲扶的动作，明知来不及，偏生也控制不住，这代表些什么？

大哥和二哥之间到底是怎么回事？为什么提到两位嫂嫂，他们的

神情都同样的不自然，甚至到如今他连他们有几个儿女也不清楚。他们的态度给他的感觉只有"暧昧"两字可形容，没错，就是"暧昧"！

难道他们跟自己和瀚儿的关系一般？可、可是，大哥和二哥可是亲兄弟啊！思绪一阵凌乱，李怜花心绪如麻，看向同样正打算说话告辞的二哥，目光中多了几分质询，"惜玉，你们有什么事情瞒着我？"

李惜玉强作镇定，微微一笑，"小三，这事过了明天再说，好吗？给我点时间想想！"小三从小就守礼，从来甚少逾矩。从小到大，叫过他们名字的次数一手可数，现在却一反常态叫他的名字，显然表明他对这件事的慎重，他岂有不明白之理？

"好吧。二哥，我们累了，想歇下了，二哥也回去吧！"李怜花见他恳求的眼神也不忍再逼迫于他，毕竟离家这么多年，两个哥哥没少为他操心，不由也放软了语调道。

直到李惜玉的身影也消失在月洞之后，岳瀚才拉拉李怜花的衣角，"大哥觉得不能接受？"

"呃？瀚儿你指什么？"李怜花还未平静的心又被掀起浪花。

"大哥跟瀚儿装傻有什么用？别告诉瀚儿你没看出来？"岳瀚的笑容甚至有些可恶的意味在其中。李怜花刹那间面色涨得通红，他怎么会以为古灵精怪到极点的瀚儿会看不出来呢？连他这个迟钝的人都发现了，瀚儿自然比他更早发现。

"可、可是，瀚儿你，你——他们是我的亲兄弟！"李怜花还是觉得苦涩得不自在。

"那又怎么样？大哥你是这么迂腐的人吗？若换成瀚儿是大哥的亲弟弟，大哥就不会爱上瀚儿了吗？大哥的回答若都是肯定的，那么恭喜大哥还能娶个如意姑娘过一生！"岳瀚嘴角淡淡讥诮的笑容，让李怜花用力地把他抱住，瀚儿从来没有用这种神情跟他说过话，"瀚儿，你怎么可以对大哥说出这么残忍的话，你明明知道除了你，别的什么人都不行的。"

"大哥，我是让你早一天看清事实。拈香和惜玉相爱，他们背负的压力和恐惧恐怕比你我更甚吧。且不说两个男子，还是亲兄弟，白日里战战兢兢防着他人窥探的眼神以及背后的闲言碎语，夜里那些负罪感怕也逼得他们彼此喘不过气来。可是若能轻易放弃掉的爱情，还是爱情吗？所以，你接受也罢，不能接受也罢，除了支持和理解他们的话，其他什么话都不能说，除非你想逼死他们。"

岳瀚的每一字每一句都若重锤般敲在怜花的心上，他知瀚儿说的每一句都是拈香他们的艰难处境，而他也并非完全不能接受，只是他需要一个过渡期。但这个一贯体贴的瀚儿在这件事上却出奇地不给他这个过渡期，逼得他此刻不得不立即摆明立场，支持或否决，没有第三个答案。岳瀚维护着他的哥哥像是维护他自己的亲人一般，也维护着他们之间的爱情。这样的瀚儿让他感动，也更让自己惭愧不已。

"瀚儿，我李怜花前几辈子一定做了不少的好事，积了无数的德，才能在这辈子遇到你，拥有你！"叹息未尽，一吻封缄。

第二天一早，两顶白丝软轿便已停在院落外面。管家李季恭敬地站在一旁，看李怜花带着梳洗完毕的岳瀚出来之时，连忙上前道："三少爷，岳瀚少爷，大少爷和二少爷已经在追霄楼等待两位少爷了！"

又经过一夜双修疗伤之后，岳瀚的内伤已然好了七七八八，面色也更显健康红润了起来，对着老管家迎面便是一个可爱的笑容，"季伯，我和大哥飞过去就行了，不坐这个！"

"啊，这，这——"老管家被他那声甜甜的"季伯"叫得心花荡漾，想起昨天三少爷仿若飞仙的身姿，的确比坐轿快得多，知道那是江湖人所称的轻功。

"行了，季伯，轿撤下去吧。今天来的人一定很多，季伯是大管家，到前面忙去吧，我会带瀚儿去追霄楼的。"李怜花看着老管家晕乎乎的神情温和地笑道。

"是，三少爷！"管家带着软轿退了下去。

"瀚儿，你看，那座高楼便是追霄楼！"李怜花指了指东北角方向的一座高楼道。

"难怪季伯要我们坐轿，要走还的确不近呢！"岳瀚轻笑。怜花的院落在整个大宅的西南角落，等于正好隔了整个大宅。不过对于会轻功的他们来说，这点距离实在是片刻就能到的。

神仙道子〔I〕

东方另类武侠经典·

怜花轻握住岳瀚的手，衣袂未动之间两人已落在屋顶上，身姿轻展间便已似流星飞过一般。这么长的距离，中间不过借力两次，二人已安然落于追霄楼上。

"好俊的轻功！"几乎同时，一声赞叹传来。两人扬眸看去，说话的是个五十出头的老者，威严中透着几分祥和之气，双目平和中又内敛着几许精光，此刻正满面赞赏地看着他们。他的身旁站着的正是拈香和惜玉两人，见他们居然是飞身而来，也惊讶欣喜莫名，"小三离家这么多年，居然练了一身好武功！"

"小三，这位是欣儿的师傅，塞外一奇，奇明前辈！"李惜玉连忙为他们彼此介绍，"奇前辈，这位是晚辈离家多年的三弟李怜花！"

这人的名号一被报出，李怜花心知要糟糕。这个塞外一奇不是别人，正是那好勇好斗的"祁连兄弟"的师父。他一身武功出神入化，偏偏性格也怪异莫名，喜怒无常，一甲子以前便已是个令全武林头痛的人物。算来他今年也该九十出头了，原以为他早该仙游了，没想到竟然还在人世，更没想到竟然出现在他家，做了他还不认识的"欣儿"的师父。有道是有其师必有其徒，祁连兄弟尚且如此了，他们的师父难缠到什么程度就更不用说了。今日自己的身份既露，怕是免不了一场麻烦！

果然，那老者顿时面露精光，"哈哈，老夫刚才还在纳闷，心想江湖中何时出了这么一个不俗的高手，没想到竟然会是怜花一绝李大侠。久仰大名了。身边那位恍若金童下凡的必然是神仙公子林岳瀚了吧！"

"怜花后学晚辈，仰慕奇前辈威名多年，今日得以一见，倍感荣幸，这位正是在下义弟岳瀚！"李怜花维持着一贯的谦虚从容，话语之间诚恳之态立现。

"岳瀚见过奇前辈！"岳瀚虽然不知道这个塞外一奇是什么人，不过看大哥对他的态度似有几分忌惮，便也扬起不动声色的笑容上前一礼道。

"啊，久闻怜花一绝待人温润谦和，是个人中君子，今日一见，诚不欺我啊！拈香，惜玉，若早知道怜花一绝是你们的胞弟，今日这等场面哪还需要老夫来献丑！"奇明哈哈大笑一声道。

"怜花一绝很有名气？"李拈香至此刻也还不曾弄懂这些。

其实想来也是，毕竟江湖人和商人还是有距离的，何况李家商脉多在北方，甚少涉足南方，更别提江湖之事。否则，他们早该听闻怜花一绝的威名而去寻他回来，哪会苦等李怜花一十五年？

"奇前辈莫再如此说了，倒叫怜花汗颜了！"李怜花连忙拱手为礼道。看来这人是大哥二哥今天特地请来护场的，这么大型的招亲活动，总要防着一些可能会出现的捣乱情况，有个武功高手护场确实是很必要的事情。只是这个塞外一奇实在是个大麻烦。

"哈哈，好久没碰上怜花一绝这样的高手了，今日事毕，可要与老夫好好切磋上几招，不知李大侠可赏脸？"奇明又是大笑两声，很是高兴一般。

神仙公子〔I〕

东方另类武侠经典·

李怜花苦笑了一下，看来是避不开了，也就坦然应承："到时还望前辈手下留情！"

"李大侠太客气了，老夫本意是想和神仙公子切磋一下的，不过没想到神仙公子居然这么年轻，老夫一把年纪的，委实有些不好意思！"话语之间，落在岳瀚身上的视线又多了几分。就这么一个十三四岁的少年，居然名列武林第一的位置，实在让人无法置信。若非实在怕端不住老脸，还真想探探他的底。

听他的口气，像是并没有和"祁连兄弟"七人见过面，关于他们的消息想必也是道听途说而来。否则，若知道他的七个徒弟不久前曾同时败于瀚儿之手，他就不会只是用窥探的眼神看瀚儿，同样今天被挑战的人也不会是自己了。得出这一结论，让李怜花放心大半，且不说瀚儿如今心脏不好，还有伤在身，更加上内力分了大半给自己，如何能放心让他与他人交手？

思忖之间，李怜花不着痕迹稍稍挡了挡奇明的视线，朗声一笑，"瀚儿调皮，当日在风雨林内毁了武林榜，引起了方生死的不满，才有了'神仙公子'这一名号。结果一路行来，麻烦不断，前辈乃世外高人，慧眼明辨，自然不至于相信道听途说之言了！"

"哈哈，那是，那是！"塞外一奇这回算是先领教了怜花一绝的

嘴上功夫。这番话说得极为漂亮，既解释了"神仙公子"名号的来历消除他心中的疑惑，又从旁抬高了他。言语诚恳之间也堵得他不好再去对岳瀚动手，真是字字珠玑。难怪提起怜花一绝，江湖人几乎都是一致好评，少有恶言。做人成功到这种程度，李怜花真是不可小觑！

"没想到小三与前辈如此一见如故，反正以后日子长着呢，今天便先看热闹吧！"见他们寒暄告一段落，李惜玉才满面笑容，翩然插入二人中间道。

"正是，正是！时辰快到了，还请前辈到前面主持场面！"李拈香也欣然附和道。

"那老夫且先去前面了！"话落，奇明便由楼上一跃而下，大鹏展翅间几点起落，便已站到了广场上搭建的那个高台之旁。

"大哥，这人是何来历？"岳瀚有些不服气地嘴巴一翘，"看似平和，实则狂傲得很，若非不想给大哥惹麻烦，还当真以为我怕他不成？"

"那七个不要命的师傅！"李怜花轻笑一声，知瀚儿不满已很久了，是有些委屈他了。可是本着多一事不如少一事，特别是大哥二哥看起来像是极为尊敬他，弄太难看总是不好收场的。

"七个不要命的？"岳瀚微微一愣，随即眼珠瞪大，"祁连家的老鬼？"

李怜花轻轻一点头，岳瀚翻了翻白眼，"老而不死谓之贼也！难怪这调调我看着眼熟，还真是有其师必有其徒啊！"

"小三，娃娃，你们在说些什么啊，你们与奇前辈有过节？"李拈香模糊地听着他们的话，像是对奇明有什么不满。

"拈香哥哥不用担心，过节倒是没有，就是这个人的坏毛病不遭人喜欢罢了！"岳瀚调皮一笑。

"哎呀，娃娃叫我拈香哥哥了呢。来，拈香哥哥抱抱！"顿时一汪春水盈盈波光，伸手便要来抱他。岳瀚见状连忙退后半步，摇手不已，"不用了，不用了！"

"娃娃，你也叫声惜玉哥哥来听听！"李惜玉满眼释放希望之光，岳瀚看着那和大哥有些神似的眼眸，根本无法拒绝地唤了一声"惜玉哥哥"。

"啊！娃娃，好可爱啊，来惜玉哥哥抱抱！"李惜玉那满足的神情像是得了天下奇珍一般，不过就是被岳瀚叫了一声哥哥罢了。

岳瀚再度后退，李怜花握住他的手，先一步抱起了他，"好了，大哥，二哥，也不看看今天是什么日子，还在这里瞎胡闹！"

被他这么一说，两人倒也想起自己的身份来了，敛去几分玩乐神态，倒也有些不好意思起来。

"那个搭高的竹台子，就是用来抛绣球的吗？"岳瀚清楚地看到牌楼之前，广场之上已经拥挤不堪，整个竹台子也已经用大红的布幔装点起来，前三进院子也处处一副办喜事的模样，很是热闹。相比较而言，这后面的院落就冷清得有些过了头了。

"对，悦然那丫头坚持要在主宅搞这些，我也拿她没辙，便随她闹腾去了！"李拈香此际眉目间一片宠溺之色。岳瀚这才真正见到他慈父的一面，与之前孩子气的模样何止天壤之别！

"想必悦然便是我那侄女了？"李怜花柳眉轻展，满面愉悦之色。

"大哥家的疯丫头，叫悦然。今年刚刚及笄，性子便野得谁也管束不住，去年便嚷着要嫁人，被大哥硬是强留了一年，今年经不住她折腾，才允了她自己张罗这场热闹。二哥的独子叫欣然，今年刚刚十二，奇前辈便是欣儿的师傅！"惜玉虽然也面带笑容，眼中却有忧郁之色，看着李怜花数度欲言又止。

李怜花一眼便已明白他的犹豫，知他是不知如何跟自己开口。转头看向大哥拈香，正好捕捉到他看着二哥惜玉时一闪而过的痛楚和柔情。心里不由叹气，罢了，等这招亲之事结束，他们说不出口，就由自己来替他们说吧！

"大哥，快看，有人上去高台了！"岳瀚的叫声把三人的视线都拉回广场的方向。

神仙学子【Ⅰ】

东方另类武侠经典·

第二十三章　绣球招亲

广场那边人声已经鼎沸到了极点，只见偌大的广场，人流已经分成十二组，各自排列在一个丫环面前。每个人都各自领到一个纸条，有人喜有人忧，真是声势浩大的一场招亲啊，只不过此时的四人都没有了看热闹的情绪。

一整排美貌少女穿着同色的锦缎华裳，个个妆扮得千娇百媚，从容缓慢地由门楼的方向步向高台，所过之处，留下香风阵阵催人欲醉。岳瀚目数了一下，一共十二个人，每人手里都捧着一个有盖的瓷碗，让人不禁好奇里面装的是什么。她们整齐划一地登上搭建好的竹台，而人群的喧闹声，也随着她们的到来而安静下来。

十二个人站成一排，正好把高台站满，同时冲着台下盈盈一礼，为首的代表所有的人发言道："欢迎各位公子少爷英雄好汉远道而来，今天是我家小姐的大喜之日，而我们未来的姑爷就将从各位当中诞生！"说到此处她顿了一下。

人群又是一阵兴奋的喧哗之声，看丫环就如此绝色妖媚，小姐如何国色天香就更不用说了。何况娶了"渔王"李家的小姐，等于接收了李家半个家业，东北境内谁人不知李家当家对他这个掌上明珠疼宠爱护到了极点。也因此，不管是为财还是为色，都注定了这场招亲绝对不会冷清。

只见那一少女环顾了一下整个高台四周，轻声地道："大家安静！"便这四个字，居然让偌大的广场一下子又安静下来！

"大哥，越来越好玩了啊，没想到这个女婢竟然是个内家高手！"

岳瀚目不转睛地看着高台，一边玩味地道。

李怜花微微点头之间回头看向李拈香，"大哥，这十二个丫环从何而来？"

"三年前由悦然那丫头自己领回来的。十二个人，以月份为名，个个古灵精怪。我看她们对待悦然倒是忠心爱护得很，也就同意她们留下了。平日里她们便和悦然住在别庄。有什么不对吗？"

"大哥可知道这十二个丫头都身有武功？"李怜花有些皱了皱眉头，他不在的这么多年里，家里不知道到底来了多少来历不明的人，偏生大哥二哥在这方面一向迟钝得很，叫他担心不已。

"知道啊，估计是跟着奇前辈学的吧。悦然那丫头也学了不少舞刀弄剑的花把式呢，整天和欣儿不干什么正事！"李拈香一副见怪不怪的样子，更叫李怜花忧心不已。商业上的天赋在看人处事上似乎一点没能帮上什么忙，大哥迟钝得让他恨不得狠狠地敲醒他。

"那奇前辈是什么时候到我们家的？"

"五年前欣儿遭绑架，幸亏奇前辈适逢其会，救了欣儿，大哥便竭力挽留他留在我们家。欣儿与他也极为投缘，也就收了欣儿为徒。怎么，小三，怎么突然问起这个，难道有什么不对？"

这回回答的是李惜玉。说起这个，李惜玉对奇明满脸都是感激和尊敬，若非当年奇明的偶然出现，他的欣儿现在也不能活蹦乱跳叫他爹爹了。李家的香火只怕也要断在他的手里，叫他如何对得起列祖列宗？

"没什么，问问而已！"李怜花淡淡一笑，低头一看，岳瀚轻轻地在他的手心里写了几个字，李怜花眉头微皱了一下后随即又放开。

就他们这几句话之间，高台那边已经再度热闹起来。只见那十二个丫环同时揭开手里的瓷碗碗盖，里面各有一个精致的小小彩球，依旧是先前讲话的那个叫一月的丫环开口道："刚才的规则大家可都听清楚了？若听清楚了，请诸位自己选择行列站好！"

"啊？进行到哪了？"李拈香因为没有武功看得并没有怜花和岳瀚那么清楚，何况追霄楼离高台的距离委实也不算近，"早知道就该在高台对面也搭建一个才行，现在看都看不到！"

"拈香哥哥，那个招亲的可是你的女儿，你怎么像个没事人一样还看热闹。一会儿等你的准女婿被挑中，你不用出去主持场面的吗？"岳瀚这才分了点神回头跟李拈香说话，对广场上现在正乱糟糟的分组情况不感兴趣。

"悦然那丫头早就警告过我们不许出面，只要她挑中了的，我们点个头就行了，所以我们不看热闹，还能怎的？"李惜玉无奈地看了一眼李拈香，"都怪大哥把她宠坏了！哪有女儿的婚事，做爹的居然做不到主的。"

"说我？不知道最宠她的是谁？"李拈香显然对他的"指责"很不满意，连忙反驳道。

"大哥，难不成你是在说我吗？那上个月谁同意欣儿明年去天山看雪莲来着？"李惜玉装傻的同时也连忙反问，李拈香一时无语。

岳瀚和李怜花这回也无语了，他们总算知道了，这些小辈的无法无天都是被谁惯出来的。显然他们面前这两个都有份，而且一个比一个宠得厉害。

"大哥，我也要去天山看雪莲！"半晌之后，岳瀚才悠悠地道。

"好！"李怜花毫不犹豫地便点了头，岳瀚立即笑逐颜开搂紧李怜花的颈项，"我今年就要去！"

"好，都依你，不过你也得把身子养壮实一些！"李怜花亲亲他的脸微笑着应允。

"不行，好不容易回家来，不许再走了！"拈香的态度突然强硬起来，眼里像是隐隐有了泪光，"不让你们走！"

"拈香！"惜玉见他模样，也不顾李怜花他们在场，急切地拥住他，"别这样，别急，小三他们不过说说而已，不会真的就走，小三——"

李怜花看了一眼岳瀚，再看看大哥眼里的恳求之色，一时左右为难。应下了便是违了瀚儿的心愿，不应下，大哥的模样好是凄楚可怜。

"拈香哥哥，你可别哭哦！我和大哥不走，瀚儿是跟大哥撒娇来着，拈香哥哥怎么可以学呢？"岳瀚巧笑倩兮地歪着头看着惜玉拥着拈香的模样，两人这才意识到太过亲密，连忙放开，尴尬和红晕同时布满面颊。

"不走就好！不走就好！"一时手足无措，李拈香连忙转过身去，看着广场喃喃自语道。惜玉则略微担心地看着拈香。

李怜花深深地抱紧岳瀚的身子，传达他无言的愧疚。反是岳瀚轻轻摸了摸李怜花未束的发，在他耳边道："没事的，大哥，拈香哥哥只是太久没见你了，有些舍不得，我们就多留些日子吧！"

广场那边人声已经鼎沸到了极点，只见偌大的广场，人流已经分成十二组，各自排列在一个丫环面前。每个人都各自领到一个纸条，有人喜有人忧。广场的一角，甚至有若干的家丁正在搭建一个简易的比武台，看样子还要经过比武。真是声势浩大的一场招亲啊，只不过此时的四人都没有了看热闹的情绪。

神仙掌子【Ⅰ】

东方另类武侠经典·萧少潇

"拈香哥哥，惜玉哥哥，你们用过早饭没？我和大哥急着过来看热闹，早饭也没吃，现在好饿！"岳瀚示意李怜花把他放下，然后走了过去，一手拉住拈香一手牵上惜玉摇晃着道。

"娃娃还没用过早饭啊？去拈香哥哥的院落吃，好不好？"李拈香微微半蹲下身子，惊呼了一下，温柔地征询他的意见，之前伤心的气氛立即被转移了开去。

"好！"岳瀚回头看了朝李怜花眨了眨眼睛，李怜花眼里都是笑。

"还是去我的院落吧，你那都好久没人住了！"惜玉无意识地脱口而出后，才意识到说错了什么，连忙顿住。他小心翼翼地看向李怜花，发现他像是并没有在意他说了什么，才略微安心，回头正好看到拈香也有些慌乱的神情。

"那就去惜玉哥哥的院落好了。大哥，你不是正好也有事要告诉两位哥哥吗？边吃早饭边说好了！"岳瀚轻快地道，像是没看到两人间偷偷交换的心慌眼神。

"嗯，多年不在家住，也不知道二哥的春歌院有没有什么改变呢！"李怜花也顺着岳瀚的话往下说道。

四人各怀心思地下了追霄楼，因为拈香和惜玉不会武功，岳瀚和李怜花终究还是坐了一回白丝软轿。李惜玉的"春歌院"与李怜花的

"墨湖居"正好在同一排上，只不过"墨湖居"在西南角，而"春歌院"却在正南方而已。院落之间隔着宽广的人工湖，湖上有小的廊桥可以通到彼此的院落。这样的设计既做到了兄弟间亲密的联系，又不妨碍到各自的私人空间。

"好漂亮的春歌院，比大哥的墨湖居更多了温暖和灿烂，走进这里就像走到了百花盛开的幽谷一般，难怪住在这里的惜玉哥哥也如一汪绿水一般的清雅迷人。"岳瀚真心地赞美着。李惜玉的脸面直发烫，被这么漂亮的人赞美，任谁都会生出一种自豪感，惜玉自然也不例外，神情也越发温和起来。

"二哥这里倒是也没什么改变，只是更多了几分家的温暖感！"李怜花假装没看见屏风上搭放的月白衣衫，故意背对着屏风而坐。

下人早就在碧绿的桌布上摆上了色香味俱全的各式小菜茶点，光粥的品种就有四种，珍珠米熬成粥颗粒饱满、太湖小米的粘稠喷香、黑米红豆的色泽艳丽、南瓜甜糯的晶莹流淌。

"娃娃，小三也没说你家在哪里，不过既然是从江南而来，我怕你不习惯北方的口味，昨天特意去把"忆江南"的大厨给请了来。这些是早就准备了的，你试试，若有不合口味的，尽管吩咐厨房再行煮过便是了！"李拈香淡淡说来，却让岳瀚红了眼，"谢谢拈香哥哥！"

这种从骨子里衍生出来的温柔与生俱来，不止大哥一个人，李拈香和李惜玉显然都是属于这种类型。他们一旦真心喜欢某人，必定报以十二分的认真，善解人意到你不能想象的地步。被这样的人爱上，无论谁都是幸运的。他们不遗余力，飞蛾扑火般的决心，以及绝不后退的坚定和决绝，任谁都愿意被吸入这温柔至极的漩涡之中，直到没顶。同样他们也会是世界上最体贴的家人，眼前的一幕便是最好的例子。

"娃娃说傻话了不是。"惜玉作势不高兴地皱了皱眉头道。

"傻娃娃，你也是我们的弟弟呢！说什么谢？"拈香也摸了摸他的头，"快吃饭，不是饿了吗？"

"拈香哥哥和惜玉哥哥也一起吃！"

"我们已经吃过了，不过瀚儿邀请的话，我们就再吃一些好了！"

拈香微笑间已经和惜玉坐了下来，四人真的就和一家人一样，同堂而坐，同桌而餐。

岳瀚暗暗地想，这就是家的感觉了吗？温暖得让他的心口直发烫，有流泪的冲动，但是却好开心。这是和师父们对他的好完全不一样的感觉，让他迷惑中也有些贪恋不舍，生怕这样的温暖转瞬就会消逝。他看向李怜花，那温柔专注的目光从不曾移动过，无论他多少次回眸，总是能看到他落在自己身上的目光，倾诉着他的理解和抚慰，爱怜和深情，轻而易举就抚平了他心中不安的种子，"大哥！"

被他这一声不知饱含多少情绪的"大哥"一叫，李怜花幸福地叹息一下，一瞬间，已经安然把岳瀚置于自己的腿间，揽着他的身子为他盛了一碗太湖小米粥，放到他面前，"瀚儿，尝尝看，好不好吃？"

岳瀚仰头再度看了他一眼，才低头用勺子舀了一口米粥含入口中，吞咽间微笑地点头，"好吃！大哥，你也吃！"

满勺粘稠的米粒已递到李怜花嘴边，李怜花张口含下，象牙筷子已夹了一块油酥小饼喂进岳瀚口中，彼此相视间会心的微笑，完全忘记了还有另外两个人在身边。惜玉和拈香的筷子都停在了半空之中，眼中同样是深深的震惊和不可置信的神情。

"小三，你和娃娃！"惜玉有些混乱得分不清自己目前该以何种心情去问询他们之间的事，开口之后便怔在了原处。

"啊？"怜花和岳瀚这才回过神来，认清了此时此地后，才知道他们的"暧昧"也尽数落进了他们的眼。羞赧是必然的，但更多的还是坦然。本就是打算开诚布公地告诉他们的，这样也好，省却了开场白，直接跳跃到了正题。

"小瀚儿是我的爱人，我们互许了终生，希望大哥二哥给我们祝福！"李怜花的眸中异彩纷呈，坚定不移！

"你、你们……"拈香的震惊简直无法用言语来表达。

"小三，你们就如此肯定了对方就是自己的唯一了吗？你们难道就无视别人的目光了吗？可知这是一条不归路啊，若能回头，还是莫踏入的好，不然以后痛苦的会是你们自己！"

"拈香哥哥，爱便是听从自己内心深处的回答。我不管别人如何

看待我们，我只问我的心里是否爱着这个男人。我不曾有负罪感，从来未曾有过。与他一起我很开心，很幸福，也体会到了生命之于最重要的人的意义。他爱我如斯，从末有人如此热烈地爱着我。而这样的爱，以后也将无人能超越。我之于他的也同样是如此。所以我们便是彼此的相属，认定了这条路便要一直往下走，即便有痛苦，那也不会是因为外界的一切，而是源自我们内心不愿分离的痛苦，这便是爱的力量！"岳瀚握紧李怜花的手，诚挚且热烈，不仅仅是说给拈香和惜玉听，也是再一次说给自己和怜花听，因为这便是他现在的想法。

"瀚儿，我们不会有痛苦的。你忘记了，我们许下了生死诺言，所以我们不会有分离的一天，也就不会有痛苦。我要你永远和我在一起，永远都像今天一般感觉幸福！"怜花抱紧岳瀚的身子，幸福的颤抖从灵魂深处引发至全身各处。

"爱的力量？"惜玉喃喃自语，"我简直是个白痴，我白白浪费了多少年的时间，一往直前的路为什么我会绕这大的圈子？"

拈香失神地看着惜玉激动懊悔的神情，突然开始恐惧起来，"惜玉，你在胡说什么？"

"拈香，你还在逃避什么？我们还不够痛苦吗？放开吧，那些无形的束缚，这些年勒得我们气都喘不上来。若是惩罚也早该够了，你还要这样压抑自己多久？"惜玉突然抓紧他的双肩，用力地摇晃他的身子，大声吼道。

"不要逼我。惜玉，你都不知道你自己在说什么，你不会知道后果有多可怕，别再说了！"拈香也大声吼了出来，眼神慌乱得不能自己。害怕和期望并存，连他自己也不知道他的脸上写着多深的渴望。这么多年在人前的小心掩藏、失败的婚姻、繁重的家业，还有与惜玉无法启齿的孽恋，早就把他逼得很累很累了。他多想什么都不管，潇洒地甩脱一切，可是却无法迈过那道深深的门槛，总是遥望着门槛外高远的天空，独自绝望。

"小三，娃娃，我有话跟你们说！"惜玉的神情却深远了起来，带着孤注一掷的决心。既然拈香还不够勇气说出来，那便由他来说。娃娃说得对，既然认定了彼此的相属，就应该勇敢走下去。

"不许说！"拈香慌乱中用力捂住他的嘴，泪已无助地滑下。

惜玉拉下他的手，握紧，"拈香，勇敢一点好吗？小三是我们的弟弟，连他都不说，我们便真的要永远背着这罪恶感了。就算是为了我，求你了，卸下吧！"

看着这两人拉扯间的泪水和痛苦，岳瀚完全能理解拈香挣扎间的痛苦。比之惜玉和怜花的执著，拈香更多了几分传统和正派。这种传统和正派让他轻易不能谅解自己竟然会爱上一个男人，而且还是自己的亲弟弟。这与其说他是害怕别人不理解，不如说他更害怕的是那种不顾一切到完全不知自我的全新的自己。他怕一旦那样之后，他便什么也不是了。

200

神仙掌〔Ⅰ〕

东方另类武侠经典·

"拈香哥哥，爱的感觉是压抑不住的。你越是压抑，便越是要冲破你的心房和桎梏。承认爱上一个人并不是一种示弱，更不会容易失去。全新的一个自己会让你感觉不同，却不会让你觉得迷失自我。你们明明深爱着对方，却执意不在嘴上表白出来。你觉得这便能磨灭你们相爱的事实吗？若如此，那才是自欺欺人！"岳瀚的眼神明亮如星地盯着他们，像是要看进他们心里。

两人被他盯得一动不敢动，"娃娃，你，你们知道了？"

"我和瀚儿一直在等大哥和二哥主动来告诉我们，却一直没等到。既然你们不说，那便只好由我们说了！说实话，当我一开始发现你们相爱的事实时，的确有些不能接受。但是瀚儿让我真正明白了一个道理——其实不在于你爱上的人是什么性别，什么身份，关键在于那个人便是能让你感觉他和你的生命是一体的。除了他，你不会在任何人身上找到同样的归属感。少了他，生命便感觉空虚与不完整。为了他，你愿意做一切事情。当这个人出现时，你的生命才算真正的完整。拈香，惜玉，放开你们各自的桎梏，仔细问问你们的心，他是那个让你为之热血沸腾、生死不顾的人吗？"李怜花的声音又轻又缓，若涓涓细水流淌于每个人的心间。拈香和惜玉呆呆地看向彼此，两人的眼中都多了些异样的神采。

不知何时，当铜铃之声大作惊醒他们的时候，才发现怜花和岳瀚早就不知在何时离开了房间。

"前院像是出事了，我们去看看！"半晌，惜玉轻柔地道，拈香微微点头，"好！"

第二十四章　多情公子

那沉静俊美的面容，深邃的眉眼，高挺的鼻子，组合在一起是一张邪肆野性到极点的轮廓，配上他捉摸不定的气息，整个人站在那里便是妖邪魅惑的最佳代表，这么一个分明属于黑色沉静的气息却又带着火热的狂放的矛盾综合体，整个武林除了多情公子绝没有第二个！

招亲的广场上如今一片混乱，不会武功的人大多数已经躲避到广场周围的树下，刚搭建好的比武擂台也被毁了个彻底。十二个美貌丫环已经全数飞身下了高台，手执绢带站在了广场中央，神情肃穆地注视着正前方。在不远处的后面，老管家李季带着一干家丁，手拿棍棒，如临大敌，所有人的目光都聚焦在站在十二个美婢面前的六个清秀少年身上。

岳瀚和李怜花几乎是听到铜铃响的第一时间便来了这里，见到的时候已经是这副模样了。抬眼不曾见到塞外一奇，便知他定是被另外的高手引去了别处，否则此处的场面也不会如此混乱。

"季伯，你们退下！"听到李怜花温和的声音从身后传来，老管家几乎是欣喜出神，"三少爷，您来了！奇老爷子被引走了——"

"我知道，你带家丁退下去吧，这里交给我！"李怜花温和地打断他。轻轻地挥挥衣袖，一派优雅宁静，眼神却是平静地越过十二个女婢落到了那六个清秀少年的身上，甚至还带着柔和的笑容。

"是，三少爷！"换了以前他是不敢把少爷留在这里的，但是昨天和今早见到少爷漂亮的轻功，便知道少爷已经学了很高深的武功，至少他觉得不会比奇老爷子差。而他们杵在这里也只会碍了少爷的手

脚，还不如听话退开。

"各位姑娘，你们也请下去休息吧，这里交给怜花来处理，可好？"李怜花对着转头惊讶看着他的十二个女婢浅笑道。

其实在听到管家惊叫"三少爷"的同时，她们便已注意到那两个宛若神仙般的俊美男子了。很早以前便听小姐说过她有个离家十五年的三叔，只是没想到这个"三老爷"如此年轻，还俊美到天下少有，那浅笑的眉眼看得她们心头一阵小鹿乱跳，更别提他身边那个美得都快没有性别之分的白衣少年了，众人连忙慌乱垂头退向两边，"是，三老爷！"

"呵呵，大哥变成三老爷了！"岳瀚忍不住大笑出声。李怜花捏了捏他的琼鼻，突然间轻抱起他，人已离地飞升而起，转瞬便把岳瀚安置在高台之上，浅笑一声，"小瀚儿，在这里坐着，大哥一会儿就回来！"

"嗯，大哥去吧！要是有些零嘴就更好了！"岳瀚也轻笑数声，敢情把这当成看戏了。

"喏，这个拿着！乖乖的！"怜花从容地从衣袖里取出一个油纸小袋，放到岳瀚手中，最后叮嘱了一遍，才翩然回到广场中间。

岳瀚打开小口袋，发现居然是"九芝斋"上好的腌酸梅子。这种梅子还是在玉鸿飞的寿筵上吃过一次，上次他无意间跟大哥提过想念那梅子的味道，不知道这个傻大哥什么时候居然买了放在身边。嘴里含进一颗，那酸酸甜甜的感觉让他幸福得不舍得咽下，眼光则须臾不离地注视着场中那翩翩身影。

而另一边，从李怜花和岳瀚出现在场中的那一刻起，那六个清秀少年的注意力便已经不由自主被转移，之前的轻松惬意也不由收敛起来。再看到李怜花绝美轻盈的轻功身法，便知这个男人绝对是个高手中的高手，只是为什么之前竟然没有打探到李家竟然有这么一个武功高强的三老爷？

"你是什么人？"面前这个男人太沉静了，冷风本不想先弱了自己这方的气势，却忍不住开了口。

"在下李怜花，不知几位今日来此有何见教？"李怜花则是一贯的从容优雅，连笑容都如最初的浅笑淡定，哪有半分对敌之态，反像是见到了老朋友聊天寒暄一般自然。这样的姿态让严阵以待的六个少年有些茫然迷惑，李怜花三个字却又像一块巨大的石头，扔进了他们的心湖，眨眼间纷纷变了色。

　　"不知阁下和怜花一绝又是什么关系？"开口的依旧是冷风，语气却已不复之前的镇定，连称呼也不由自主客气了几分。李怜花这三个字只要是练武之人，谁又会不知道呢？心里希望只是同名同姓才好，但他自己也知道这样的希望何其渺茫！这等轻功，这等风姿，天下还有第二个李怜花吗？

　　果然，那白衣轻飘、含笑而立的俊美男子微微颔首道："正是在下！"

东方另类武侠经典·

神仙掌【一】

　　六人闻言变色，脸上同时闪过严峻之色，之后却依旧倔强而立，"没想到竟然在北地境内见到闻名武林的怜花一绝李大侠，看来今日这个差事我们兄弟八成是要砸锅了！"

　　"其实也不尽然，几位小兄弟此刻回头离开，怜花担保没人阻拦！"李怜花嘴角噙着笑容，缓缓扫视了一下全场，除了擂台打烂了之外，倒是没有人员受伤，可见这几人旨在破坏招亲，并无意伤人。

　　"我们既奉命而来，断无空手而归之理，即便是李大侠在场，说不得我们兄弟也得拼上一把了！"冷风面色一峻，一派冷硬起来。与此同时，另外五个清秀少年立即把手探向腰间，做好了随时动手的准备。

　　"既然如此，那怜花就在此候教了！"李怜花悠然地点头回答，甚至连缩在袖中的双手都未伸出来。

　　"三老爷小心，他们的兵器很邪门！"一月忍不住大声提醒道。

　　李怜花回头微微一笑："多谢姑娘提醒！"

　　"几位小兄弟，请！"李怜花缓缓伸出右手做了一个"请"的姿势。

　　"上！"随着冷风的一声轻喝，六人探向腰间的手再度展开时，手里各自多了一根似鞭非鞭、似剑非剑的奇怪兵器。说它是鞭，那前端却有剑刃；说他是剑，后半部分全是墨黑色的牛筋所制，中间相连接

的则像是玄铁所制的铁链。整个兵器制作精巧不说，造型更是闻所未闻，见所未见，想必舞动之间，玄机定然不少，怜花不由暗自一凛。

就在他脑中电光一闪之间，六道剑气鞭风已经逼面而至，那黑色的牛筋一端被牢牢地握在六个少年手中，每一分巧劲都使得这奇怪的兵器变幻出数十种不同的进攻招数，剑刃所到之处无不是人体的偏穴和难以防备的死角之处。果真邪门得很，若非自己仗得身法奇巧，怕早就被逼得手忙脚乱了。即便如今外人看他轻松自在，其实只有他自己知道，此刻一味的游走穿梭不过是未曾想到什么好的克制之法。

冷风等见他在这般剑气刃影之中还如蝴蝶穿梭花丛般自在潇洒，游刃有余，不由也暗赞。怜花一绝果然名不虚传，换了一般人早就在第一时间失去先机，受制于他们。而此刻眼看阵法招式已用了大半，却还没摸到人家半片衣角，不由更多了几分急切。

六人之间早就心意相通，视线相交之间，便明白了需用尽全力，顷刻间攻势更是迅猛万分，如狂风浪潮铺天盖地而来。

李怜花本是空手下场，并无携带长剑，如今被围在重重剑气之中，也毫不惊慌，食指中指并拢间，便有无形的气剑疾射而出，所用的正是小瀚儿所传的"逍遥指"。指风与剑刃交接之间，竟然发出兵器撞击才能发出的金属之声，清脆轻鸣。冷风他们六人感觉差点握不住手中的兵刃，不由赞叹好强劲的内力，好凌厉的指风！

岳瀚居高临下，含笑淡定地看着场中七人快速旋转交接的身影，倒还不为大哥担心。凭怜花的轻功和内力，这六个少年此刻仰仗的无非是他们之间默契的配合，奇巧的招式以及特异的兵刃的优势，时间一长招式用老，用尽，就容易被大哥所破。

比之岳瀚的轻松惬意，一月她们十二个丫环倒是紧张万分，俏脸上布满汗珠，几次看到那玄铁链挥舞过去，带出一道道雷霆剑气，就不由为李怜花提着一颗心。同样惊吓出一身冷汗的还有刚刚赶到的李拈香和李惜玉，看到李怜花在一次次险象环生中化险为夷，对他们的心脏而言也是一种折磨。

短短片刻，李怜花便发现这六个少年配合间虽然无懈可击，然而他们的内力程度却并不相当。每次自己的指风过处，六人的反应程度皆不一样。他不由灵机一动，一改之前同时应付六个人的动招方式，改成专攻冷风一人。他灵活的身影搭配着绝妙的步伐，闪避其他五人递来的招式，然后用出其不意却更为凌厉的指风招招攻向冷风。因为认定他是他们六人的中心，只要制住他，自然便等于牵制住了他们六人。此法果然大为奏效，仅仅一会儿便使的六人得阵法大乱。

"哐当——"冷风的兵器脱手飞出之时，人也无力地单膝跪倒在地上。所有的攻势全部停止，连他在内，每个人的脸色都苍白如雪喘息不已，额头的汗珠不断滴下。他抬眼再看那子然而立在场中的李怜花，却犹自衣袂轻飞，洒脱自然，竟然连发丝都未凌乱半分，真是好可怕的对手！

"我们输了，要杀要剐悉听尊便！"虽然不想承认，可是失败就在眼前，痛苦已无济于事。

"几位小兄弟言重了，你们又未伤人，充其量便是扰乱了招亲的气氛，为这许事，怜花还不至于要你们的性命。只是不知现下能否告诉在下，几位为何而来，又是受何人之命？"

六人见李怜花由始至终都一派心平气和，胜而不骄之态让他们不由暗自赞叹佩服不已。不愧是武林最完美的侠义典范，败在这样的人手里，还有什么不服的？想必大师兄也该明白他们已经是尽力了。

"在下冷风，他们是我的师弟。李家小姐一年前便与我大师兄互许了终身，今日却又公然举办这招亲之事。是李家小姐背信弃义在先，在下等如此行事也是被逼无奈，所以并不觉得有何过错。然今日既然已败在李大侠手下，也蒙李大侠手下留情，冷风等铭感在心，但招亲之事只要再办，在下等还是会来阻止！"冷风说起这场招亲显然还愤恨不已，真为大师兄不值，那个疯癫的小妖女哪里值得大师兄为他劳神不已。

李怜花一愣，看他们的神情听他们的话语，这事显然还错在己方，若事实真是如此，他们的所做倒也情有可原。

"冷风，你信口雌黄什么？小姐哪里对不起你家师兄，明明是你家公子另结新欢在先，今天竟然还有脸来捣乱？"一月涨红了脸跳了出来，指着冷风开口便骂。

"哼，另结新欢？师兄真要另结新欢，我们还求之不得呢，你家那个刁蛮疯癫的丫头哪配得上师兄的人品？"冷风也猛地站了起来，毫不示弱地冲一月叫道。

两方同时怒瞪对方，一时间剑拔弩张，大有一言不和再打一架的架势。

闹了半天，看样子他们两方原本就是认识的，那这莫名其妙的一架打得果真成了闹剧。李怜花水袖一甩，也不由有些薄怒，笑容收敛之间走到李拈香面前，沉声道："大哥，这事你看着办吧！我和瀚儿回去休息了！"

话落不待拈香和众人的反应，人已飞身而起，飘落于岳瀚身边。看到岳瀚一直温柔带笑的脸，他的表情不由自主又柔和了起来，"等久了？可冷？"

"大哥，腌酸梅子好好吃！"岳瀚答非所问地伸出双手，李怜花便顺势把他抱了起来，包容地一笑，"回去再睡一觉可好？"

"大哥不管了？"轻声反问，所有的一幕他自己全看在眼中，也知道大哥在气什么，不过他倒是觉得很好玩。看来拈香哥哥的这个女儿也不简单啊，自然他想看好戏的心情最好还是不要告诉大哥为好。

"不管了！小辈的事情我又如何管得了？"李怜花边抱着他御空飞行，边回答。之前的微微怒意早就在看见瀚儿的笑容时被抚平了，如今说这话倒也并非是气话，而是真觉得掺和后辈的感情问题不该是他的事。

"大哥不想知道那六个少年的师兄是谁？"岳瀚安然地躺在李怜花怀中，正好大方仰头看着李怜花柔美的面容。变幻成少年的体型便是有这等好处，可以让大哥随时随地抱着，几乎很少有需要他落地走路的时候，真的很享受呢！

"瀚儿已经知道了？"李怜花一愣，低头看了他一眼问道。之前自己与他们动手，虽然得胜的是自己，但是他们的武功来路却未曾看出来，就如他们的兵器一般让他摸不着头脑。若非一月突然和冷风吵闹了起来，他本是打算问他们师从何处的。此刻听瀚儿的口气，像是已经有了腹案一般，既而一想，也对，瀚儿是天地四绝的弟子，对武功的见识自然要比他高得多。

"嗯，心里有人选了，只是不知道猜得对不对。大哥我们打个赌如何？"说话这会儿，两人已经安然回到了墨湖居里。

"这回又如何赌法？"李怜花也来了兴致，他可没忘记瀚儿跟"祁连兄弟"的那场赌。

"我赌这个人必定是我们的旧识，而且最迟晚饭前后必定前来拜访我们！"岳瀚笃定的神情更是挑起了李怜花满心的好奇，"哦？旧识？瀚儿这么肯定，如若那人非但不是我们的旧识，也不曾来拜访我们，又当如何呢？"

"这便是瀚儿和大哥打的赌了。若来了，自然是我赢。若这两个前提中有一项不对，也算瀚儿输，大哥觉得如何？"岳瀚扬眉轻问，仿佛已经胜券在握了。

"赌注呢？"瀚儿既然如此笃定十足，自己的胜算自然不会大，但是即便预感自己会输，李怜花依旧心甘情愿地参与到瀚儿的游戏之中。瀚儿兴奋异常的小脸，让他对赌注更是期待万分。

岳瀚附耳轻轻对李怜花说了几句，还未说完，红晕便已从李怜花的脸部一直渗透到衣领深处去了，"大哥，如何？可敢接受这个赌注？"

李怜花迟疑了一下，还是义无反顾地点了点头，立即换来岳瀚的笑颜如花！

眼看晚膳时分便要到来，李怜花的笑容也越发灿烂起来，"瀚儿，看样子大哥赢面比较大，你说的客人似乎还没有来！"

"大哥，今天你的耐性似乎不大好哦！"岳瀚不以为然地撇了撇嘴，视线转向远处的屋顶檐角，"你听，这不是来了吗？"

李怜花凝神一听，果然有衣袂之声在迅速接近他们，"瀚儿，你是真的料事如神呢，还是早就约好了的？"

"大哥说呢？大哥是不是该先出声把我们的老朋友请进屋里来喝杯茶啊？"岳瀚神秘地一笑。

李怜花狐疑之间，还是顺从地用千里传音朝外面道："是哪位旧

识光临，怜花和瀚儿已经恭候多时了，请进屋喝杯清茶！"

话落不多时，只见一条玄色身影已翩然落于院中湖前。一身玄色锦缎，黑丝外褂，配上火红色的红云腰带，墨发高悬，唯有额前落下一缕短发。抬眼望去，那沉静俊美的面容，深邃的眉眼，高挺的鼻子，组合在一起是一张邪肆野性到极点的轮廓。配上他捉摸不定的气息，整个人站在那里便是妖邪魅惑的最佳代表。这么一个分明属于黑色沉静的气息却又带着火热的狂放的矛盾综合体，整个武林除了多情公子绝没有第二个！

最意外的莫过于李怜花了，没想到竟然会是多情公子，倒还真算是个旧识。不等他开口，多情公子便已缓步上前，拱手一礼，"怜花兄，岳瀚，久违了！"

"瀚儿说会有故交前来，在下却怎么也未料到会是多情兄，快快进屋一叙吧！"李怜花此时才收敛惊讶之色，拱手回礼。

岳瀚站在桌边，对着刚进屋的多情公子洞悉了然地一笑，"多情大哥，多日不见，越见潇洒了！"

"岳瀚别取笑我了，我正一个头两个大呢！"多情苦笑了一下，"实不相瞒，今日我是为了悦然而来！"

三人在桌边坐下，岳瀚亲手为他们斟上茶水，状似不解地道："那多情大哥应该去找拈香哥哥和惜玉哥哥才对，怎么会找上我们呢？"

"怜花兄，岳瀚，我和悦然是真心相爱的，早就互许了终身。此次的事件皆因误会而起，未曾想到闹到如今这般境地，还请怜花兄见谅！"多情公子平素也是个轻易不与人低头的人，如今却用这般苦笑无奈得近乎请求的口吻与李怜花他们说话，立时让岳瀚生出了几分好感。

"悦然今年也只有十五岁！"李怜花沉吟道。他不是怀疑多情公子的话，只是他们一南一北，一为武林客一为商人女，按常理是怎么也不该有相遇的可能，更别提相爱至互许终身。

"若多情不曾看错，岳瀚只怕还不到十四，怜花兄不也爱逾生命？"多情公子平静地道来，没有鄙视怀疑也没有惊讶，反让李怜花愣在当场。

"那多情大哥希望我和大哥如何帮你？"岳瀚却并不惊讶，白河镇之事，他和大哥的关系已曝光人前，迟早会人尽皆知。只是若多情这般毫无芥蒂坦率直言的人倒还真不多见，让他在好感中又多添几分欣赏。

神仙掌【I】
东方另类武侠经典·

第二十五章　上门女婿

多情公子出道比我早，成名也在我之前，一向很少管江湖之事，虽然身在江湖却算不得真正的江湖人，为人虽狂傲不羁，心地却不恶，他与悦然既已属有缘，大哥二哥成全了便是，以后齐家治业之事，也多可仰仗！

"既然悦然公然举办招亲，那我便照她的规矩来！只是早上那一场纷乱需请怜花兄代我在未来岳父面前解释一二。"多情公子略微沉吟了一下道。

"按你的脾性，原是打算直接带悦然走的吧？！"怜花波澜不惊的语调中带着几分暗怒。岳瀚有些惊讶地看向李怜花，多情公子也面色微变，他还不至于迟钝得感受不到那不善的气息。

"大哥！"岳瀚有些担心地唤了他一声。

"你没想到悦然竟然会有个三叔，更没想到那个三叔竟然会是我。你自己亲自把塞外一奇引走，自信你那六个师弟有能耐把招亲搅得一团糟，然后只等悦然一出现便强行把她带走。我说的可对？"李怜花沉声道，"你做这样打算之时，可有顾虑到我大哥的感受？不管基于什么理由，我都不能原谅你这般行为。你若真心爱着悦然，就该亲自去赔礼道歉，而不是来找我去说情！"

多情公子听了他的话，低头半晌不吭声，只能从他握紧了的双拳，看出他正在竭力压制自己的情绪。

岳瀚也终于理解了怜花不悦的缘由，明白他不仅是在气多情跟悦然的任性，同时更是在谴责自己当年不该一声不吭便离家，让拈香和惜玉担心想念多年。如今看到多情和悦然竟然也差点搞出失踪记，岂不是又要让拈香和惜玉再度伤心？站在怜花的立场，这自然是绝不容许的事情！

"怜花兄说得对，是我太任意妄为了，明日里我会亲自登门跟大家赔罪！"骤然间站直了身体，多情的脸上一派庄重，转身出门时孤傲的背影不禁让人也有些心疼。

"大哥，你对他有些严厉了！"岳瀚轻叹一声，"多情此人，瀚儿虽对他了解不多，但也看得出是个孤傲轻狂的人。如今他为了一个'情'字甘心低头到如此境地，也委实不容易了。大哥不觉得你那个还未谋面的悦然侄女更欠缺教训一些吗？"

"瀚儿，你说得都对。但正因为如此，所以多情就需要更多的耐心和包容。他这个性子是委屈了他也罢，是他心甘情愿也罢，好坏这一生他都决定要跟李家结亲，要做李家的女婿，那我这个三叔稍稍对他严厉几分，不算过分吧。至于悦然，既然大哥拿她没办法，少不得我这个不称职的三叔要代为管束一下了。"李怜花这会儿脸上的表情完全是冰雪消融，春风再度的模样。岳瀚不由大呼上当，"哎呀，大哥居然扮猪吃老虎，装深沉，连瀚儿都被你骗过了！"

"这个多情早不来晚不来，偏在晚膳前来，害大哥输了这么大的赌注，稍稍薄惩了他一下，已经算是客气了！"李怜花竟然也笑得一脸得意起来，更让岳瀚瞪大了眼睛。看来大哥跟自己在一起时间长了，竟然也学会作弄人了，听他说到赌注，岳瀚就笑得更欢快了，"大哥，瀚儿好期待这个夜晚哦！"

李怜花的脸整个姹紫嫣红起来，"我们先去饭厅吧，好不容易全家人都到齐吃饭，别让大家等我们了！"

虽然这已经是他们回到家里的第二天，但今天这顿晚饭却是全家聚在一起吃的第一顿饭。当岳瀚和李怜花踏进大厅时，发现除了他们两人，其他人竟然早已等在那里了。

一张大圆红木桌上珍馐佳肴早已摆满，在座的除了拈香、惜玉和塞外一奇奇明外，还有一个看似与瀚儿年龄相仿的秀美少年，以及一个灵气逼人的绝美少女，想必他们就是欣然和悦然了。

这两个孩子也打从他们踏进大门起便用好奇惊艳的目光注视着他

们。拈香见他们到来连忙站了起来，"小三，娃娃，你们来了！"

"大哥，你们早来了？怎么也不叫人催我们一下！"李怜花有些歉疚地道。不想让他们等，结果他们还是先到了。

"也是刚到，你们便到了。悦然、欣然还不过来见过三叔？"拈香笑得一脸温柔和煦，回头便对着两个还犹自发呆的少男少女唤道。

"我是欣然，叩见三叔。听说三叔是武林排行第三的大侠，武功好厉害是不是？三叔以后可不可以也教欣儿？"欣然规规矩矩地跪了下来磕了一个头，然后便用晶亮期待的眼神看着李怜花，也同时好奇地看向他身边的岳瀚，冲着他笑。这毛躁爽朗的个性倒是一点也不像惜玉哥哥，岳瀚也回以他一笑。

"悦然见过三叔！"悦然大大方方行了一礼，倒是颇有几分大家闺秀的乖巧。若非白日里的一场闹剧，以及多情公子非她不娶的坚定，岳瀚倒还真以为她是个柔顺的千金小姐。如今细细端详，眉目如画含情，身有薄柳之姿，果真是遗传了李家的好相貌。

察觉到岳瀚的注视，李悦然更加低垂了些头，面色有些微红。

"大哥，都是自家人，就别行什么礼了。欣然，悦然都快起来吧！"李怜花连忙道。

"总是他们的长辈，见个礼也是应该的！"惜玉也温柔一笑，"欣儿，悦然，这位是林岳瀚，是你们三叔的，呃，义弟，你们也是要叫林叔叔的！"

说完惜玉用带着几分愧疚的眼神看向岳瀚，请岳瀚原谅他无法光明正大介绍他的身份。岳瀚了解地一笑，无言回以明白的眼神，"就叫岳瀚吧，让他们叫我叔叔，我自己都感觉怪怪的。大哥，你说呢？"

"都依瀚儿吧！"李怜花看着他颔首一笑，"大家都坐吧，别站着了。"

席间趣谈不断，笑声也不断，欣然很快就和岳瀚热络起来。虽然年纪比岳瀚小，但是却一副小大人的模样，一直岳瀚长岳瀚短地叫，一个劲儿往岳瀚碗里夹吃的，岳瀚也笑得一脸开心，差点让李怜花打翻醋坛子。那厢拈香和惜玉破除心防后，明显轻松自在了很多，与塞外一奇拼酒间偶尔还偷偷交换着眼神。李怜花含笑旁观，唯一显得有心事的就只剩下悦然了。

饭至残局，每人都有了几分醉意，不管有无喝酒，气氛都温馨美好得让人想要永远沉醉其中。若可以，李怜花实在不想在此刻破坏这个和乐融融的场景，然而早晚都是要解决的事情，多拖一时也拖不了一世。

"悦然，一会儿跟我回墨湖居吧，我有话对你说！"李怜花注视了她半晌，才道。

"是，三叔！"悦然头低得更下了一些，几乎整个埋进了碗里。

"小三，白日里悦然都已经把事情说了，一会儿正好听听你的意见！"端着酒杯的李拈香稍稍有了几分醉意，听到他们的话后，原本柔和的面容拢上淡淡轻愁。李怜花遂连忙道："大哥，这事交给我办吧！你就别忧心了！"

"就交给小三吧。悦然，你的事交给三叔办，你可有意见？"惜玉拍拍拈香的手安慰了一下他，随后又看向悦然。

"全凭三叔做主！"语声很是诚恳，倒是没有半点勉强，模样也有些可怜，反让岳瀚忍不住想为她求情了，"大哥——"

李怜花用柔和的眼神阻止他接下来要说的话，两人早已心意相通，岳瀚立即明了李怜花眼神中的含义。的确，他们不可能永远留在李家，离开是迟早的事情，悦然的事情必须得妥善处理好，否则很有可能又会打击到拈香。他多少知道大哥心里的想法，想必大哥是要多情从此留在李家，再不济也是要常常回李家来的。如能顺利达成愿望的话，他和大哥才能放心离开这里。

怜花本是可以留在家里的，但是为了陪他浪迹天涯，只有如此安排方可让他们无牵无挂地安心离开。了然了这些，岳瀚哪里还有再开口的理由，看着李怜花的眼神又多了几分心疼和温柔。

塞外一奇则识趣地找了个借口带着频频回首看岳瀚的欣然离开，一行人踏着清朗的月色走到了墨湖居。

岳瀚亲手泡了一壶浓郁芳香的红茶，悦然如一个做错事的孩子般有些无措地看着桌布，拈香和惜玉在桌子底下紧紧交握着手互相给对方勇气。

东方另类武侠经典·

神仙掌 [I]

　　"悦然，算来我们叔侄今天也是第一次见面，我本不该也不想来干涉你们小一辈的感情之事的。然而你既肯唤我一声三叔，又希望我来做这个主，那么我总不会教你失望的。只是悦然可否告诉三叔，你和多情是否真正两心相许，私定过终身？"

　　李怜花的嗓音轻缓却有力，温润中却隐带着沉稳，在这个冬日里给人一种很安定的感觉。

　　悦然不由自主地点了点头："是的，三叔！"

　　"既如此，白日里招亲理亏的便是你了。可明白？"李怜花点了点头，继续道。

　　"是，三叔！"悦然虽然点头称是，眉眼间却有几分轻愁委屈。

　　"悦然可知婚姻当从父母之命媒妁之言，你小小年纪便任性妄为地与他人私定终身，置高堂于何处？此为一错。不管基于什么理由，既已许下承诺却又任性举办招亲，背信弃义于先，此为二错。更不提差点与人私奔，抛下高堂远走，险些铸成三错。以上这些可有冤枉悦然？"李怜花的话语不急不缓抑扬顿挫却字字句句戳中要害。悦然的泪水已经在眼睫处闪烁，却不敢掉下来，用力地摇头："是悦然错了！"

　　看着自己的宝贝女儿可怜兮兮的模样，拈香首先觉得不忍了，几次想开口都被惜玉用眼神阻止住。

　　"你如何与多情认识并相许终身，三叔并不知道，也不想知道。只是悦然，你的存在并不只是为了你自己，你之于身边的人的意义比你本身的存在更重要，你可知道？大哥宠你疼你到放任的地步，可明白他并非无能力管束你，只是希望你有更自由的生活。天下有多少父母能如此地爱护自己的孩子？悦然你可知你生活得多么幸福与安逸？"李怜花又接着说道。

　　这回连拈香和惜玉的目中也满含泪水，悦然更是忍不住痛哭出声："爹爹，二叔，三叔，我错了，悦然错了，悦然再也不离开爹爹了。爹爹你们原谅我！爹爹！"

　　"悦然，别哭！爹爹没有怪过悦然，爹爹喜欢活泼会捣蛋的悦然！"拈香连忙抱住女儿颤抖的身子，用恳求的眼神望向李怜花，"小三，悦然知错了，你就别再责怪她了！"

"多情今天晚膳前来找过我了！"李怜花似是不为所动地突然说了这么一句，几乎同时，悦然抬起泪湿的双眼，看着李怜花想问却又不知如何开口。

"明日里多情会亲自来李家提亲。李家产业不小，大哥二哥终日劳累也该有个人帮忙才好。悦然你一个女流，出入商场毕竟不合适。欣然又太小，还不足以撑起家业。三叔这么说悦然可明白？"李怜花凝视着她的双眸，轻柔地问道。

悦然敛眉半晌，毅然地点了点头："悦然明白了！"

"大哥，二哥，多情公子出道比我早，成名也在我之前，他一向很少管江湖之事，所以虽然身在江湖却算不得真正的江湖人。他为人虽狂傲不羁，心地却不恶。他与悦然既已属有缘，大哥二哥成全了便是，以后齐家治业之事，也多可仰仗！"李怜花虽然寥寥几句，却把他的打算说了个透彻。拈香惜玉本也是玲珑之人，岂有不明白之理？

"既然是悦然所爱，自然是半子以待！"惜玉浅笑接口，如此安排甚好，"只是，也得人家愿意才行！"

李怜花含笑不语，只看了一眼悦然，悦然回以一个坚定的眼神。

"时间不早了，拈香哥哥惜玉哥哥便安心回去休息吧，明日里事情可多着呢！"此时岳瀚才微笑插话道。

"是不早了，娃娃和三儿也该休息了，我们回去了！"拈香低呼一声，随即站了起来。悦然也冲着李怜花再度盈盈一礼："三叔安歇吧，悦然告退了！"

转眼间回到李家已经一个多月，天气也愈见寒冷起来，多情与悦然终于定下了婚事，好日子就定在农历新年第三天。似乎所有事情都在顺利有序地进行着，但岳瀚却隐隐觉得有些不安起来。

他一早便悄悄起床沐浴净身，准备卜个命卦。他的周易之术已尽得大师父真传，只是从未曾真正用过，此际心绪如此不安，必定将有什么变数发生。不管好坏，他都想要预先知道。若换在从前，他可以淡然一笑，依从天命，而今他珍惜每个存在的日子，任何变数都可能

让他胆战心惊。

看着桌上的卦象，岳瀚掰指掐算，颓然而叹，竟然是个"星途暗淡，前尘迷茫"之卦。是好是坏无从得知，前尘迷茫？可还要前行？

他轻轻推开房门，看着远处静寂的屋檐。北方的冬天有些冷清，院中那一汪绿潭表面竟然已结上了薄薄一层冰。虽是薄薄一层，但终究是结了冰。岳瀚轻叹，这池水再漂亮也终究不过是一汪死水，没有源头，在这寒冷气候中，如何能不结冰？若是宽广的海洋，终年涌动不息，如何冻得起来？

岳瀚突然觉得有些忧伤，一种冰冷的感觉从心底升起，暗自默然间，一双温暖的手落上双肩，还有一件宽大温暖的锦袍，温柔的声音轻问道："瀚儿，可冷？"只这一句话一个动作，瞬间便驱走了所有的忧伤和冰冷。他缓缓把背靠进他怀里，"不冷，有大哥在，永远都是温暖的！"

"瀚儿可是想要离开了？"怜花默默地拥着他，瀚儿的心思怎么能瞒得过他？他的心绪不宁，他的焦躁，他全都看在眼里，知道他定然在烦着什么。只是他不与他说，他便不问，但今日的瀚儿实在有些反常。

"大哥呢？可喜欢现在的生活？"怜花好不容易找到回家的感觉，就因为自己一个不确定的感觉便让大哥舍弃，这样好吗？这些天岳瀚不止一次问自己。

"有瀚儿在的地方才是大哥的幸福。虽然这样说有些对不起拈香和惜玉，然而愧疚和亏欠既然已经存在了，就无所谓亏欠更多。每个人心中都有各自认为最重要的人，那个人在的地方才是真正的家，所以瀚儿便是大哥的家。我明天便去跟大家告辞吧！我们现在前行，到二三月的时候正好可以赶上雪莲开花，瀚儿可想去看？"

李怜花叹息地拥紧怀中纤细的人儿，一直没提要走，是为了让瀚儿把身子养得更壮实一些。现在他的内伤虽然已经痊愈，失去的元气总得补回来些。没想到这样反让这个小脑袋瓜滋生出了这些个烦恼，早该说清了便是。

"拈香哥哥他们故意把多情和悦然的婚期定在年后，便是不想你我离开，我们明天若走的话，悦然的婚礼就……"岳瀚话还未说完，便被李怜花温柔地吻住，"瀚儿怎么越发会操心起来了？大哥早就准备好了一份礼物送给多情和悦然，以弥补我们不能在婚礼上给他们祝福。若不是担心瀚儿的身体，半个月前大哥就想带瀚儿去看塞外风光了！不曾想你会一个人瞎想！"

"大哥！"岳瀚动容地看着他，没想到他早就默默安排好了一切。

"什么都不用担心，都交给大哥，好吗？"李怜花抬起脸，专注地看着他的眼睛道。

岳瀚本还想跟怜花说卦象之事，最后还是没有说出口。是福是祸到时便知了，既无法窥探和躲避，那此刻担心也是无用的，遂回视着李怜花轻轻点头："大哥，都听你的！"

"乖！屋外冷寒，时辰尚早，回屋再睡会儿可好？"

"好！大哥陪我！"

"傻瀚儿，大哥自然会陪着瀚儿，一步也不稍离！"

门外萧瑟冬日寒风已离他们很远了。

第二十六章　踏歌行

西北荒凉少有人烟，这里的人粗犷雄壮的体型与中原人的纤细有着巨大的差异。响着清脆驼铃的商队，偶尔穿插在风沙中宽厚悠远的西北小调，都让李怜花大开了眼界，就更别提岳瀚脸上的兴奋与雀跃了。

"什么？要走？小三，好不容易盼到你回家来，怎么才住了一个月又要走？是不是哪里不习惯啊？"拈香大吃一惊，他有预感不能把他们常留在家里，可是却没想到他们这么快就要离开，让他怎么接受得了？

"大哥，你冷静一点。我没有什么不习惯，都很好。只是我答应过瀚儿要带他去看尽大好河山，这是我对他的承诺，也是我们共同选择的生活方式，希望大哥你能理解和成全我们。"李怜花把手搁在李拈香的双肩上，稍稍加重力道，试图让他镇定下来。

"你们还会回来吗？"李拈香悲伤的面容不等回答已经知道了答案，"不会回来了是吗？"

"大哥！"李怜花也难过地唤了一声，不能也不敢给他肯定的回答，因为再度回来也不知是何年何月的事了。

"拈香，不要给小三太多压力，他已经为我们做了很多。本不是以为一辈子都见不到他了吗？现在能这样，我已经很满足了。拈香，你说是不是？"惜玉上前揽住拈香的肩，用眼神安抚他不安的情绪，"多情已答应留在李家，悦然也懂事听话得多了，我们也如此幸福，那不应该让小三和娃娃去追寻他们的幸福吗？让他们去流浪吧，若可以我多想带你也去看遍大好河山。这种心情你一定也能体会的是不是？"

"这些我都懂，可是惜玉，我真不舍得他们走！"拈香的情绪激动得不可自抑，揪紧惜玉的衣服痛哭失声。你们打算什么时候走！"

"明天！"李怜花轻声道。

"这么快？为什么这么急？再有月余便是年关了，不能等过完年再走吗？"这回连李惜玉也大吃一惊了。

"多情和悦然的婚礼，你们也不参加了？"李拈香的样子像是又要掉眼泪一般。

"大哥，二哥，我知道你们意外，但是瀚儿的身体不好，我们的时间并不多，我想在有限的时间里能带给他更多的快乐和幸福。所以大哥，原谅我们吧！我们要走的事情希望你们暂时不要对其他人说，待我们走远，再宣布吧！"李怜花低沉地道。瀚儿的心疾一直是他心头担忧的大事，那日痛厥到昏迷的情景一直在他脑海里反复上演，生怕不知何时，瀚儿就会不声不响离他而去。如今瀚儿圆了他想家的梦想，也该是他去兑现对瀚儿承诺的时候了。

"既然三儿你这么坚持，我硬是挽留你，反而让你们为难。大哥祝福你们，只希望当你们有朝一日想要安静的生活时，别忘记回来看看大哥，回来看看这个家！"拈香上前抱住李怜花的肩膀轻声道。

李怜花无声地点头。

"可有什么要收拾的？一会儿大哥帮你收拾去！"拈香像是突然想到一般，"对了，我现在就去吩咐季伯给你们多准备点冬衣，还有路上吃的东西，还有常用的药丸，娃娃的身体不大好，可着不得凉，还有……"

"大哥，你别忙了，这些我们自己弄就行。大哥二哥帮我们瞒住塞外一奇奇前辈就行，奇前辈一直心心念念要跟我比武过招，无论胜败都是麻烦，我们走了之后有多情留在家里，也可安心不少。若有人打听我与李家的关系，大哥二哥稍稍回避就是了！"按住拈香的手，李怜花认真地看着他的眼睛道，"唯一让我放心不下的便是大哥别再钻进束缚之中，与二哥一定要幸福！"

"小三，放心吧，我不会再给拈香逃避的机会了。你们安心走吧，

220

神仙劵【一】

东方另类武侠经典·

神心著

我和拈香就不送你们了！"惜玉沉稳如山地站到了拈香身边，万分自信道。

三人良久地注视着彼此。这是属于兄弟三人的辞别，虽有悲伤，却不再有眼泪。互道祝福，从此各自珍重。

隔夜，双鞍马辔，无声无息驶离了李家大宅。

越往西北方，景色也越见苍凉，带着中原看不见的粗犷。气候也有些反复无常，早上还一副天高云淡的模样，到中午便刮起漫天风沙。一路行来，客栈驿馆逐渐少了中原的格局，洗漱用餐也成了大问题。这些还都是其次，最让岳瀚苦恼的是，怜花对他的过度保护，好像他是个易碎的搪瓷娃娃一般。眼下刚过兰州，自己便已经被李怜花包得像个大粽子一般，除了巴掌大的小脸，其他什么都露不出来。若等出了玉门关，进入真正塞外之地，还不知怜花打算怎么着他才好？

对此，小瀚儿自然是满心不悦，一再抗议，只不过拗不过李怜花同样的坚持，一直未能成功而已。

一路讨价还价从武威到了张掖，又从张掖到了酒泉，遥望着连绵的祁连山脉，岳瀚提议要在这里歇两天，正好李怜花也打算要在这里补充足够的淡水和干粮，顺便稍事休整一下。因为再往西二百里，他们便能到达玉门关，从那里出去便是广阔的沙漠地带，不补充足够多的物资肯定是不行的。

西北荒凉少有人烟，也是李怜花从未见过的。这里的人粗犷雄壮的体型也与中原人的纤细温润有着巨大的差异。响着清脆驼铃的商队，几十匹背负着货物的骆驼整齐有序从远处而过，偶尔穿插在风沙中宽厚悠远的西北小调，都让李怜花这个典型的小江南大开了眼界，就更别提岳瀚脸上的兴奋与雀跃了。这一路满嘴的风沙尘土也不能打消他们继续前行的脚步和决心，果真是读万卷书不如行万里路。

"大哥，好舒服哦，终于洗了个热水澡！"岳瀚的心情出奇地好，拖着湿漉漉的头发就晃荡地坐上了床角。正在铺床的李怜花一见，连忙拿了块棉布巾包裹住岳瀚的湿发，一边把他抱进床里，围上暖融融的被子，嘴里才轻斥道："瀚儿，这么冷的天，生病了如何是好？"

"大哥真是越来越体贴人了！"岳瀚轻笑一声，换来李怜花嗔怪的一瞥，手下却未停止擦拭头发的动作，"明日里该买几匹骆驼了，等出了关，买不到好骆驼不说，价钱也比关内贵出几倍！"

"大哥在担心什么，眉头都皱成小山了！"岳瀚依进李怜花怀里，小手已经抚在李怜花的眉心处，"大哥可是不习惯这边陲之地？"

"瀚儿，再往西，天气条件会更恶劣，你的身体可承受得住？"李怜花握住他的手细细亲吻，总觉得瀚儿像是又瘦了，"这一路瀚儿吃得极少，可是不合胃口？"

东方另类武侠经典·

神仙手〔Ⅰ〕

"大哥，你太小心翼翼了，瀚儿哪有这么脆弱。一说这吃食，倒还真是个大问题，大哥光说我，你自己不是也吃得极少？明日里问店家借一下厨房，瀚儿亲自下厨烹调几样可携带的食物，我们路上吃，大哥觉得可好？"想起这一路吃的东西，岳瀚就忍不住露出几分厌恶的表情。幸亏从李家走的时候带了不少美味的糕点，但即便如此，到达兰州之前的几天便已经吃干净了。而这些天吃的东西就不提了，简直是苦不堪言。

李怜花听闻岳瀚要下厨，不由眼睛一亮，在山中木屋那短短的时日里早就让他见识了瀚儿的绝佳厨艺，"那自然是好极，大哥给你打下手，需要做什么，瀚儿吩咐便是，瀚儿只需煮就成了！"

岳瀚自然知道怜花又是怕他太过劳累，对于他老母鸡似的过分保护除了一笑任之，实在不知该如何去改变了。不知是心情放松之故，还是怜花每日一定坚持要以内息为他调息的关系，从离开李家以来，他的心悸情况一次也未发作过，身体的状态像是也恢复到与方生死动手之前一般。对于这样的情形，岳瀚自然是极为心喜的。

两人正待睡下，忽听房檐闪过一阵极其轻微的响动。

"瀚儿，来的都不是庸手，大哥出去看看！"李怜花披上外衣，"瀚儿在屋子里待着，外面有些冷！"

"应该不是冲着我们而来，怕是冲着西边跨院的商队而来的。大哥，我也要去！"岳瀚也拥被而起，李怜花连忙揽住他，"瀚儿，你的身子——"

岳瀚脸上染上一层红晕，"没事的，大哥，我很好，我不想离开

大哥一步！"

"傻瀚儿！"李怜花听闻他的话，柔情立现，不再赘言，温柔地替他把衣服穿戴整齐，然后再快速穿上自己的衣服。

"大哥，这个带上！"岳瀚递来一个黄色锦缎包裹着的短刃一般的东西塞进李怜花的衣袖之中，"希望是不要用到！"

"瀚儿，是什么？"李怜花一边开门，一边问道。

"我叫它'无泪'。大哥的长剑没带出来，西北之地，自古民风强悍，盗贼出没不断，总不好让大哥手无寸铁应付所有的场面！"岳瀚把手放进李怜花的手里，让他牵着，嘴里淡淡地道，并不打算解释那把匕首的来历。不过一把防身之器而已，过度强调来历反而忽略了他的功用。

"瀚儿，明明你从未出过远门，说话却老让大哥觉得你像个老江湖般什么都懂，真让大哥有点自愧不如。偶尔也让大哥有点保护你的成就感行吗？"李怜花收了收衣袖，有点无奈地道。回头看岳瀚的眼神却温柔心疼，不希望他小小年纪却要知道这么许多。如何让他单纯快乐地活着，是他永远的心愿。

"都怪我的四师父，有事没事就喜欢跟瀚儿讲名山大川，各地风俗以及一些奇闻趣事，弄得瀚儿都不自觉去讲了，那瀚儿以后不说便是了！"岳瀚轻笑一声，对于李怜花眼里的疼惜自然不曾错过，连忙把责任推脱到四师傅楚天南身上。谁叫他怕大哥心慈手软会吃亏，不自觉地说出了自己的担忧。这里不比中原，若有暗地里行动的货色，多半都是盗寇之类，可不会与你讲什么江湖礼数。不过此刻不是讨论这个问题的时候，他于是连忙岔开话题道，"大哥，你听！衣袂声静止了，看来果然是冲着商队去的！"

李怜花轻搂岳瀚的腰肢，无声无息地飞身上了自家房间的房顶，抬眼看去，西边院落没有一丝灯火，似乎还未发觉危机来临。院子中央堆放着好几十个木箱的货物，用网绳拢好，绳子上系了许多的响铃，若有人想动这些货物，一定会触动网上的响铃，从而被发现。那院墙上方，几十个黑衣人显然也看到了这一情景，所以才一时迟疑在那里，不知如何下手。

只见一个领头模样的人做了几个手势，其他人都点了点头，想来定是想到了什么解决的办法。岳瀚和李怜花此时已经悄然移到他们身后不远的屋脊后面，静静地看着他们。岳瀚拉了拉李怜花的衣角，嘴唇微动间，已经用千里传音之术对李怜花道："大哥，看样子，这些人是打算用迷香之类的东西了！"

　　"瀚儿从何得知？"李怜花却觉得他们强行动手，成功的概率也极大。白日里他已注意过商队的情形，几乎没有什么武功高强的好手，充其量都是些身强力壮的护镖师。这些黑衣人却不同，个个都可跻身一流高手行列，根本没必要来暗的。等过了玉门关，进入关外地带，不费吹灰之力定然能劫货成功，何必如此大费周章地用迷香行事。

　　"大哥可曾注意他们腰侧的囊袋，若瀚儿没有看错，里面必定有些非常歹毒之物，用迷香怕还是有所顾忌的客气做法。"岳瀚接着又道，"大哥可是觉得他们太过大费周章了些？"

　　"听瀚儿你的口气，显然不是如此认为？"两人一边用千里传音交谈，一边关注着那群黑衣人的动态。果然见他们从腰侧的囊袋里面掏出了一个很小的瓶子，然后一个传一个地汇集到了领头的人手里。

　　"两方实力明显悬殊，若按正常的思路，即便光明正大的动手，胜算也很大。但是他们却小心翼翼夜半暗袭，可见这个商队中必有他们极为忌惮的人物。或者说这群黑衣人的主使之人必然是与这个商队有着某种牵扯，还不敢冒险暴露自己的身份，也不想伤害这个商队中的人，所以采用这神不知鬼不觉的方式偷偷行事！"岳瀚看着那领头的黑衣人无声地落到院中，墙上其他人则紧紧盯着他的动作，突然想起什么似的又问道，"大哥可知关外有哪个组织或者教会拥有这么多的好手？"

　　"这里还在关内，南面是终年积雪的祁连山，北面是连绵起伏的马鬃山，地势十分险要，生存也并不容易。这里大大小小的帮派有数十个，但是称得上有实力的组织，好像还没有。以祁连为号的祁连兄弟这些年也基本都在中原内陆行走，所以我们也不能排除这些人可能是从中原而来！"李怜花仔细过滤了一下他所知道的所有长城以北玉

224

神仙掌子【一】
东方另类武侠经典·

门关以内的大小帮派后，缓缓摇头。

此时那黑衣人已经把所有小瓶子里的东西倒在了每个房门门口，随后飞快地回到房顶之上。

"大哥分析得极是，瀚儿倒是没想过这个可能。大哥你看，他们开始行动了！"岳瀚冲着李怜花温柔一笑后，连忙把视线移回场中，"等有机会可得弄个小瓶子过来看看，那里面装的是什么厉害迷药，居然完全没有一丝味道！"

几十个黑衣人全部落下院子，围着那堆网绳，无声息间，整齐划一拔出明晃晃的薄刃。挥洒之间铃声大作，在这黑冷的深夜尤其刺耳。虽然一块厚厚的黑布极快掩盖其上，铃声也转眼湮没无声，但这般动静，若不是屋中之人着了道，早该在铃响第一时间便冲出来了，哪像此际一般沉静无声。

"瀚儿，那大哥现在就去弄一个瓶子过来给瀚儿研究一下！"说完，李怜花便有些按捺不住想要飞身下去。只要是瀚儿想要的东西，他都想在第一时间去为他弄到。

"等等！别急！大哥，瀚儿今天不急着要。你看他们寻找的动作很是盲目，显然他们也不知道他们要找的东西到底藏在哪里。我想他们今天多半会无功而返，我们先回去吧！只要商队也是要出关，我们的机会就很多。我想他们没达到目的之前，肯定会不停地行动的！"岳瀚连忙拉住李怜花的手，张嘴打了个无声的呵欠。原来以为会有热闹可看的，现在看来暂时还是没有什么收获了。

"瀚儿困了？那好，我们回去吧！"李怜花立即抱起岳瀚转身毫不迟疑便腾身离开。岳瀚待在他怀里嘴角带笑问道："大哥，你不担心商队里的人会如何？"

"瀚儿既然说那人不想伤害商队里的人，那自然就没什么好担心的！何况瀚儿困了，这事比其他任何事都重要！"李怜花理所当然地道，并不以为这样有什么不妥。

岳瀚虽然觉得怜花的想法有些偏离了常轨，但是知道一个人全心全意为自己活着的感觉是这么充盈美好，让他明知应该纠正李怜花有些过激的思想，却还是没有开口。

"大哥，明天我们不买骆驼了好不好？"岳瀚仰着头，看着李怜花温柔地给自己脱衣服，也半跪在床上给李怜花解着腰带，一边问道。

　　"瀚儿又打什么鬼主意？"李怜花宠溺地问道。

　　"大哥，我们跟着这支商队出关如何？"岳瀚自动自发地钻进李怜花温暖的怀中，呓语般道。他的确有些困了。

　　"瀚儿决定就好！"李怜花轻抚着他的背，吻吻他的头顶，拢紧棉被。

　　"大哥，你真好！明天瀚儿还要给大哥做好吃的呢！"岳瀚模糊不清地说完最后一句话后，便陷入睡梦之中。李怜花幸福地微笑拥紧他，也闭上了眼睛。

第二十七章　圣女／追魂粉

塔山神情讶异地看向那个美丽得有如天人的少年，那黑亮的双瞳闪烁着的是智慧悯人的目光，柔和温暖得让他脱口喊出："哈纳——"紧跟着便双手合十放在胸口，垂头闭目冲着岳瀚深深一个弯腰！

一觉睡醒，天已经大亮了，岳瀚惨叫一声从床上坐了起来。李怜花一惊，连忙拥住他担心地问道："瀚儿，怎么啦，做噩梦了？"

"不是，大哥，我们睡得太晚了，这会儿都买不到什么好食材了，瀚儿还想给大哥做些好吃的呢！"岳瀚有些沮丧地低下了头。

"傻瀚儿，没关系的，虽然大哥很想吃瀚儿做的饭菜，可是更希望瀚儿睡得香啊！"李怜花开心地亲亲他的脸，温柔安慰道。

"不行，总之今天一定得让大哥吃上几道江南菜。大哥，我要起床了！"岳瀚非常坚持，掀开被子便要起身，李怜花连忙按住他的手，"好，好，别急，大哥给瀚儿穿！"

两人收拾妥当出门，都已经日上三竿。北方的市集不像南方那般摆摊早，收摊晚，这里的市集是摆摊早收摊也早。李怜花和岳瀚到的时候，只剩下零星的几个摊位还在，其他都已经陆续收摊了。岳瀚的脸色自然可以想象。

"瀚儿，有牛肉铺。大哥很喜欢吃牛肉，瀚儿可喜欢？"李怜花不忍见他小脸耷拉着没精神的模样，连忙指着街角那个随风飘展的"老王牛肉铺"的布幔道。

岳瀚眼睛一亮，"啊，怎么没想到呢，西北别的没有，牛肉倒是极为出名的。大哥，瀚儿今天给大哥做顿全牛大餐吧！"

"好，大哥还没吃，就已经要流口水了呢！"见他欢快了，李怜花虽然还没吃全牛大餐，却已经万分开心！

付过银子，便请老板把牛肉送去他们住的客栈，岳瀚带着李怜花又陆续去采买了许多香料和辅料，找了两条街竟然还让他们买到两坛陈年花雕，这才心满意足地回客栈去。

两人相貌出色，到哪里都是焦点，现在这么美丽的两个男子居然要亲自下厨，哄动可想而知。店家收了李怜花的银子，便把自家的小厨房给借了出来。李怜花毫不费力就把那需要两个成年男子才搬得动的大半头牛轻易地拎在手中，让众人大吸了一口气。

好在早膳时间已过，午膳时间又还未到，这人来人往的客栈倒也没有剩下太多的客人，匆匆一瞥间，李怜花已经见到昨夜遭袭的商队中有几个人正坐在大堂的角落说着什么。看他们的神情，像是并不急着离开，见到李怜花单手拎牛的架势也有些傻眼。

小厨房外，挤了一圈又一圈的人，而且看形势，还有增加的趋势。他们都是被诱人的香气吸引而来的，初闻不过是淡淡的牛肉香气，似有若无，不多久就浓郁喷香到让人口水直流。所有人都一边深呼吸，一边盯着门内缸里热气腾腾的牛肉，以及厨房小案板上色香味俱全的其他几道精致小菜，不由赞叹那个手拿刀铲的小公子居然有如此惊世的厨艺。

岳瀚和李怜花像是对外面这群垂涎欲滴的观众毫无察觉一般，岳瀚表情专注地在灶台边炒着牛柳，李怜花则飞快地把缸里的牛肉块用绳子穿起来。看着这颜色鲜亮，喷香四溢的酱牛肉，李怜花的食欲完全被勾了出来。

牛柳起锅后，李怜花也恰好完成所有的工作。岳瀚拿了一块雪白的棉布轻柔地擦了擦李怜花沾了酱汁的手，闻了一下，笑道："这下可好，大哥的手上也满是酱牛肉的香味了，小心瀚儿晚上做梦饿了，一口就咬下去！"

李怜花也毫不在意地笑了起来，给他解开身上的围裙，"能被瀚儿吃，也是我的福气！"

"大哥又来了！饿了没有？"岳瀚给了他一个白眼，挑眉问。

"早就饿了，瀚儿做的菜把大哥肚子里的馋虫全勾出来了！回房去吃？"李怜花大笑出声，笑颜如花。

"那个，两位公子打扰一下，在下可否问两位公子买一些酱好的牛肉！实在是喷香四溢，让人垂涎不已啊！"

抬头看那人的打扮，竟然是那商队里的人。在他旁边挤满了许多和他一样有着殷切希望神情的人，见他开了口，纷纷也叫道："是啊，是啊，我们也要买！"

"万分抱歉，这些牛肉是我们卤好准备在路上作干粮的，所以不卖！"李怜花温文儒雅地道，配上一副不好意思的神情让众人失望极了却又不好多说什么！

那人明显好是失望，神情整个垮了下来，却不肯完全放弃希望地继续恳求道："两位公子，在下等从中原而来，长年奔走在这丝路之上，已经多少年未好好尝过这等美味了。在下愿花重金，只恳求两位公子卖上一小块牛肉给在下，在下就感激不尽了！"

"这样啊！看在大家同是中原而来，正好我和大哥也是欲往关外领略塞外风光，若是尊驾愿意让我们兄弟同行的话，今天就白送尊驾两块牛肉如何？"岳瀚真诚地看向那人，"我们不会给尊驾添麻烦的，只是我们兄弟第一次去关外，对路况不熟悉，等过了沙漠，我们便分道扬镳，尊驾以为如何？"

那人似在考虑，半晌，还是没抵抗住牛肉的诱惑，点了下头："成交！"

岳瀚和李怜花相视一笑，大方给了那人两大块牛肉，还邀请他与他们一起用膳。那人婉拒了，捧着两块酱牛肉兴高采烈地走了！

第三天，岳瀚和李怜花自然顺利加入了商队，一起往玉门关行进！

商队的领头和主人是个名唤楚无涯的睿智中年男子，一报家门，再稍一追溯，竟然是中原楚家的后裔。两个甲子以前，提起楚家天下谁人不知，那个无论在朝野还是江湖都拥有滔天权势的家族。只是不知出于什么原因，那如日中天的盛世家族竟然如昙花一现般突然陨灭，之后楚家便从中原绝迹了。没想到今天会在这普通的商队里见到楚家的后裔，而且那些成为传奇的楚家绝技竟然完全未能传下来。这不由让岳瀚和李怜花也奇怪万分。既然知道了楚无涯的背景，再联想起那日那群蒙面人的举动，事情的背后怕是不那么单纯了！

一行人浩浩荡荡地往玉门关方向前进，李怜花和岳瀚依旧坐在马车里，跟在队伍的最后头，不同的是外面的车辕上多了一个商队里自愿来给他们驾马车的少年。他是楚无涯的徒弟，一个手脚勤快伶俐的黑壮小伙子，叫做塔山。

"李公子，林公子，听说你们打算去大草原？"塔山的话声洪亮，虽然中原话带着浓厚的异族口音，但传进车厢依旧字字清晰。

"是啊！小哥去过草原吗？"李怜花掀开车帘的一角，探出半个脑袋，一边看了看前面不远处的驼队，一边问道。而岳瀚则安逸地半靠在李怜花怀中假寐着。

"那当然，我就是在那里长大的。那里有湛蓝的天，洁白的云，成群的牛羊，还有飘着奶香的蒙古包！"塔山说来一片怀念之情。

"那为什么离开家乡，跟着这商队走丝路呢？不觉得苦吗？"李怜花不解地问，"看你的年龄也不过十六七岁！跟着商队几年了啊？"

一直带着笑容的开朗少年，突然无声沉默了起来，仿佛被问到了什么伤心往事一般，神情是那么忧伤难过。见他如此，李怜花有些歉疚起来，"不好意思小哥，让你想起不开心的事了，是在下唐突了！"

"李公子，不关你的事，是我出神了。我是来自草原哈瓦族的，我们的族人世代都居住在沙漠的那一头，如果李公子你们走得够远的话，也许能亲自去我的家乡看看。那里是多么漂亮，即便是在这样的冬天，我们族的居住地也是美不胜收！特别是泪湖边，更是有如人间仙境，那一定是在别处见不到的美景！"明明是在讲这么美好的事情，塔山的神情却带着痛苦。本在假寐的岳瀚也不由睁开了眼睛问道："那个泪湖有什么问题吗？"

塔山神情讶异地看向那个美丽得有如天人的少年，那黑亮的双瞳闪烁着的是智慧悯人的目光，柔和温暖得让他脱口喊出："哈纳——"紧跟着便双手合十放在胸口，垂头闭目冲着岳瀚深深一个弯腰！

"哈纳是什么？"见他抬起头，岳瀚才轻柔地问。

神仙掌子〔一〕

东方另类武侠经典

"这是我们哈瓦族的语言，用中原话来讲就是'圣女'！"塔山一脸虔诚，脸色因为激动有些泛红，"对不起，林公子。我太激动了，您这么美丽和圣洁，跟我们族里的'哈纳'一样，我情不自禁便脱口而出了。林公子您可别生气！"

"不会！这是我的荣幸！"岳瀚轻轻一笑，"多跟我讲讲你们族里的故事，我很感兴趣呢。特别是关于泪湖的，可以吗？"

"嗯！"塔山兴奋地点头，之前的伤心难过仿佛也因为岳瀚轻柔的声音而得到了抚慰一般，一路上不停地讲着一个又一个他们族里的传说。

天完全黑下来的时候，他们终于到达玉门关。城门已关，要出关也只能等第二天一早了。岳瀚和李怜花暗自交换了个眼神，今天是宿在关内的最后一夜，是那群黑衣人最后的机会，今晚怕是会不太平。

全队安顿下来之后，楚无涯带着塔山来到岳瀚他们的房间，"林公子，李公子，明日里就出关了，今晚好好休息一晚，不管听到什么声音，请两位都不要出房间！"

"楚兄这话是何意？难道这关内晚上会不太平？"李怜花故作不解地问道。

"那倒不是，只是商队里前两天出了些蹊跷的事，两位是我们的客人，我不想因为我们商队的事情把两位牵扯进来，所以万请两位晚上不管听到什么声音都不要理会，拜托了！"楚无涯冲着他们一礼，"我知道两位是高人，但是这是我们自己的事，请让我们自己解决！"

李怜花和岳瀚对视了一眼，既然人家主人都摆明了不希望他们插手，他们也不好太过勉强。看来楚无涯心里对那群黑衣人的来历即便不十分清楚，也多少是知道一些的，至少他肯定知道那些人在找什么。

"既然楚兄如此坚持，倒是我们兄弟太过操心了。原来楚兄早有打算，那今晚我们好生休息就是！"李怜花露出合宜的微笑，温雅非常。

"无涯谢过两位公子。时候不早，不打扰两位安歇了！塔山便在隔壁房间，有什么需要，两位公子尽可差遣他便是！"楚无涯又是郑重地一礼道。

"嗯，我就住隔壁，明早两位公子醒了，敲敲墙板，我就给公子们准备洗脸水去！"塔山一脸真诚，看得出这个孩子倒是真心喜欢李怜花他们。

岳瀚也微微一笑，"谢谢楚爷的周到照顾，我们就恭敬不如从命了！"

见他们告辞离开后，岳瀚一改人前稳重温雅的表情，眼珠灵活一转，"大哥，他越是搞神秘我就越想知道那群人的目的是什么！大哥可好奇？"

"大哥本是不好奇的，不过看见瀚儿这般模样，大哥倒是真的好奇了！"李怜花轻笑道。

"现在还早，大哥，你来帮我准备一些小东西，今天要用来下饵！"岳瀚一脸蠢蠢欲动的神情。这趟塞外之行看来也不无聊了，他有预感一定会精彩纷呈。

李怜花最喜欢看小瀚儿把原本互不相干无害的东西三下五下一调和，就便成了各种功效不一奇形怪状的整人道具。此刻听到瀚儿说又要调配新玩意儿，李怜花自然是高兴万分，之前的端正儒雅早就散得干干净净，眼里流转的是不亚于岳瀚的玩味兴奋之情。

下半夜的时候，平躺在床上的李怜花和岳瀚同时睁开眼睛，"大哥，我们的客人来了！"

"嗯，瀚儿，这个东西叫什么？"李怜花看着自己摊开的掌心笑问。

"我叫他'追魂粉'，有了这个除非他死得尸骨无存，否则任他上天入地，千变万化，我们也能把他翻找出来。"岳瀚说得一脸自信，这可是他的得意之作呢！

只要把"追魂粉"印上肌肤，表面上完全看不出痕迹，水洗风吹永不褪落，根本让人无从察觉，只在他特制的药水下才能显现出来。用他来跟踪对象，自然不会认错人了。更为精妙的是，除却它的隐形之外，还有"暗香"。自然这个暗香一般人也是闻嗅不出，除了下"追魂粉"的人才能辨别出来。所以任你易容成万千模样，只要被下了"追

东方另类武侠经典·

魂粉"，也能在人海中被揪出来。

岳瀚的师父水千月便是吃了这个东西的亏。话说岳瀚小时候实在是很可爱，水千月便时常扮成各种模样戏弄他。这样也就罢了，偏偏让岳瀚学了五年岐黄药物之后，依旧不教他易容之术。岳瀚于是发狠了，花了四个月研究出了这味"追魂粉"，专门用来破水千月的易容术，把水千月打击得差点一蹶不振，最后乖乖把易容术尽数教给了岳瀚。所以有这等好东西在手，岳瀚自然有自信的本钱。

李怜花像平常一般握住岳瀚的手，脸上带着一丝难以意会的甜蜜笑容，"瀚儿，我们什么时候出现为好？"

"自然是等这些人'功成身退'的时候，我们再给他们留印记啊！楚无涯都拜托我们别管他商队的事了，那我们不管就是。只是离开了这间客栈，就不算我们不守承诺吧！"岳瀚一个翻身趴到李怜花身上，眼睛里满是调皮的笑意。

"瀚儿，一会你乖乖地待在一边等大哥，可不许出手！"李怜花见他古灵精怪地笑，就有些不放心地再度关照，生怕他一时好玩任性间又要动手。

"知道了，大哥，你都交代过几十遍了。不过大哥可得记得一定要把掌心的'追魂粉'印在他们的皮肤上，才能有效地追踪辨认！"岳瀚嘟起小嘴，不满地抱怨，随即又高兴地在李怜花脖颈间磨蹭，"大哥身上好舒服哦！真不想起来呢！"

"小瀚儿，你若还赖在大哥身上，可就看不成热闹了！"李怜花嘴上虽是如此说，却加倍疼惜地拥紧他。

"那怎么行，好歹得把我们制作的'礼物'给人家送去呀！"岳瀚嬉笑道。

李怜花宠溺地说："好，我们现在就去做一回笨蛋，等着我们的'兔子'送上门吧！"

"是大哥做'笨蛋'，瀚儿可是看客。话说回来，大哥可得'温柔'一些，可别把咱们的'兔子'惊跑了！"岳瀚赖在李怜花身上，摆明了不肯下地走，李怜花自然也乐得抱着他，离开房间前还不忘给岳瀚包裹上一件厚厚的披风。推开窗户，他发现隔壁院子竟然灯火通明，便知楚无涯是打算与他们摊牌了。关于他们之间到底是什么纠葛，今天又有什么样的结果，李怜花其实并不那么想知道，也不关心，他只想满足瀚儿爱玩好动的天性。

怜花一绝的轻功自然是天下无双的，不多时他们已经神不知鬼不觉地出现在城南小树林中了。瀚儿断定那群黑衣人一定会从这里经过，所以他们决定在这里守株待兔。

高高的枝丫上，李怜花抱着岳瀚，用披风把他整个人拢在其中。夜晚的寒气重，李怜花生怕岳瀚受寒，"瀚儿，兔子似乎脚程有点慢，看来我们还得多等一会儿了！"

"不能怪兔子，是大哥脚程太快了。何况看情形，那个楚无涯的武功虽然是个庄稼把式，脑子可不简单。那些人正面跟他对上，怕也讨不到什么好去！"岳瀚的声音模糊地从披风里传出来。

"我看也是，既然敢光明正大地掌灯等他们，若非有万全之策也该是胜券在握才是！"李怜花微微思索道，"若论实力，黑衣人那方明显占着优势，却像是受制于什么，处处顾忌重重。明明用最简单的方式可以办到的事，偏偏做得如此束手束脚，瀚儿觉得可有意思？"

"我想他们不是有前言在先，便是有赌约在后。我猜天亮出了玉门关后，这群黑衣人将不会再出现。所以他们明明知道那日夜袭之后，商队会有所防范，却还是在今夜再度前来，可见他们的约定是以玉门关为界线的！"岳瀚舒服地靠在李怜花胸前，灵敏的脑子可没有休息，何况摆在眼前的线索并不复杂，稍一整理，就能归纳出来，"反正我们今天是来玩的，那些他们之间的情仇也好，宿怨也罢都与我们无关。本来还想探听一下楚家没落的真相，现在我对塔山嘴里的哈瓦族更感兴趣。至于这群黑衣人嘛，就当是路上消遣的节目好了！"

李怜花早知道他会这么说，暗自苦笑一下，算他们倒霉，谁叫他们正好被瀚儿碰上！

过了好一会儿，一阵凌乱的衣袂之声传来，间歇间还伴有几声粗重的呼吸，慢慢听到或轻或重的脚步声，似乎有人受了伤。来人进入树林后，明显放松了些，黑暗中有人道："我们先在这里稍事休息一下。老五，你给老四老六把伤口包扎一下，没想到姓楚的竟然备了暗

招招呼我们。该死的，好在东西到手了，也算不枉此行！"

不知是不是多心，岳瀚总觉得这个人的声音有些耳熟，像是在哪里听过。

"是，大哥！"一个粗犷的声音轻声回答，接着两声闷哼，"老六，四哥，你们再忍忍！"

"大哥，我们没事。此地不宜久待，我们赶紧离开才是！"一个低沉的声音像是忍受着极大的痛苦一般，强装无事地道。

感觉到岳瀚轻拍他的胸膛，李怜花知他性急，于是抱紧，腾身，轻转挪移之间，两人已经安稳地坐在了他们休息处的树上。

这下完全可以看清每个人的动静。这次来的人数明显比上次要少，只来了六个人。每个人脸上都还扎着黑色的蒙面巾，其中两个已经受了伤，手臂上被布条扎紧，想必那就是老六和老四了；蹲在他们身边的那个高壮个子自然就是老五；而正站在他们树下的高挺男子应该是他们的大哥；还有最后的两个正背对背靠坐在另一棵树下还没有开口说过话的自然是老二和老三了；大致的情形已经看清，也该是他出场的时候了！

正想下去，手被岳瀚拉住，一根柔嫩的手指在他的掌心里写了好几个字，李怜花又是一顿意外，竟然是他们？忍不住用千里传音问道："瀚儿，你肯定？"

怀里的人轻轻点头。李怜花这回也不得不感叹，看来这个江湖还真是不大，随便遇上的竟然也是故人。看来今天这个"追魂粉"非但英雄无用武之地，他们还得倒贴一辆马车了！

第二十八章　原来是故人／天狼星

只见六人同时揭下脸上的蒙面巾，虽然面巾下的面容完全不是初见时的俊秀少年模样，李怜花依旧看出这六人正是那日在李家门前与自己动手的六个少年。只是不知道多情怎么会和楚无涯扯上了关系，而又是什么东西，让多情如此非得到不可？

这一会儿间，只听那老五急切地道："老六，你就别再说话了，保持些体力，还有好长的路得赶呢！"

"大哥，你们先走，别管我们了。已经比预计的时间多耽误了三天了，师兄一定很着急，我和老六随后会跟上的！"说话的是受伤的老四。

"不行，姓楚的还没发现东西丢了，等一发现，势必不会善罢甘休。此地不宜久留，更不能把你们留下。大哥，得马上走！"一直背靠在一起未开口说过话的其中一个突然道，另一个连忙点头，黑暗中六对眼睛里都闪着警觉的光芒。

"嗯，老二老三，你们一人背一个，老五，你垫后，我们走！"那个大哥也觉得刻不容缓，当机立断地道。

"如果还想保住他们两人的胳膊的话，最好不要再试图移动他们的身体！"一个温润的声音从他们上方传来。六人同时大惊，立时倒退一步围成一个圈子，进入自卫状态，"什么人？"

李怜花抱着岳瀚无声落到地面，微笑地看着他们，"不用紧张，短短日子不见，几位小兄弟便不认识在下了？"

六人这才看清站在面前的这个身穿藏青色儒服的竟然是怜花一绝

李怜花，被他抱在怀里正含笑看着他们的正是神仙公子林岳瀚。

六人白天便知道商队里多了一对同行的年轻兄弟，却怎么也没料到竟然会是李怜花他们。对于在这种边陲之地会见到李怜花，他们的震惊更是难以形容，而且听他的口气似乎早就认出了他们。他们都易容化装成这副模样，更别提还黑巾蒙面，自己照镜子尚且认不出自己，怎的李怜花他们还能这般轻易地认出他们？不由暗自猜度李怜花他们是故意诈自己几人，还是真的知道了他们的身份？

一时不敢轻易回应，依旧用狐疑防备的眼神看向他们两人。

"如果我没有记错的话，你应该是叫冷风的吧！"岳瀚看似漫不经心地吐出一句，却忍不住让那六人同时身子为之一颤。既然名字都已经被叫破，再装不认识也有些说不过去了。

只见六人同时揭下脸上的蒙面巾，虽然面巾下的面容完全不是初见时的俊秀少年模样，李怜花依旧看出这六人正是那日在李家门前与自己动手的六个少年，只是不知道多情怎么会和楚无涯扯上了关系。算算脚程，这六人应该是在他和瀚儿离开李家之前便已经被派来跟随商队了。究竟又是什么东西，让多情如此非得到不可？

李怜花此时不得不佩服小瀚儿的观察能力，仅凭语声有些耳熟，便把这六个经过精心易容的"故人"给认出来，这点让他也自愧不如，亏自己还算是个老江湖！

"冷风等见过李大侠、林公子！"六人恭恭敬敬地给两人行了个大礼。当日李家门前，李怜花从容大度的气息以及惊人的武功修为早就折服了他们，再后来听师兄说那个坐在高台上的少年竟然是武功比李怜花还要高的武林第一高手神仙公子后，更是吓出一身冷汗。师兄再三叮嘱过，以后见到他们二人一定要以大礼相见，只是没想到再次相见的日子隔得这么短，更没想到竟然是在这种地方这样的场景下见面，简直让他们意外到不知如何自处才好。

"这算不算是'他乡遇故知'？"岳瀚玩味地笑道，"看来多情瞒着我们不少事啊！"

李怜花脸上也不由多了几分严肃和深思，看着他们六人的视线也带着浓浓的探询意味，"易容蒙面而来，弃本来的兵器阵式不用，几次三番夜袭一个看上去很普通的商队，所有的这一切，倒让在下也有些好奇多情公子究竟在谋划些什么大事了！"

听李怜花的语气像是有些不悦，冷风连忙为多情公子辩解道："个中原委很是复杂，我们所知的也极少，只知道这东西本就是师兄祖上之物，师兄叮嘱无论如何也要取回。但是我们也被关照不能伤害商队的一人一马，我们遵守了约定，却反遭了楚无涯的暗算！"

"你们回去转告多情，不管他在图谋策划些什么，我都不管，但如若有负悦然和对不起李家，就休怪李怜花翻脸无情！"

六人同时躬身点头，这是他们见过李怜花最为严厉的表情了。温润柔和的怜花一绝如此严厉起来，还是很让人胆寒的，"李大侠放心，师兄绝对不会做对不起师嫂和李家的事情的！冷风一定把李大侠的教诲转告师兄！"

冷风转而看了看夜色，不由又惴惴地道："时候已经不早，我们兄弟要告辞了！"

"等等，把你们的伤给我看一下！"岳瀚看向老四和老六包着黑巾的手臂道。

两人迟疑了一下便解开了黑巾，那伤口处血肉已经向外翻卷了起来，颜色也已变成酱紫色，还渗出颜色诡异的汁液。岳瀚一见，眉头便皱了起来，难怪他们如此痛苦，看不出楚无涯手里竟然有这等歹毒的"骨针"。

"你们还挺能忍的，可知再晚两个时辰，非但这条手臂得废，全身武功都得废？"岳瀚看着他们的眼神让两人不由自主地低下了头。

"求林公子救救我四哥和六弟！"老五明显是他们中比较外露耿直的一个，一听岳瀚的口气像是能治他们的伤，立即双膝一弯，跪了下来请求道。

"你起来吧，我和大哥本就是打算救你们的，否则也就不出来了！"岳瀚从自己的腰囊里掏出一个小纸包，轻轻打开，用食指轻弹纸面，些许粉末便均匀地洒落在紫色的伤口之上。立时发出"嗤嗤"仿佛皮肉被烤熟的声音，奇异的是老四老六的表情却舒缓了好多。

再度包好纸包，递给冷风，"以后一日三次，连续七天不可间断，

就如刚刚我那般施洒即可。伤口未收好之前，千万不能碰水。还有记住别去碰触那渗出的汁液，有毒！另外，三年内，你们的这条手臂最好不要妄想动武。你们中的是失传的'骨针'，或许你们不知轻重歹毒，但回去告诉多情公子，他必然知道厉害的！可都记住？"

"多谢林公子！"

"你们今晚不宜赶路，在这林内深处休息一晚。天亮我们和商队出关之后，你们便回客栈坐我们的马车回去！正好把马车带回家里！"李怜花的神情已经缓和不少，看着他们的眼神也少了严厉。他们毕竟还年轻，又是多情的师弟，如今多情又成了自己的晚辈，总不好太过为难自家人。

"可是楚无涯那……"又是老五比较性子急地问。

"老五，李大侠如此吩咐，自有道理，不许插嘴！"冷风严厉地道，老五立即低下了头。

李怜花微笑了一下，"不用紧张，楚无涯那边若有问题，少不得就由怜花为几位小兄弟挡上一挡了！"

"你们上次夜袭商队的小瓶子可否给我一个？"岳瀚念念不忘要研究一下那瓶子里的东西。

冷风立即解开身上的腰囊，整个递到岳瀚手中，"这些全是我师父所制，此次东西已经到手，这些也不会再用到，全数交给公子吧！"

"多谢！"岳瀚也老实不客气地收下了，"本想看看让你们不远千里长途跋涉的东西到底是什么的，不过想想还是不叫你们为难了，以后有机会直接问多情要来看看吧。行了，我也困了，你们也打个盹吧。大哥，我们回去吧！"

"好！"

"多谢林公子，李大侠！"六人再度行了一个大礼，再抬头，原地除了几片落叶，早已经没有了人影。

他们悄无声息原路返回房内，换好衣服刚躺下不久，便传来敲门之声。楚无涯低沉的声音带着几分焦灼在门外轻声道："万分抱歉深夜前来吵醒两位公子，楚某有要事相求！"

屋内李怜花弹指点燃灯火，温和地道："无妨，请楚兄稍等，容在下更衣！"

披上外衣，按住岳瀚的身子，"瀚儿，你就不用起了！"

半放下床帷，打开房门，只见楚无涯一身整齐，面有焦色地站在门口，身后的塔山也是一脸慌张焦虑。两人一见李怜花便深深弯下腰鞠了一个躬，"真是对不起公子，楚无涯唐突了！"

"楚兄你们这是干什么？快请进来再说！"李怜花见他们鞠躬，连忙往旁边闪了闪，让开半个身子让他们进来。楚无涯低垂着头走了进来，身后的塔山则欲言又止地看了李怜花一眼，默默关上门，守在门口。

"楚兄，请坐。出了什么事，让楚兄这等焦灼慌乱？"李怜花心里知道怕是与那丢了的"东西"有关，但却装做不知。

楚无涯心事重重地坐下来，一直都是给人以睿智沉稳印象的他此时完全是一副心慌意乱的模样，"从两位入住酒泉客栈之时，楚某便已经注意到两位公子，知两位公子必定不是凡人！"

李怜花轻皱眉头，"楚兄有话请明说！"

别人也许不知道一向以温和耐心为人称道的怜花一绝，其实最反感的便是说话拐弯抹角之人。特别是那些叫什么"小孔明""赛诸葛"之类所谓江湖智囊名号的人，仗着有几分头脑和心计，便喜欢绕着圈子说话，处处当别人是傻瓜般算计利用，他是最不耐烦的。偏巧这个楚无涯看来也是这类人，怎么不叫他有些恼了？

"不瞒公子，楚某今天吃了别人的暗亏了，这趟商队所运的最重要之物今天晚上丢了！"楚无涯并没有发现李怜花的不耐和厌烦，长叹了一口气道。

"竟然有这等事，那楚兄欲作何打算呢？可有追回货物的线索？"李怜花暗自冷笑了一声。吃了你暗亏的是冷风他们六人才是，今天若非正好碰上瀚儿，那一双兄弟怕不是就此毁了一生？即便就是有深仇大恨，大丈夫也该给人一个痛快，用那等歹毒之物暗算于人，算什么好汉？现在竟然还到他面前来长吁短叹地说他吃了别人的暗亏，难道是打算博取自己的同情？这简直是有些可耻了。李怜花本对他还是有

些好印象的，到如今也丧失殆尽了。

楚无涯摇了摇头，"那群人是黑衣蒙面而来，得手后便绝尘而去，楚某简直毫无线索！"

"那楚兄深夜前来，又希望在下做什么呢？"李怜花实在不耐烦继续与他绕下去，直接开门见山道。

"这事本不欲公子牵涉其中，是以之前楚某婉拒了公子们的好意，想凭一己之力守护商队货物。而如今，楚某无能，以至于最最重要的货物丢失，真真是没有颜面再来寻求公子的帮忙。只是这所丢之物非比寻常，楚某亦是受人之托，一定得把它安全送去波斯。可如今这货物丢失，可怎生是好？"

楚无涯的脸上一片诚恳黯然之色，话也说得极为漂亮，姿态也放得极低，若换了一般人，必定会拍着胸部来上一句："楚兄放心，全部交给在下就是！"

这样的情形若换了从前，李怜花倒也极有可能因为同情心软而一把揽下这事，可是如今不比从前，听惯了小瀚儿刁钻的歪理悖论，对楚无涯这种善于摆哀兵之态、明里处处为人考虑，暗里尽是盘算如何利用他人的人，心脏处早就如同穿上了铜墙铁壁一般，怎么可能顺了他的意？

"多谢楚兄如此高看在下兄弟，其实在下兄弟无非就是学过几招自保的花式。本想为楚兄尽些心的，只是此刻听楚兄言来，那群蒙面劫货之人看来均是高手，如今得手，恐怕早就离此远走了。失物怕是找回不易，即便能找回，怕也不是一天两天之事了。楚兄已经尽了全力，托物之人想必也能谅解，楚兄就不要再多烦恼了！"

李怜花言来也是一片诚恳之色，像是完全没有听明白楚无涯的用意一般，四两拨千斤把楚无涯的本意化解了个干干净净，还顺带安慰了他一下，让楚无涯明知他是故意推托却也说不出指责的话，暗道：看来指望他们帮忙从"幽冥使者"手里夺回东西是不可能了，是自己太托大了。没想到"幽冥使者"居然也备了暗招，只是那东西是非取回来不可的！

心思一转，连忙强自一笑道："公子说得是，只是货物如今丢了，商队天亮也将没有出关的必要了，楚某深夜前来也是为了跟公子道歉，怕是没办法与公子们同行了！”

“啊！是这样？楚兄实在太客气了，本就是我们兄弟打扰了楚兄，现在商队出了事，在下帮不上楚兄什么忙，已深感惭愧不安了，哪还能让楚兄深夜上门来道歉。真是折杀在下了。天亮后，在下兄弟重新雇个向导便是，倒是希望楚兄能顺利找回失物才好！”李怜花连忙表现出一副受宠若惊的神情，恳切地道。

“多谢公子，那公子早点歇息吧，楚某告辞了！”谈话到这里，算是完全失败，楚无涯自然也知道没有进行下去的必要了，连忙站起身抱拳告辞。

“楚兄慢走！在下就不送了！”李怜花也抱拳还了他一礼道。

门再度关上时，岳瀚掀开床帷，探出半个头，冲着李怜花赞赏地一笑：“大哥真是越来越精了，那只老狐狸想要从大哥身上捞便宜，算是踢到铁板上了。哼！也不想想我林岳瀚的大哥是什么人，岂是他能糊弄利用的主？”

“嗯，先睡吧！天就要亮了，出了玉门关，想要像这样舒服地睡个好觉可就有些困难了哦！”李怜花在他的眼睑上落下一吻轻柔地道。

当李怜花和岳瀚第五次摇头之后，两人便决定不再见店家推荐的人选了。那些人不是年纪太大，便是年纪太小。沙漠里每时每刻都变化莫测，如何能轻易便把身家性命交给一个自己看着都不放心的人呢？

“大哥，若实在找不到合适的向导该怎么办？”岳瀚微微皱起眉头，“若不是银雪和鬼魅如今不在身边，根本用不着找向导！”

“瀚儿，你不说大哥也早想问了。好像从离开白河镇没多久，你的那对宝贝就不见了，这次你又把他们派到哪里去了？”李怜花牵着他的手，一边往城北走一边问。听店家说那里有许多等待人雇佣的向导，很多都是常年在沙漠里奔走的，如果顺利的话，也许能让他们找到一个。

"让他们去挖四位师父做苦工了！"岳瀚眯起眼睛得意地一笑，"估计现在应该已经把所有善后工作处理好了。让柳清水一人辛苦有些说不过去，做人祖辈的，怎么可以不尽分力呢？何况我也想要三师父亲自检验一下他后人的资质嘛！"

"瀚儿，你不会是设计四位前辈重入江湖了吧？"李怜花本来平稳的脚步立时为之一顿，看向岳瀚的眼神带着几分不可置信和无奈的宠溺。难怪瀚儿对中原的情形只字不提，想来若非实在不关心别人的死活，便是早就安排好了妥善的后招。前者显然不是瀚儿的性格和为人，只是没想到，瀚儿连自己的师父也敢光明正大地设计。

"重入江湖也算不上吧，顶多就是让他们在云游的时候顺便料理掉些麻烦而已！大哥不用担心他们，瀚儿下山后，师父们一定觉得人生无聊极了，瀚儿正好给他们找点事做，他们高兴还来不及呢！"岳瀚摆摆手，悠闲地道，"老人家偶尔活动活动筋骨是有益健康长寿的。大哥，你说是吗？"

"看来大哥显然是天底下最幸福的人了，瀚儿从来没有作弄为难过大哥呢！"李怜花甜蜜地笑了起来。

"傻大哥，傻笑什么！"岳瀚被他突如其来的话怔了一下，随即半恼半羞地捶了他一下，脸上的红晕却不由自主地升起。

紧握在一起的手一直未曾放开过半分，不知不觉中北门市集便已到了眼前。那些或站或坐的头上扎有青色布巾的都是等待雇佣的向导，见到岳瀚和李怜花的出现，纷纷涌上前来，自我推荐。

这年头，走丝路的客商虽不少，但是一般都带有自己的专属向导和领队，很少外雇，除非原来的向导出了意外，才会征召替补，但这样的机会毕竟很少；其次便是大型的商队，有时会需要多征召一些向导，以便能更加稳妥地穿越沙漠，因为即便是经验最丰富的向导，也不能保证每次都能活着回来，但是这样的机会也是极少的。

而今天显然运气不错，竟然会迎来这么一对恍若天仙般的贵胄公子，看穿着便知一定出生于富贵人家，若能接下这单生意，全家一年的生活便有了着落。何况每日里与这样的天仙人儿相对，怎么也是件美事，怎能不让他们趋之若鹜？

"公子，雇我吧，小的今年三十八，整整跟沙漠打了二十年交道，已经十二次成功带领客人穿越沙漠，对沙漠的各种情况都很熟悉，小的一定能把两位公子平安带去沙漠的那一头的！"一个身体强壮的汉子挤上前来，那自信的神情以及偌大的嗓门立即把身边几个同样自荐的向导的气势给压了下去，看得出来应该是个很有经验的向导。

李怜花有些属意地打量了他一眼，再与周围的十几个暗自比较了一下，他看起来还是比较出众的，若没有再好的，基本就是他了！

"瀚儿，你看如何？这位兄台如何称呼？"李怜花低头征询岳瀚的意见，再温和地询问那人的姓名。

东方另类武侠经典·神仙窟

"不敢当'兄台'之称，小的姓冯，他们都叫小的冯十二，公子以后也这么叫就行了！"那冯十二是天生的厚实嗓门，每一字每一声都铿锵有力，让人听了自有一股信赖感，李怜花很是满意。

岳瀚却拉拉李怜花的手，示意他往前看。顺着岳瀚的视线落下，原来墙脚处还靠着一个身穿青布衣衫的男子，因为背对着他们，看不清面容。他和其他所有待雇的向导不同的是，他的头上没扎青布巾，发丝黑中已透有些许银白，背影也有些佝偻，光从外表判断，年岁应该不轻。李怜花不觉得这个老人比冯十二更稳妥，有些迟疑地看向岳瀚，"瀚儿，你——"

冯十二和周围的其他人也看到了让岳瀚长久注视的那个人，脸上都表现出了轻视与不屑一顾，"小公子可是在看他？"

"那人怎么了？"岳瀚像是漫不经心地问起。

"他是个天生的灾星和骗子！"冯十二的表情似乎是怀念似乎又是憎恨，很是复杂。

"怎么说？"李怜花也温和地问道。

"每次雇他出关之人十之八九都没能再回来，而他却每次都活着回来了，不是灾星是什么？还老是说那些人会死是因为不听他的劝告，被沙漠风暴给埋了，像是他能预料会来沙漠风暴一般，不是骗子和灾星又是什么呢？"周围有人口气轻蔑地道。

"正是！他最后一次被人雇也是在五年前了，那次雇他的人，也没能活着回来！他总是喜欢故作高深地靠在角落，其实不过就是吸引

别人的注意力而已，没什么本事的。小公子，你们若真让他带你们出关，就危险了！"又有另外一个"热心"的向导急切地道。

岳瀚眉头轻锁，有些不以为然地走向那人。周围的人见他们不听劝告执意往前走，无奈痛恨中又不得不让开路让他们过去。后面有人不甘心地喊道："喂，天狼星，你就算是为祖上积德，也别再祸害这两位公子了！"

"天狼星"一直是被喻为不祥之星，竟然有人用这么恶毒的称呼对一个老人家，李怜花立即脚步一顿，转头视线准确落在了那个口出恶言的向导身上。那人接触到李怜花严厉冰冷的目光后，立即噤若寒蝉，李怜花这才转身牵着瀚儿站到了那老人身后。

"这位兄台，可否请你带我们去沙漠的另一头？"岳瀚清润的声音如泉水般细致清澈，让人听了打从心底感觉舒服。

那人听到岳瀚的话，身子不禁颤抖了几下，缓缓回过身子，并未抬起头，语调有几分僵硬和沙哑地道："他们没告诉过两位我是个灾星吗？"一听便知这人已经很长时间未和人说过话了，否则话声不会如此生硬。

"别人说什么，与我们有什么关系？不知道为什么我就是相信只有你能平安带我们穿越沙漠！你可愿意作我们的向导？我叫林岳瀚，这是我的大哥李怜花！"岳瀚又上前两步，在他正前面站定，话里的认真意味不言而明。

"瀚儿的决定便是在下的决定。在此怜花也诚恳邀请先生做我们的向导，先生可愿接受？"李怜花也认真地道。瀚儿认定的便是他的认定，既然瀚儿直觉相信这个人，那他自然也毫无怀疑。

似乎有一滴泪珠掉落到了黄土上，那人抬起了头，原本佝偻的身子站直之后竟然挺拔修长不输于他。凌乱的发丝后是张并不苍老的面孔，顶多三十五六岁的模样，与他一开始认为的"老人家"相差甚远。坚毅、倔强、虽不俊美却极是清朗，眼下虽有几分憔悴与落魄却丝毫不掩其天生的清泽气息。李怜花不得不感叹，这人果然不是俗人，竟然多年被埋没在了此处，不由生出几分惋惜之情！若非瀚儿发现，他们差点便错过这等难得之人！

"方天朗！"那人突然缓缓地道，神情中带着被人信任后散发出的自信光芒。他也震惊面前的竟然是这么一对貌美的人儿，这两人柔和肯定带着怜惜的目光，让他仿佛重新活过来一般。这么多年的等待，终不曾落空，就是他们了！

　　"我们以后就叫你天朗，你也直接唤我们的名字就是了！"岳瀚高兴地道。

　　"正是！瀚儿，今天看来是个好日子，不如我们三人回客栈去痛饮一杯，明日再行出关如何？"李怜花含笑地看向两人。

　　"大哥，你真是太了解瀚儿了，瀚儿正有此意呢。走吧！天朗！"岳瀚高兴地拍手道，一手让李怜花牵着，一手不由分说拉过方天朗便走，完全没有刚认识的生疏感，仿佛他们早就是相识多年的朋友一般。方天朗唯有仰头看天，才不至于让太过激动的泪水流下。

神仙掌手【Ⅰ】

东方另类武侠经典·

第二十九章　噩梦／沙漠第一夜

陷入噩梦中的岳瀚心脏处猛烈地收紧，疼痛使得他终于脱离了梦境里的大片血红，睁开眼睛，那温柔焦急的目光如水般的包围着他。一行三人，四匹健壮的漠北马，拉着一辆车轴轮子都经过改造的皮篷马车，穿越过那镶满玉石的城门，从此关里关外便是两个世界了。

见那对精雕玉琢般的人儿出去转悠了一圈，竟然带了那个灾星回来，客栈里的人都愣在了原地。那店家倒也还是个懂得察言观色之人，见岳瀚一手拉着那人的手，很是高兴的模样，倒也吞回了本欲出口的话语，连忙热情地迎了上来，"两位公子回来了？您二位出去了之后，有人送了封信来，指明要交给林公子。不知您二位，哪位姓林？"

岳瀚和李怜花同时一愣，这边陲之地还会有谁给他们写信？谁又会知道他们在这里？若是冷风他们六人，断不会给他们写信的，那么写这封信的人又是谁呢？

"多谢掌柜的，我便是姓林，那封信呢？"岳瀚松开牵着方天朗的手，走上前来道。

"小公子稍候，小的去拿！"掌柜连忙道。

"等一下！掌柜的，送一桌上好的酒菜，两坛汾酒到我们房间来，信一并取来便是了！"李怜花叫住他，略一思索后又道，"对了，再要一个房间，先送一桶洗澡水到房里。这个给你，再差人去买几套崭新的衣裳来。要快！剩下的就不用找了！"

从袖中取出偌大的一锭银子放进掌柜的手中，那掌柜的笑得眼睛都快看不见了，一个劲儿点头哈腰："多谢公子，公子放心，包您满意！"

方天朗一听李怜花这一连串的吩咐便知是为他，连忙道："怜花，怎么能让你……"

可惜不等他说完，岳瀚便已经打断了他的话，自顾自又拉起他往后头走，连最后辩驳的机会都不给他，"天朗，我们先进去吧！你先去洗个澡，换身衣服，然后我们一起吃饭！"

把方天朗推进旁边的房间后，掌柜的也把那封信送了进来。李怜花和岳瀚坐在桌边，共同看着红色桌面上的白色信封。

半晌岳瀚伸手欲拿，李怜花按住他的手，"瀚儿，谨防有诈！"

"大哥，放心，你忘记了我的二师父是谁了？天下还有什么人能在无形中暗算于我？"岳瀚把另一只手覆上李怜花的手，"大哥可是担心？"

李怜花皱了皱眉，总觉得有什么不好的事情会发生一般，但是看着岳瀚柔和的眼波，又不由自主地收回了按住他的手，眼看着岳瀚从容地拆开那封信，抽出里面的信纸，什么事也没有发生，才让他的心稍稍放下一些。

这回皱眉的换成岳瀚了，"大哥，你看，一个字也没有？这是谁的恶作剧？"

李怜花接过那几张信纸，果然一个字也没有，"会不会是某种隐秘的秘信，需要在某种特殊情况下才看得到？类似瀚儿你的'追魂粉'的原理！"

"我怎么没想到，大哥，你先拿着，我去找点东西来！"岳瀚立即眼睛一亮，转身便跑了出去。

"瀚儿！"李怜花哪会放心让岳瀚一个人出去，连忙紧随其后。不过就这一眨眼之间，居然丢了瀚儿的身影，他不由心一慌，大喊道："瀚儿——"

身后传来一声巨响，李怜花回头一看，他们所住的房间竟然在瞬间被炸成了一堆废墟。废墟前不远处方天朗一身狼狈地爬了起来，往李怜花身边跑来，"怜花，这是怎么回事？岳瀚呢？"

神仙掌子【一】

东方另类武侠经典·

"天朗，你待在这里，我去找瀚儿！"李怜花表面上镇定如常，其实心里早就翻了天了。看来有人是摆明了要致他和瀚儿于死地，是谁呢？是他的仇人还是瀚儿的？

"等一下，怜花，我和你一起去！"方天朗拉住他的袖子，"两个人一起找，总是多一分力量的！"

"啊——"不远处传来一声尖叫，是瀚儿的声音。李怜花只觉得心脏一阵抽紧，面色一白，人已往厨房的方向飞驰而去。

"瀚儿——你在哪里？瀚儿，快回答大哥！瀚儿——"惨叫声明明是从这里发出的，却不见人影。李怜花焦急到了极点，一刻看不见瀚儿，他的心就像是悬在半空中一般，无法安定下来！

地上翻倒的半瓶醋引起了李怜花的注意，说明瀚儿确实来过厨房，只是人呢？

"大哥——"一声微弱的声音从灶台后面传来，李怜花一个箭步绕了过去，见到的竟然是躺在鲜血中奄奄一息的瀚儿，那心脏处鲜红的血液仍在不断流出。见到李怜花到来，他的唇角泛起了美艳的笑容，"大哥，你终于来了！"

"不，瀚儿——"怜花用力把他抱进怀里，一边点穴止血，一边狂乱地喊道，"为什么会这样？瀚儿，你别吓大哥！"

那血却根本止不住，还在源源不断地往外流，岳瀚的脸也越来越白得透明，"大哥，保重！瀚儿怕不能陪伴大哥了！"

"不——瀚儿走了，大哥绝不独活！瀚儿，你别怕，你等着大哥！"李怜花的泪水浸湿了岳瀚的面颊。一道阴冷的寒光闪过，凌厉的剑刃已经没入李怜花的胸腔深处，只留一个裹着蛇皮的手柄留在身体外。

"大哥，你在干什么？"身后传来惊惨的叫声，李怜花强忍着痛回头，见到的又是一张瀚儿的面孔，神情几乎癫狂的面容。

"哈哈，林岳瀚，你来晚了，我终于杀了你最爱的男人，用你送给他的匕首！"本来倚在李怜花怀里的"岳瀚"此刻用力推开他，狂笑着站起来，从脖颈处撕下一张面具，赫然是方生死！

"瀚儿，幸好你没事！"像是松了一口气一般，李怜花的身子终于颓然而倒了！

"大哥——"

陷入噩梦中的岳瀚心脏处猛烈地收紧，疼痛使得他终于脱离了梦境里的大片血红，感受到温暖熟悉的体温再度包围了他。原来是梦！真好！不过是梦而已！他的大哥还好好的！

睁开眼睛，那温柔焦急的目光如水般包围着他，"大哥，你没事？太好了！"

"瀚儿，你做噩梦了？大哥当然好好的，并且会永远好好地待在瀚儿身边！"李怜花无从得知瀚儿到底梦见了什么，把他吓成这副模样，脸上已经完全没了血色。

"大哥，瀚儿的心口处好痛。大哥，把药给我！"好不容易终于平息了梦里的恐惧，心口处越来越剧烈的疼痛却让他知道，这个身体看来真的时日不多了！

李怜花一听，脸色也一顿苍白。喂药、运功、轻哄，一阵手忙脚乱过后，岳瀚终于再度睡去，脸上还挂着残余的泪痕，身上的衣裳也被噩梦惊湿了，像个即将破碎的瓷娃娃！

方天朗有些担心地看着面色苍白的岳瀚，"怜花，岳瀚的情况不大好，你确定我们今天得出关吗？以他如今这个身体，一旦进入沙漠的话是很危险的！我觉得还是等他身体好些再行出关比较好！"

"这我又如何会不知？可是瀚儿不知出于什么缘故，非坚持出关不可。我已经强行拖延了好几天，今天已是极限。再拖下去，我怕瀚儿会不顾我们自行出关！"李怜花的目光须臾不离怀中人。那容颜苍白透明得仿若水晶，身体也孱弱得如风中细草。自从那晚噩梦之后，到今天已经是第五天了，瀚儿一直是处于半昏睡半清醒状态。让他奇怪的是，那晚噩梦清醒的第二日一早，瀚儿开口说的第一句话竟然问他把"无泪"要了回去，并要求立即出关。这奇怪的举动怎能不让李怜花担心不已？然而更让李怜花恐惧的是，瀚儿的心疾似乎有加重的趋势，这几天护心丹的分量已经从一颗加到三颗，在这种情况下李怜

花如何肯依瀚儿的意愿出关？

　　他费尽心思才得以拖延了几天，然而今早实在是拖延不过了。小瀚儿若犟起来，又有几个人能拗得过他？本是打算让他修养的，却发现这里似乎有什么原因让瀚儿更加不安，几天来每日清醒的时间里说的都是出关。如此之下，李怜花怎还能够违逆瀚儿的意愿？

　　"那好吧，既然如此，我还得多准备一些东西，估计路上会用得着。等我置办齐全后，我们便出发！"方天朗沉吟了一下后道。

　　"天朗，那就全交给你！辛苦你了，谢谢！"李怜花感激地道。

　　"这么多年来，只有你和岳瀚真正把我当成一个朋友，一个可信赖的人，那么我为朋友做些许小事又算什么呢？别对我如此客气，反倒显得生疏了！"在岳瀚温柔地说只相信他时，他便已经决定要一辈子当他们的守护者了。几日相处下来，他更是了解到这两人是多么的美好和善良。他们把自己当成知己亲人一般，让他在孤独多年后，终于体会到了什么是温暖。若可以，他甚至希望代替岳瀚承受病痛，那样李怜花也可以再度展露笑颜。然而这些他都办不到，但是他至少可以把他们的沙漠之行安排得更安全一些。

　　转身坚定地走出房门，要置办的东西还不少，他得快一些，得赶在正午前出关，否则就要错过寄宿之地了！

　　有了银子的打点，他们很轻易地拿到了出关的路条，穿越过那镶满玉石的城门，从此关里关外便是两个世界了！

　　一行三人，三匹骆驼驮着充足的干粮和物资，四匹健壮的漠北马，拉着一辆车轴轮子都经过改造的皮篷马车。厚实的皮革外篷一来可以遮挡风沙，二来也比较容易保暖隔热。沙漠的昼夜之间温差甚大，这也是避免岳瀚的身体在太大的温差下可能会产生不适的办法之一。健壮精悍的漠北马也是方天朗从众多马匹中挑选出的上等马，腿不高但重心稳，善奔跑且耐性佳，是除了大宛国的汗血宝马外，最健壮耐劳的马了，也只有这样的马能适应沙漠里变化莫测的恶劣气候。四匹马拉一辆车，也是为了在最大程度上既保持车厢的平稳又不影响行进的速度，因为一旦进入沙漠，多待上一个时辰就多一个时辰的危险。

　　对于如此周到的准备和考虑，李怜花无疑是感激的。自从出了关后，瀚儿紧张的神经明显放松不少，即便睡去，也不再是那种仿佛一碰触便会惊醒的低浅呼吸，有些忧郁的眉结也打开了不少。这样的情形自然是李怜花乐于见到并求之不得的。为了让瀚儿休息得更好，李怜花和方天朗各自骑在一头骆驼之上，宽大的车厢里静静的只睡着岳瀚一人。

而那个应该在睡觉的岳瀚此刻却睁大眼睛盯着车篷上方，修长白皙的手不断交叠掐算，一算再算，依旧算不出前路究竟如何，看来真得还是应了那句"算生算死难算己"的话语。

不过他甚少有梦境，大师父说星君转世的人的梦，都不会是毫无道理存在的。那也就是说，那日的梦境是在给他暗示着什么吗？无字的书信、化身为自己的方生死、大哥被杀于"无泪"之下等等，结合在一起，会是个凶兆吗？还是真的仅仅是个梦？若是，这梦也太诡异了些。梦的前半段是他们白日里真正发生过的情景，而从那封信开始，一切就都不对了，感觉像是陷入了催眠之中，每个人都身不由己地被无形的手牵着走，哪怕摆在面前的是条不归路，依旧无法让自己停止向前迈出的步伐。

若是凶兆，那便是暗示着自己最终会害死大哥！

不！他不允许，也不接受这样的结果，哪怕这是命运的安排，他也坚决要违抗到底。梦里他们的房间成了废墟，大哥死在了客栈的小厨房里，满片刺目的血红让他每多待一刻，心里就多添一分恐惧，这也是他为什么非急着出关不可的原因。

他也知道自己此时的身体状况一定让大哥忧心不已，只是他也赌不起。梦里怜花挨的那一刺，仿佛是刺在自己心口上一般，甚至比刺自己更痛。那种感觉像是永生永世沉沦进黑暗中一般，所以他绝对不能输，不管是输给命运还是输给自己！

他缓缓地坐起身子，心口处撕扯般的疼痛仿佛还在进行。盘腿屈膝，凝神静气，默默地把"玄心心法"运转全身。这虽无助于他的心疾不发作，但是却可以使他的心绪舒缓平和下来，拔除心里对前途无知的恐惧，加固自己的心防，这便是大师父所说的"佛心"了！

神仙尊子【I】

东方另类武侠经典·

　　若是换在中原，戌时（相当于现在的晚上七点到九点）天色早已暗了，然而在这壮阔的戈壁滩边沙漠之旁，太阳竟然还未全部下山。橘红的太阳散发着柔和的金芒，晕染开远处的金黄沙堆。蜿蜒的沙丘绵延起伏，衬得日暮的景色加倍的安宁和壮阔。这等情景是在别处完全看不到也想象不到的。

　　"怜花，不能再往前走了，我们今天便在这里过夜吧！戌时一过，很快便会进入黑夜。你去看看岳瀚，我去生火！"面前是一座大石碓，正好用来遮挡些风沙，是过夜的好地方。虽然与他预计过夜的宿头还有一段距离，不过这里也还不错，方天朗当即决定就宿在这里。

　　李怜花点头之时，人已在了马车旁边，小心翼翼解开皮篷上的麻绳，刚掀开一角门帘，一个软软香香的身子便扑了过来，连忙用力纳进怀里，欣喜地唤道："瀚儿，你醒了？"

　　"大哥！大哥！怎么一天都不来陪瀚儿，瀚儿想死大哥了！"岳瀚不依地在他怀里磨蹭撒娇，嘟哝着不满。

　　方天朗有些错愕地看着眼前这一幕，心脏宛如遭受重击，这两人竟然是这等关系？一时间不知道是惋惜还是失望，用力地回过身，假装什么也没看见。他承认那样的画面确实很美好，一点也没有突兀恶心之感，可是毕竟都是男人不是吗？这种事？这样的情感？

　　难怪怜花看岳瀚的眼神那么怜爱不已，他怎么会以为他们只是兄弟感情太好呢？这下自己以后该如何面对他们才好？假装自己对此一无所知会不会太过牵强？毕竟以后像之前这样的场景可能会经常看到，永远当没看见也太过自欺了。可是让他以平常心接受这样背弃伦常世俗的情感，他一时还做不到，真是矛盾交织！

　　"天朗，你在发什么呆？"岳瀚轻轻拍了一下方天朗的肩，顿时引得方天朗跳了起来，反把岳瀚和李怜花也吓了一跳。

　　"啊？岳瀚，怜花，是你们啊！"方天朗转身看到两人都用关心的眼神看着他，不由责怪自己太大惊小怪了。

　　"不是我们还有别的人吗？是我吓到你了？"岳瀚奇怪地看着他，又看了看四周。

　　李怜花一边解开自己身上的披风包裹上岳瀚的身子，一边柔声道："瀚儿，八成是我们无声无息地出现在天朗身后，把他吓到了！"

"也是，忘记天朗不会武功了！"岳瀚恍然大悟一般，随即对着方天朗歉疚地微笑，"因为练武人的习惯，所以走路就没声音了，惊吓到天朗真是不好意思，保证下次不会了！"

见到岳瀚绝美的笑脸，方天朗不由一阵恍，"不怪你们，是我自己太出神想事情了。那个，我去准备帐篷！"

说完连忙走到骆驼那边开始忙碌。岳瀚和李怜花对视一眼，有些奇怪地看着方天朗过于慌乱的模样，并不知道他们之前肆意亲热的场面已经被方天朗见到了。

"天朗，马车很宽敞，三个人躺躺足够，就不用再搭帐篷了！"见李怜花取出火石开始生火，岳瀚也对着正在解骆驼背上的绳子的方天朗道。

什么？三个人躺一起？方天朗脑子里不由自主地想象到绝美的岳瀚睡在他和李怜花中间吐气如兰的模样，随后又用力地摇晃着头，"啊？不用了，晚上我守夜，你们睡吧。这里已经进入戈壁深处，晚上可能会有野狼出没！"

"那就更不能让天朗守夜了，还是换我和大哥守吧，我们会武功！"岳瀚连忙道，"大哥，你说呢？"

"瀚儿说得对，以后要天朗做的事还很多呢，守夜这种小事就让给我吧。瀚儿，你身体不好，你也休息！"李怜花含笑着一边把小锅放到垒好的石头上，然后从羊皮囊里把水倒进小锅。

"真的不用，我常年在沙漠穿梭，对这片土地十分熟悉，怜花岳瀚，你们便别跟我争了。躺在戈壁滩上头枕着骆驼看星星也是件很美的事呢！"方天朗竭力正色道。

"大哥，冬天的晚上也会有星星吗？"岳瀚高兴地问道。

"瀚儿，不行！你给我乖乖睡觉，不管有没有星星，你都必须老实安分地待在马车里！"李怜花想也不想便一口拒绝，他可不容许瀚儿拖着病体半夜看星星。

"大哥！"岳瀚嘟起了嘴，摇晃李怜花的手臂。

"那好吧，看星星还是看雪莲开花，瀚儿二选一！"李怜花抬眼

看着岳瀚道。岳瀚像泄了气的球一般咕哝道："臭大哥，小气鬼！多看一个星星又不会怎样！"

"傻瀚儿，只要瀚儿身体养好些，以后瀚儿哪怕是要天上的星星，大哥都愿意为你去摘。可是身体没养好前，瀚儿可不能太任性了。要知道瀚儿可不是瀚儿一个人儿了，也是大哥的瀚儿了！"李怜花轻叹一口气，把他拥进怀里，只求上天不要太快剥夺他的这份幸福！

"大哥！"岳瀚竭力忍住眼泪，用力抱紧李怜花的腰，再一次感受到了大哥心里如天高如海深的爱意，"是瀚儿太任性了，老是让大哥操心了！"

"小傻瓜，说什么呢？好了，可不许哭哦！水开了，喝点热茶暖暖身子！"李怜花慢慢抬起他的小脸，见他的眼里隐隐水光，心疼之余挨近他的耳边道，"瀚儿若是哭了，大哥可是会狠狠惩罚瀚儿的！"

"大哥——"岳瀚脸一红，连忙推了推李怜花的胸膛，"我饿了！"

方天朗就愣愣地站在了一边，想装没看见都不可能。不过那两个当事人仿佛并不觉得此番情景有什么不妥当，岳瀚还热情地朝他招手，"天朗，站在那里做什么？快来吃些东西！"

李怜花也后知后觉地终于发现了方天朗略显僵硬的神情，"天朗，你看出来了吧！觉得不能接受吗？"

李怜花的眼神温和亲切，带着浅浅的安抚和理解，更多的是一派坦然，让方天朗骤然觉得自己太过乎世俗的眼光了。这两人在众人都说他是天狼星和骗子的时候，毅然相信了他，选择了他，还待他如知己手足，怎么自己此刻也要用世人的眼光去看待他们了？

一时间豁然开朗后，便笑自己之前的挣扎简直是多余。正想开口说出他现在的感受，却被岳瀚抢先一步问道："大哥，天朗他不知道吗？我以为他早该看出来了！他还真是迟钝呢！"

李怜花一怔，方天朗更是目瞪口呆，半晌才找回自己的声音无力地道："岳瀚，我还真该谢谢你如此高抬我，下次再有'惊喜'之前可否先给我一点心理准备啊？"

"哈哈！"岳瀚和李怜花不约而同地发出爽朗的大笑声。

出关后的第一夜便是在坦诚和开怀大笑中落下了帷幕……

第三十章　海市蜃楼／沙漠惊魂

那朦胧的云气笼罩着巍峨黑山，郁郁葱葱的密林，柔白雪亮的蜿蜒沙滩，碧蓝的天空相映着同样苍翠的海水，平静无波透着飘渺与安详……虽然看到的不过是岛的一角，但是足够让岳瀚和李怜花激动不已，这与他们想象中的家园毫无二致，却孰不知这正是大风暴来临前的海市蜃楼。

旅途是枯燥和寂寞的，好在此次相伴的人并不是无聊的人。方天朗听着从车篷里传出的洞箫之声，清越悠远、意蕴深长，不禁闭目聆听，一下仿佛让人置身在青山绿水之中，不由笑道："岳瀚还真是深谙'望梅止渴'之理啊！"

李怜花但笑不语，但脸上的神情分明写满了宠溺！

"怜花，一直没问你们究竟为何要到这漫天风沙杳无人烟的地方来？"方天朗原是以为可能是因为他们的"恋情"为世人所不容，所以避世到这塞外不毛之地来了。可经过多日相处下来，方天朗才惊觉之前的自以为是多么可笑，这两人翩翩谪仙风采，泱泱洒脱风度，哪是会在意他人眼光之人？所以对于他们此次的旅程就更显得好奇了。

想是听到了他的问题，洞箫之声戛然而止，不一会儿从车篷旁边的小窗便探出一个脑袋，岳瀚巧笑倩兮地道："天朗以为呢？"

"瀚儿，把头缩回去，外面风沙大！"李怜花轻责道。岳瀚吐了吐舌头，虽不情愿还是把头缩了回去，接着声音便闷闷的从车厢里传出："大哥最紧张了，瀚儿也想和大哥与天朗一起骑骆驼！"

"等出了这片沙漠，大哥便抱着瀚儿坐骆驼！"李怜花为他的孩子气失笑一声，随后又轻柔地哄他。

"出了沙漠再坐骆驼还有什么意思？天朗，我们还有几天可以出去？"岳瀚本以为可以亲自感受一下万里黄沙的壮阔和雄美，没想到别说亲自感受了，他连亲眼多看一下的机会都很少。从进了沙漠开始，怜花便限制他出车厢的机会，连像之前那般把头伸出去也会立即被勒令缩进来。好好的沙漠之行竟然变相成了坐牢，岳瀚哪能忍受，现在反倒迫切希望出沙漠了。

"岳瀚，快了，若没有意外的话，再有两天我们便能见到绿洲了！"方天朗也不由自主地笑了。这些天下来，他对岳瀚好动的性格早已有所了解，要这么一个古灵精怪的少年接连七八天都只能待在一个不透风的车厢里，确实有些难为他。

"两天吗？好吧，再忍两天就解脱了，我都觉得身上腻得有些难受了呢！"岳瀚兴奋中又带着几分无可奈何。自己坐在车里都感觉如此难受，在外头的大哥和天朗怕是更难受了吧！

李怜花遥望了眼前依旧无边无际的金黄沙漠，不由感慨道："不过千里之隔，地域风貌便已完全不同了。若非瀚儿的心愿，我怕是这辈子都不会踏出长城外一步，更何况置身在这茫茫沙漠之中了！"

"岳瀚的心愿？"方天朗一愣，不明白地道。

"读万卷书自然要行万里路！"李怜花说完这句话，便把面罩往上拉了拉，只露出了一对含笑的眼睛。

"你们不会就是为了印证这句话，所以才不远千里长途跋涉穿越这片'死亡之海'吧！"方天朗盯着李怜花温柔多情的眼眸，满是不敢置信，"我该说你们对沙漠认识太浅，还是说你们太把生命当成儿戏？在这丝路上打滚的人，哪时哪刻不是在与死亡擦肩？若非为了生计，怕是没人愿意过这种日子，你们——"

"我们有天朗不是吗？"岳瀚轻飘飘的一句，立即把方天朗的长篇大论堵得不上不下。

虽然他们的信任让他的虚荣心膨胀到了极点，但是方天朗的内心里还是不敢认同这两人如此轻率任性的决定，口中直喃喃道："疯子！岳瀚，怜花，你们两个绝对是疯子！"

"天朗，你确定我们还得有两天才能到达绿洲吗？"李怜花的语声赞叹般轻扬了起来。

"最快两天，若路上耽搁的话，可能还需要三天甚至更多。怜花你怎么——"自怨自艾中的方天朗眼睛余光仿佛看到了什么，抬头正视了之后，话声也戛然而止了，"这怎么可能？"

"瀚儿，快出来看看——"

再也藏不住内心的急促和欣喜，李怜花简直不敢相信自己的眼睛，没想到他和瀚儿的梦中家园竟然就这么突如其来地出现在了眼前。

东方另类武侠经典·

岳瀚在听到李怜花发出第一声惊叹之时，已经掀开了车前的皮帘子，入眼的情景让他也不由自主叫道："大哥，是神仙岛！"

那朦胧的云气笼罩着巍峨黑山，郁郁葱葱的密林，柔白雪亮的蜿蜒沙滩，碧蓝的天空相映着同样苍翠的海水，平静无波透着飘渺与安详……虽然看到的不过是岛的一角，但是足够让岳瀚和李怜花激动不已，这与他们想象中的家园毫无二致。

岳瀚忍不住跳下车辕，想要更接近些。李怜花也飞身下了骆驼，两人并排站在滚烫的黄沙之上，脚下的温度让岳瀚的兴奋之情陡然下降不少，"大哥，不对！那不是真的！"

"什么不是真的？"李怜花牵住岳瀚的手，眼睛依旧欣喜感慨地看着那被海水环绕着的美丽岛屿。以目测的距离来看，最多有三个时辰就能到达那海边了！

"不可能！绝对不可能。这条路我走了不下七八回了，这是幻象！这附近不可能有海，离这里最近的'沙漠绿岛'至少也还要两天的路程！"方天朗万分肯定地大声道，眼睛却须臾不离那清晰得仿若就在眼前的海浪和白沙。他沿着这条丝路走了很多回，也有好几次曾看到远方出现朦朦胧胧的绿洲，可是像今天这般清晰的还是第一次，几乎让他有些怀疑自己是不是偏离了路线，以至于会见到这般奇景。

"海旁蜃气像楼台，广野气成宫阙然。"（注）岳瀚注视了半天，终于颓然叹道。

"瀚儿，你是说这是传说中的海市蜃楼？"李怜花原本雀跃不已的神情在听到岳瀚的话后，一下子黯然，"可是，瀚儿，就在不远处

不是吗？大哥仿佛都已经感受到那片绿意轻风，瀚儿感觉不到吗？"

岳瀚靠近李怜花身前，有些心疼他的失望和黯然。大哥的心，他是最明白的。他何尝不知这不过是缥缈虚幻的美景，不过却是他们心中共同的一个家园。哪怕多留住一刻，多看上一眼，多接近一步也是好的。岳瀚有些后悔为什么这么早去打破大哥小小的幻想，"大哥，瀚儿和大哥一起走到海边看看我们未来的家，好吗？"

"岳瀚，怜花，不行！时辰已经不早，沙漠的天说黑便会黑的，若万一偏离了路线，一夜之间沙丘移动后，我们会完全找不到方向的！"方天朗无疑是最为着急的一个，就怕这两人一旦任性感性起来之后，便会做出让三个人都丧生在此的决定。

"瀚儿，你明知是假，还要陪着大哥去看？"李怜花轻拥住他，低声唱叹道，"海上花，水中影，总不是实体，瀚儿不该由着大哥任性的。这里是沙漠不比别的地方，大哥的武功在这里完全是保护不了瀚儿的！"

不过这一句话间，那原本清晰明朗的海岛竟然慢慢模糊起来，李怜花忍不住跨出了一步，又硬生生的顿住了，虽竭力忍耐，还是未能掩住失落与难受。

岳瀚抱住他的腰，"平日里都是大哥由着瀚儿任性，也该让瀚儿陪着大哥任性一回。大哥不要难过，'海市蜃楼'虽是幻想，然而总是真存在在某处我们还未到过的地方。大哥一定愿意为了瀚儿找到那真正的神仙岛的，哪怕穷尽一生，可是？"

"哪怕穷尽一生，大哥也要带瀚儿去神仙岛！"李怜花也用力回搂住岳瀚单薄的身子，汲取着更多的温暖和爱意。

方天朗动容地看着两人紧拥着的身影，不多时，原本舒展放心的神情突然转变成惊恐和慌乱，眼睛一动不动地盯着那天空与金黄的交接之处——

"岳瀚，怜花，不好，有大风暴要来了！"

方天朗的神色一片死灰，这次的风暴比以往遇见的还要巨大，避开的概率几乎没有。当日出关后有南路、北路、中路三条线路，自己偏偏选了这条中路，本是考虑到岳瀚身体不佳，而中路是三条线路中路程最短的一条。虽然水源补充不易，但是只要他们准备充分，且在自己预计的时间内走出去，是完全没有问题的。

没想到，眼看离绿洲就不远了，竟然会遇上风暴，看来自己还真是"天狼星"转世。为什么每次他带人穿越沙漠，十有七八都会碰上风暴？只是这次害了李怜花和岳瀚，是他最不愿意接受的事实。

李怜花看着大好的天空，万里晴朗，连一片乌云也没有，抬眼望去，满目金黄，一个又一个沙丘岿然矗立，金沙间条条沟壑纵横交错，连接到天边处甚至发出刺目的银芒，这样的天气会有风暴吗？

岳瀚闻言先是一怔，虽也有几分迟疑，但是看到方天朗的神色实在是一片黯然绝望之后，便相信确有风暴即将来临，"天朗，可有办法避开？"

"岳瀚，你不怀疑我在信口开河？"方天朗目光炯炯地看向岳瀚，他居然连一点怀疑的神情都没有，就这么相信了他，让他再一次被感动和信任塞满。

"天朗不是这样的人！既然天朗说有风暴来，自然是有自己的根据的。我和大哥对沙漠并不熟悉，自然都听天朗的调度。依天朗看，我们能否躲开这场风暴？"岳瀚斩钉截铁地道。

岳瀚的信任让他又有了落泪的冲动，虽然曾经有过"若能得一知己，愿一死以酬之"的想法，可是今天他虽得以"一死酬知己"，却也连累得岳瀚和怜花也跟着一并遭难。想到此，方天朗的神情也就越加悲伤起来，"岳瀚，怜花，怕是来不及了！这场风暴太过巨大，我们根本没有避开的可能。是我害了你们，若不选择走这条路，兴许你们也不至于……"

言到此处，已经话不成句，泣不成声了。

李怜花的神情也从略微怀疑转变成了全然的深信，沉吟道："天朗，大约还有多久风暴会来？"

"最多不会超过一个时辰！"这句话说出来后方天朗也低头伏到了骆驼之上。再有一个时辰，他们便会被以惊天速度席卷而来的沙漠风暴给绞成碎片，或者被翻山倒海般的沙丘给硬生生活埋。最最好的下场也将是被风暴卷走后迷失方向，最终依旧得死在这片荒芜的"死

神仙掌子〔一〕

东方另类武侠经典·

亡之海"中……无论哪一种对他们来说都是没有选择的结局。

"天朗，没有办法了吗？"岳瀚尽力保持着平静的语声，却无法克制住自己的手不颤抖，他不相信他们会因为这个而死在这里，"你一定有办法的，你不是第一次碰上风暴了，不是吗？镇定些，仔细想想。若注定得死在这里，能和大哥一起死，我已别无所求。只是若没有经过努力便轻易放弃，这样的死，我不接受！"

李怜花握紧岳瀚的手，轻轻一拉拥进怀中，"天朗，瀚儿说得对，只要有一丝希望都不该坐以待毙。何况我们也不愿意就这么害了天朗，毕竟若非我们执意要天朗做我们的向导，天朗也不会遇上这场风暴。所以为了不让大家都有愧疚，努力一把如何？"

方天朗抬起了头，果断地从骆驼的背上跳了下来，"怜花，岳瀚，你们说得对，即便明知九死一生，我们也该为这'一生'做点什么！"

"这就对了，说吧，现在我们能做些什么？"

"把所有的马匹骆驼都绑到一起！尽可能地把能穿的都穿上，水袋和食物也要各自绑上一些！"方天朗一边大声道，一边率先开始用绳子把骆驼和马匹连接到一起，让他们趴伏到地上。

李怜花则解下自己的厚披风围上岳瀚的身子，把几块酱好的牛肉用布条扎牢，捆上岳瀚的后腰，还有两个大水袋则牢牢绑到自己的腰侧……做这些的时候，他的眼神一刻也未离开过岳瀚的脸，他柔声地问道："瀚儿，怕吗？"

"有点怕，大哥呢？"岳瀚诚实地点头。他该是早就习惯了随时体验死亡感觉的人，可是当真正面对死时，他依旧觉得害怕。这种害怕和与大哥一起体验过的生的快乐对比起来尤其明显。以前没有牵挂，是以无可畏惧，如今了解了爱的滋味，死便成了一种恐惧了！

"大哥不怕，只要与瀚儿在一起，怎样大哥都不怕！"李怜花狭长的凤眸宛转间流露的竟然是安定平和与幸福。

岳瀚定定注视了他一眼，心也慢慢平静下来了，随即翻开包袱，"嗞啦"一声，厚实的一件锦袍被撕成了两半。

"瀚儿——"李怜花哑然地看着那件月白袍子在瀚儿重复的动作中变成了一堆布条——那是瀚儿最喜欢的一件衣裳！

布条缠绕上了两人的腰间，一圈又一圈，岳瀚睁大的眼眸中也露出几分笑意，"大哥，这下我们就不用担心会被风吹散了！"

"该死，来不及了！怜花，岳瀚，赶紧把车厢翻过来，记住把口鼻捂住！"方天朗突然大声咒骂了一声，一边扯紧自己的面罩，一边往他们身边奔了过来。

他的话刚落，岳瀚和李怜花便同时感觉到了地动，脚下的沙漠仿佛要翻转过来一般，前一刻还天高无云的湛蓝晴空，竟然顷刻间变成一片黑糊糊。似云层，但是又不是，一眼看去，天的尽头处的沙丘汇聚成了一座座沙山，正以成倍的速度继续升高，简直有直入云霄之势。温度也仿佛比之前上升了好几倍，迎面的热浪刮在脸上像刀子划过一般刺疼，加上身上厚厚的衣服，几乎快要被烤熟了。

即便用布巾捂紧了口鼻，那火热的空气还是直往他们的胸口钻。那沙山堆积到一定高度后，竟然以迅猛万分之势往前推进了起来。旧有的沙山刚刚塌陷，紧接着立即便有新的更高的沙丘取而代之。这样一波接一波，不过一炷香时间，便已经从遥远的天边推进到了离他们不远的地方。不难想象，用不了多久，他们就会被这万钧之重的沙山活埋在其中。岳瀚和李怜花瞪大了眼睛，若非亲身经历，这等壮观的场景，他们是如何也不能想象的。

见他们还傻站在原地，方天朗急忙推了推李怜花，"别看了，这才不过是沙丘的移动便已如此惊人了，沙丘后紧跟着的龙卷风才是更致命的！"

"大哥，把天朗也与我们一起绑紧！"岳瀚高声道，强风伴着狂沙，吹得他的声音变得支离破碎。李怜花微一点头，运内力于腕间，巧劲一施，一条布条便已缠上了方天朗的身子，轻轻一收一带，三人便捆成了一团。再运力于掌心，击向被卸下的马车车厢，使之翻转了个身，三人趴倒在车厢之后。岳瀚和怜花面对着面，方天朗则被绑在李怜花的后面。

地上的沙粒滚动跳跃着仿佛要腾飞而起，再强的武功想要在沙地上着力也是绝无可能的，何况这不是一般的沙地，而是整片沙漠。

沙面的震动越来越大，已经听到巨大的轰鸣之声。成堆的沙不停

神仙李[I]

东方另类武侠经典·

地从天空落下，砸到身上又烫又痛。李怜花紧紧地把岳瀚揽进怀里，千里传音道："瀚儿，闭上眼睛不要看就不害怕了，大哥永远在你身边！"

"大哥，瀚儿不怕！虽然瀚儿很少说，可是大哥一定要知道，在瀚儿心中，永远都爱着大哥！"岳瀚把自己的头更深地埋进李怜花的胸膛间，不让怜花看到他不甘心的泪水。

"傻瀚儿！大哥都知道！大哥的心亦然！"李怜花心里满足地叹息了一声，"不要轻易放弃，大哥有预感，我们一定会平安离开这里的！"

黑暗和窒息来得那么快速和猛烈，仿若重锤敲遍了全身一般，即便是怜花如此护住自己，岳瀚依旧觉得浑身像被压碎了一般。想要询问怜花和天朗的情况，却发现丹田处的内息断断续续连不起来，根本无法使用千里传音了，胸口也越来越闷……但是他不能放弃，就算要死，他也要和怜花死在神仙岛的家园，绝不是让这千里黄沙埋葬他们的尸骨。

再三尝试，岳瀚终于在最后关头成功运起了龟息大法，也几乎是在同时，终于脱力地陷入半昏睡中。

李怜花紧紧地抱住岳瀚的身子，任黄沙掩埋，飓风肆虐也不放手。那由下而上的风卷所到之处，使得每粒黄沙都仿若利器，跟随着它高速旋转。忽然身上的重量为之一轻，挡在身前的车厢先一步被卷起，至半空中四散破裂。轻松的感觉仅仅一刹那，他们又被更大的力量撕扯着，窒息越来越严重，身后的方天朗已从最初紧抓他的衣服，到如今完全没了声息。李怜花无从得知他的生死，怀里的瀚儿也没什么反应，让他更显得惊恐。

如今还保持着几分清醒的只有自己了，不管如何他都不会放手。他完全无法睁开眼睛，只感觉到他们的身体在不断地往空中升起。随着高度往上，拉扯力也更显巨大，窒息和压迫的感觉也到了极点。

不知过了多久，当那股巨大的吸力完全消失之时，李怜花终于陷入了无意识中……

身体仿佛是被撕碎后又勉强粘贴在一起一般，没有一处着力，岳瀚试图努力以自己的意志力支配着仿佛四分五裂的身躯，但痛觉神经却清晰诚实地传达着痛楚，喉咙口也像被火烧了一般。虽然这般感觉折磨得他苦不堪言，然而岳瀚却欣喜无比，能感觉痛，自然代表着他还活着，死人是不会感觉痛苦的。

欣喜不过一秒，岳瀚便更用力地想移动自己的身躯。他没死，那么怜花和天朗怎么样了呢？为什么没有声音？

他用力睁开沉重的眼皮，太过明亮干净的天空刺痛了他的眼睛，闭上，复再缓缓睁开，这次要好多了。

神仙掌子〔一〕

东方另类武侠经典·

视觉的清晰立即带动着他的嗅觉和其他知觉复苏过来。身下是柔软的青草地，虽然四肢像被碾碎了一般疼，可是背部托着他的触觉却是舒缓中带着几分韧性，加上阵阵青草香和空气中散发的其他罕见的花香，让他即便不能立即站起打量四周，也知道这定是个极美丽的地方。

可是也正因为如此，更让岳瀚迫切想要站起来，因为所有的这些气味中，独独没有大哥的气息，天地安静得像是只有他自己！

他再度闭上眼睛，试着默运真气，丹田处传来的阵阵疼痛提醒着他内腑也有了损伤，不过好在并不严重。他缓缓输送真气于七筋八脉，每顺利到达一处便庆幸一下。不多时，便已检查遍了全身，经脉骨骼竟然都完好无损，简直是奇迹中的奇迹。看来如此疼痛应该只是皮肉受了强力的龙卷风卷压之故，撇去了筋骨断裂这层担心，岳瀚立即果断地睁开眼，用足内力，晃晃悠悠站了起来。

极佳的目力让他在短短时间内便已知道他与大哥、天朗他们分开了。一时间恍惚、空虚、无助感立即涌上心头，太过习惯身边那个温润深情的男子了，那双狭长的凤眸总是含情脉脉注视着他的一举一动，若是他在身边，此刻定然会用心疼至极的目光包围他，细致温柔地拥抱他，再三叫着他的名字。而现在，竟然只剩下他一人，孤独地站在这美丽却孤寂的天地间！

恐惧与惊慌让他忍不住仰天高喊："大哥——大哥——"

叫声没有在这个宁静的空间里留下一丝痕迹，岳瀚无力地半跪在

嫩绿的草地上，指甲已经完全陷入柔软的泥土之中。良久，都无法把自己从孤单中拉拔出来。

如若仅仅是失散，那么他们终会有重聚的一天。然而更让岳瀚焦急担忧的却是大哥和天朗是否和他一样安全？那么大的龙卷风，毫发无伤的概率有多低不用想也知道。他低头检视自己的身体，厚厚的外衣和披风几乎成了破碎布条挂在身上，牛肉和绳索自然也早就不知落在了何方。人力毕竟还是不能与大自然对抗，以为捆得很牢的绳索，在风暴下竟然不堪一击。

岳瀚愤恨自己竟然不知什么时候放开了手，他明明抱着怜花的腰，他为什么就不能再抱紧一些呢？还是太笃定了即便他抱得不紧，那个挚爱他到极点的大哥也是不会放开他的？

不行！他不能在这里自怨自艾，说不定怜花正在某处等着他去营救，他必须去找他们！太过激烈的情绪翻腾让他的心脏又传来尖锐的痛楚。此际岳瀚真恨自己这个不争气的身体！用力扯掉身上不成形状的外袍，露出内里原本穿着的月白短褂和同色的绸裤，腰间那熟悉的银白色的腰囊总算还牢牢地贴在腰侧。一次含下三颗护心丹，岳瀚才算缓过气来。他摇了摇瓶子，丹丸已然不多了，他的时间怕也不多了，他必须尽快找到怜花！

仔细打量起自己的所处之地，放眼望去，竟然是一大片碧绿宽广的湖水，宁静安详得没有一丝波澜。远处水面那浓郁得像是扎根在水面上的一片苍翠树木把这片宁静的水面隔开了三分之二，使得这应该是圆形的大湖硬生生被拗成了勺子的形状，也使得另一头完全隐在了苍翠之后，更勾得人有前往一探的欲望。他就站在湖的这头，湖边身前那一整片类似芍药的花朵开得十分放肆，大红色的花朵傲然立在枝头，绵延在湖边成一线，临水一照，绿中映红，分外诡异却妖娆惊人。更让岳瀚惊讶的是它所散发出来的那阵阵他从未闻过的奇异香味，他肯定这应该是一种很有用的药草才是，却完全想不出它的名字。脚下是阳春三月才会有的嫩绿青草地，嫩芽轻展地覆盖了岳瀚身后无尽的地面。

稍一权衡，岳瀚决定往湖的那一头行进。这里美则美，却毫无生气，除了他之外竟然没有一只活的动物，甚至连虫鸣鸟叫都没有，实在诡异得很。他无从判断这里离沙漠有多远，他现在只想搞清楚自己的所在，只希望湖的另一头，会有人居住！

无云而明亮的天、碧绿的草地、大红的花朵、悠然宁静的湖面，好一个人间仙境！若非岳瀚清晰地知道这不是梦境和幻象，否则还真以为自己置身在三月的江南之中。他不敢相信这是沙漠中的某处还是他已经被卷到了不知名的千万里外？

他慌乱而无措地寻找着李怜花的身影，只道与他分离了千里万里，却又哪知就在离他自己百里外的一个蒙古包内，李怜花和方天朗正陷入沉沉昏睡之中。

而走过湖的隔断后，呈现在他面前的情景，又忍不住让岳瀚为之屏息，更加怀疑自己是否在梦中，否则他怎么会看到那早就该绝迹的"阴阳果"呢？

岳瀚心里是又惊又喜，他若是知道，他吞下阴阳果后，会发生以后那许多的事，他还会不会这么欣喜如狂呢？

而他和李怜花的际遇是不是又会完全不同了呢？

注："海旁蜃气像楼台，广野气成宫阙然。"出自西汉·司马迁《史记·天官书》。